中国古代文学专题研究之三

元明戏曲

李 简 著

北京大学出版社
北　京

图书在版编目(CIP)数据

元明戏曲/李简著.—北京:北京大学出版社,2003.4
ISBN 978-7-301-06170-1

Ⅰ.元… Ⅱ.李… Ⅲ.①古代戏曲－文学研究－中国－元代－电视大学－教材②古代戏曲－文学研究－中国－明代－电视大学－教材 Ⅳ.I207.37

中国版本图书馆 CIP 数据核字(2003)第 011239 号

书　　　名:	元明戏曲
著作责任者:	李　简　著
责 任 编 辑:	乔征胜　马辛民
标 准 书 号:	ISBN 978-7-301-06170-1/I·0624
出 版 发 行:	北京大学出版社
地　　　址:	北京市海淀区成府路 205 号　100871
网　　　址:	http://www.pup.cn　电子邮箱:pkuwsz@yahoo.com.cn
电　　　话:	邮购部:62752015　发行部 62750672　出版部 62754962
	编辑部 62752025
印 刷 者:	河北滦县鑫华书刊印刷厂
经 销 者:	新华书店
	850mm×1168mm　32 开本　7.875 印张　200 千字
	2003 年 4 月第 1 版　2010 年 8 月第 20 次印刷
定　　　价:	15.00 元

未经许可,不得以任何方式复制或抄袭本书之部分或全部内容。
版权所有,侵权必究
举报电话:010－62752024;　**电子邮箱**:fd@pup.pku.edu.cn

目　录

引　言 …………………………………………………………（1）

上篇　杂剧的创作

第一章　元明杂剧创作综述 ………………………………（3）
　　第一节　元杂剧兴起的原因、创作分期及其他 ………（3）
　　第二节　明杂剧创作的演化 ……………………………（10）
　　第三节　元明杂剧创作主体之比较分析 ………………（12）
第二章　关汉卿 ……………………………………………（16）
　　第一节　生平与剧作 ……………………………………（16）
　　第二节　儒者的悲思 ……………………………………（18）
　　第三节　艺术成就 ………………………………………（23）
第三章　白朴及元初期的杂剧创作 ………………………（28）
　　第一节　白朴 ……………………………………………（28）
　　第二节　其他作家 ………………………………………（33）
第四章　马致远 ……………………………………………（44）
　　第一节　马致远之研究 …………………………………（44）
　　第二节　马致远剧作的士人心态 ………………………（48）
　　第三节　马致远剧作的曲词 ……………………………（52）
第五章　王实甫及元中后期的杂剧创作 …………………（56）
　　第一节　王实甫的《西厢记》 …………………………（56）
　　第二节　郑光祖 …………………………………………（62）
第六章　明初至嘉靖的杂剧创作 …………………………（68）
　　第一节　朱有燉 …………………………………………（68）
　　第二节　康海、王九思的剧作 …………………………（77）

第三节　冯惟敏的剧作 …………………………………… (84)
　　第四节　许潮和汪道昆的短剧 …………………………… (93)
第七章　徐渭 ………………………………………………………… (99)
　　第一节　《四声猿》之创作时间与命名 …………………… (100)
　　第二节　阳明心学与徐渭的创作思想 …………………… (103)
　　第三节　《狂鼓史》之分析 ………………………………… (109)
第八章　隆庆至明末的杂剧创作 ………………………………… (114)
　　第一节　王骥德与吕天成 ………………………………… (114)
　　第二节　王衡 ……………………………………………… (118)
　　第三节　徐复祚 …………………………………………… (127)
　　第四节　沈自徵 …………………………………………… (130)
　　第五节　孟称舜与卓人月 ………………………………… (136)

下篇　南戏与传奇的创作

第一章　南戏与传奇创作综述 …………………………………… (151)
　　第一节　南戏产生的时间与地点 ………………………… (151)
　　第二节　元代南戏的发展及与北剧的比较 ……………… (153)
　　第三节　明代南戏向传奇的转化 ………………………… (155)
　　第四节　传奇创作的繁盛 ………………………………… (158)
第二章　宋元南戏的创作 ………………………………………… (160)
　　第一节　从《张协状元》到《宦门子弟错立身》、
　　　　　　《小孙屠》 ………………………………………… (160)
　　第二节　四大南戏 ………………………………………… (168)
　　第三节　高明的《琵琶记》 ………………………………… (172)
第三章　南戏向传奇转化期的创作 ……………………………… (176)
　　第一节　《五伦全备记》和《香囊记》 ……………………… (176)
　　第二节　《宝剑记》、《浣纱记》、《鸣凤记》 ………………… (179)
第四章　汤显祖的创作与影响 …………………………………… (193)

第一节　汤显祖所追求的"情"……………………（194）
　　第二节　《牡丹亭》的成就……………………………（197）
　　第三节　《邯郸记》与小说《枕中记》…………………（204）
　　第四节　汤显祖剧作的影响…………………………（207）
第五章　沈璟的剧作及其影响……………………………（218）
　　第一节　沈璟的曲谱与曲论…………………………（218）
　　第二节　沈璟的剧作及吴江派………………………（220）
　　第三节　关于汤、沈之争……………………………（225）
余　论……………………………………………………（228）
　　一　清及近代的戏曲…………………………………（228）
　　二　折子戏的发达……………………………………（235）
　　三　关于明代的戏曲理论著述………………………（241）

引　言

中国的戏曲艺术源远流长。关于中国戏曲的起源、关于是否存在古剧以及古剧的面貌等问题，至今在学术界仍是众说纷纭，未有一致的看法。现在活跃在舞台上的戏曲形式，推考其雏形的形成时间，学界多认为产生于北宋末年。而中国的戏曲文学作品，现在保存下来的最早的本子是元末的杂剧刊本，即"元刊杂剧三十种"；南戏则有明嘉靖重写的永乐大典本[1]，其中的《张协状元》，有研究者认为可能保存了南宋末的面貌。

元明清三代戏曲艺术多方面发展，一再取得辉煌的成就。其中元明时期是我国曲牌联套体戏曲兴起、成熟的时期。杂剧、传奇作为中国戏曲文学史上两种重要的剧本形式，在元明两代发生、发展，相互影响，产生了大量优秀的剧本，为舞台提供了众多的精彩剧目。同时，在音乐、表演、舞台美术方面，元明两代亦是中国戏曲发展的重要阶段。

清代，虽然传奇剧本的写作仍取得了辉煌的成绩、杂剧的创作继续发挥着元明两代的余绪，但舞台演出的成就更引人注目。在这一时期，昆曲的演出达到极盛、花部勃兴、京剧最终脱颖而出，中国的戏曲发展由此进入了一个新的阶段。

本课程力图对元明戏曲创作的重要现象、重要的作家作品，做出较为深入的解说。

---

[1] 现存的为明嘉靖重写永乐大典本的翻印本，叶恭绰从英国伦敦购回的嘉靖重写本已不知下落。

全书分上下二篇。上篇讲述杂剧的创作,下篇讲述南戏和传奇的创作。每篇的第一讲均着眼于创作的历史线索、发展情况,并对重要的文学现象进行评析。其后诸讲则偏重作家作品的论述,时而兼及一些戏曲史上的问题,并关注学界的研究状况。

上 篇

杂剧的创作

第一章 元明杂剧创作综述

第一节 元杂剧兴起的原因、创作分期及其他

杂剧是宋金就已存在的艺术形式,但到元代才发展成完备的戏曲形式。在历史上,曾有不少曲论家对元代杂剧发达的原因提出自己的见解。这些意见概括起来大致有这样几种:一是不屑仕进说:"我皇元初并海宇,而金之遗民若杜散人、白兰谷、关已斋辈,皆不屑仕进,乃嘲风弄月,留连光景,庸俗易之,用世者嗤之。三君之心,匪难识也。"〔1〕一是沉抑下僚说:"盖当时台省元臣、郡邑正官,及雄要之职,尽其国人为之,中州人每每沉抑下僚,志不获展,……于是以其有用之才,而一寓之乎声歌之末,以舒其拂郁感慨之怀,盖所谓不得其平而鸣焉者也。"〔2〕一是以曲取士说:"元以曲取士,设十有二科。"〔3〕一是业有专门说:"盖胜国时,上下成风,皆以词为尚,于是业有专门。"〔4〕一是音乐变化,作者富有才情、兼喜音律说:"自金、

---

〔1〕 朱经《青楼集序》。《中国古典戏曲论著集成》二,中国戏剧出版社1959年版,第15页。

〔2〕《真珠船》卷之四。《丛书集成新编》册13,台湾新文丰出版公司1985年版,第182页。

〔3〕 臧懋循《元曲选序二》。《元曲选校注》第一册,河北教育出版社1994年版,第11页。

〔4〕 王骥德《曲律》杂论第三十九上。《中国古典戏曲论著集成》四,中国戏剧出版社1959年版,第147页。

元入主中国,所用胡乐,嘈杂凄紧,缓急之间,词不能按,乃更为新声以媚之。而诸君如贯酸斋、马东篱、王实甫、关汉卿、张可久、乔梦符、郑德辉、宫大用、白朴辈,咸富有才情,兼喜声律,以故遂擅一代之长。"[1]

进入20世纪,人们继续就杂剧何以在元代达到了创作的顶峰展开讨论。研究者的论述,一方面因为新理论的传播、视野的开阔而呈现出新的面貌;另一方面则在前人的基础上取得了重要进展。就新的拓展而言,最突出的一点,就是研究者将杂剧的兴起作为一个文化现象,从社会原因给予关注,对前人极少论及的经济因素[2],进行了大量探讨。论者普遍认为元代城镇经济的繁荣是元杂剧兴盛的物质基础,但对元代经济繁荣的认识又有不同,或认为元代的农业经济遭到严重破坏,城市中的商业和手工业出现了繁荣的景象:"元杂剧是元代都市畸形发展的产物。"[3]蒙古奴隶主贵族吞金灭宋,以武力统一中国的过程中,屠杀人民,圈占土地,严重破坏了农业经济。统一后,由于长期保持一定的奴隶制落后统治方式,农业经济也一直元气未复,但是,"各个都市经济,达到空前发展状态","特别是商业资本的发展,为当时戏曲——元杂剧的发展,提供了在物质方面的条件。"[4]或认为蒙古大帝国的建立,使城市经济大为繁荣,手工业销量大增,农村经济好转:"因了元代蒙古大帝国的建立,中外交通大为发达,城市的经济因之而大为繁荣,又农民们的负担似有减轻,手工

---

[1] 王世贞《曲藻序》。《中国古典戏曲论著集成》四,中国戏剧出版社1959年版,第25页。

[2] 明清只有少数研究者注意到经济因素,如李开先云:"词肇于金,而盛于元,元不戍边,赋税轻而衣食足,衣食足而歌咏作,乐于心而声于口,长之为套,短之为令,传奇戏文,于是乎侈而可准矣。"《闲居集》之六《西野春游词序》。见《李开先集》,中华书局1959年版,第335页。

[3] 杨季生《元杂剧的社会价值》。文通书局1948年版。

[4] 阿英《元人杂剧史》。《剧本》1954年4—10月号。

业的销量大增,农村的经济情况,一时似亦颇为好转。"〔1〕

关于元代政治环境与元杂剧创作兴盛的关系,研究者在前人的基础上做出了进一步的阐释。发挥前人的"业有专门说",统治者的好尚被一再关注。比如渊实的《中国诗乐之迁变与戏曲发展之关系》一文即认为元人据有中原,"安宅于文物光华之域,眼之所触,耳之所接,心醉于虞夏殷周以来,经数千年之星霜,完成优美之风化,其性情,其志气,均起一大变化,于往时勤俭力行之反动,增长奢华淫佚之风,现出铅粉营花之地,自可供其耳目之娱乐材料之必要上,促唱曲之发展"。青木正儿等亦有这方面的论述。

此外,元代统治者的残酷压迫、民族矛盾与阶级矛盾的尖锐对元杂剧繁荣的影响,在研究者,尤其是 1949 年后的研究著作中也一再被论述。20 世纪 80 年代以后,文网的松弛、封建统治的薄弱促成杂剧创作的繁荣,成为一种颇受瞩目的论点。

文学创作的变化与文人的状况有密切的关系。关于元代文人与元杂剧兴盛的关系,20 世纪以来,相当多的研究者发挥古代的"沉抑下僚"说,认为元初的废科举促成了元杂剧的繁荣。这一意见最早是由王国维在他的《宋元戏曲考》中提出的。关于元杂剧发达的原因,王国维结合史实,从当时社会的状况、文人的处境来思考,跳出成见,超越古人、时人,慧眼独具地指出"元初之废科目,却为杂剧发达之因。盖自唐宋以来,士之竞于科目者,已非一朝一夕之事,一旦废之,彼其才力无所用,而一于词曲发之。……而又有一二天才出于其间,充其才力,而元剧之作,遂为千古独绝之文字。"〔2〕王国维注意到元剧作家"大抵布衣","否则为省掾令史之属",从元代长期停开科举这一特殊的历史事实出发,以文人阶层为一个整体,以文人地位的变化

---

〔1〕 郑振铎《插图本中国文学史》,人民文学出版社 1957 年新 1 版,第 639 页
〔2〕 王国维《宋元戏曲考》九"元剧之时地"。《王国维遗书》册九,上海书店出版社 1983 年版,第 614 页。

为切入点,探求文人参与戏曲写作的原因。所论触及时代氛围、社会心理对创作的影响。这一意见成为后来有关元剧发达原因的一个颇具代表性的看法。

"不屑仕进"说在明清以后亦不时得到研究者的呼应。20世纪初,渊实在他的《中国诗乐之迁变与戏曲发展之关系》中,就认为"加之中国人民,则以元人入主,新建胡国,文物制度,荡焉无存。且九世不共,不立其朝。才智之徒,既不能驰骋中原,灭此朝食,又不复躬行实践,天命斯乘。郁郁不得志,流极之余,一以抒其性情,一以应时俗之要望。淋漓挥洒,慷慨激昂,遂以促此长足之进步,为千古不朽者,非欤?"采纳不乐仕元说,指出元人作剧一以宣泄自己的内心,一以满足娱乐的需要。20世纪80年代,任崇岳、薛音湖撰文指出:流传很广的九儒十丐说于史无征,元初文人的优渥待遇为元杂剧的发展创造了良好的条件。元初文人不是因为仕进无门才去写戏,而是因为不屑仕进,才去从事戏剧创作的。他们的论述可以看做是对"不屑仕进"说的另一种阐述。

关于元杂剧发达的艺术原因,古人的音乐变化、作者富于才情、兼喜音律说,在20世纪的研究中继续延伸,研究者注意到音乐的变化,但更注意到民间伎艺的发达,以及演员和作家在杂剧发达中的作用。宋金元经济和城市发展的延续性、戏剧艺术发展自身的延续性被视为元杂剧发达的重要因素。

元杂剧是我国各种表演艺术长期发展的结果,比如汉代的百戏、南北朝的踏谣娘、南北朝和隋唐时代的乐舞大面、唐代的参军戏等等,从多方面推动着戏曲的诞生。北宋末年杂剧已形成雏形,金代,宋杂剧被称为院本,同时宋金时期出现的说唱艺术形式诸宫调,又奠定了元杂剧的音乐体制。在这样一种雄厚的基础上,加之特定的社会经济环境,杂剧在元代进入了成熟期。而元杂剧之所以在元代达到了繁盛,正是由于在杂剧形式已趋于成熟时,出现了关汉卿、白朴等一批伟大的作家,他们创作了一批重要的、成功的作品,与此同时,还有一批演员把戏曲表演艺术推进到了新的阶段,于是杂剧创作便进入了一个辉煌的时期。[1]

元杂剧的创作大致可分为初、中、晚三个时期。初期:自蒙古灭金至元世祖忽必烈至元三十一年(1234—1294)。元杂剧在宋杂剧、金院本、诸宫调的基础上形成,经过初步的发展,从忽必烈经略汉地便进入了繁盛时期。关汉卿、白朴、高文秀、石君宝、马致远(前期)、纪君祥等作家创作了许多优秀的剧作。元初期的这些作家一方面经历了朝代鼎革的社会大变动,无论从国家的角度,还是从个人的角度,都历尽沧桑。另一方面则大多和艺人有相当密切的关系,有的更"躬践排场",亲自参加演出。正是这批经历了世事沧桑的作家,他们创作出了中国戏剧史、也是中国文学史上真正具有悲剧精神的文学作品。《窦娥冤》、《梧桐雨》、《赵氏孤儿》、《汉宫秋》等悲剧经典都是这个时期的产物。元初期的杂剧作家以本色派为主。元杂剧语言的本色传统由此奠基,并深刻影响了以后的戏曲创作。

中期:自元成宗铁穆耳元贞元年至元文宗图帖睦尔至顺三年(1295—1332)。这一时期元杂剧继续保持创作的繁荣,但在思想内容、艺术风格上呈现出不同于初期的特色。文人色彩进一步加强。爱情剧更多关注感情本身,如王实甫的《西厢记》、郑光祖的《倩女离魂》、乔吉的《扬州梦》、《金钱记》、《两世姻缘》等。神仙道化剧在创作中占有重要的地位。马致远在元贞时和李时中、花李郎、红字李二合

---

〔1〕 近年来关于元杂剧的繁荣原因,又有学者提出新的看法,比如黄仕忠在其《南戏北剧之形成与发展》一文中曾从现代进化论把生物的进化看做是渐变和突变共同作用的过程,且突变在其中起着更为关键的作用入手,指出"只要有宋杂剧和金院本在角色和表演上的准备,有诸宫调等成熟的叙事形式为基础,一旦北曲联套的体制完成、成熟,让旦或末角以这种联套形式来表演一个具有一定长度的故事,便完全可能出于某一个人或某些人的突发奇想。或者说,民间艺人间或有联套形式的偶然尝试,但关汉卿等人却敏锐地发现了这种形式的价值,以其杰出的创作,将之定型,并且发扬光大了。"(《文学遗产》1997年第4期)

写《黄粱梦》,此后又接连写出《陈抟高卧》、《任风子》等神仙道化剧,显示了中期创作的变化,反映了这一时期部分知识分子对精神归宿的思考。文人事迹剧则进一步融入了新的时代内容,传达着当时文人的感慨,如郑光祖的《王粲登楼》。这一时期杂剧作品的艺术风格的变化也较明显,杂剧作家中文采派占据主导地位。文采派作家首推王实甫。明代朱权《太和正音谱》称:"王实甫之词,如花间美人,铺叙委婉,深得骚人之趣。极有佳句,若玉环之出浴华清,绿珠之采莲洛浦。"对他的语言风格、行文的特色和词句的美丽,都给予高度评价。郑光祖深受明代人推重,他的曲文写得俊美、蕴藉、有意境,王国维《宋元戏曲考》说他"清丽芊绵,自成馨逸,不失为第一流"。乔吉的曲文亦以艳丽、奇俊、蕴藉著称。

晚期:元顺帝帖睦尔统治时期(1333—1368)。元杂剧发展的晚期,剧作家大多活动于今天浙江省和江苏省长江以南的地区。这时在东南沿海地区,南戏出现了新的繁荣局面。杂剧与南戏并行的结果促进了戏曲的嬗变,南戏与北杂剧相互交流,孕育了中国戏曲的转机,明代杂剧的变化、传奇的兴盛均建立在这一基础之上。

晚期的杂剧创作没有可以和初、中期相比的作家、作品,但从现存剧目看,此时的剧坛亦有自己的特点,主要表现为内容上的道德色彩;形式上的追求离奇;语言上的以本色为主以及南戏与北剧的交流。[1]

元杂剧的元刊本,有影印《元刊杂剧三十种》,易见的刊本有明代臧懋循编的《元曲选》和近人隋树森编的《元曲选外编》。[2]

---

[1] 关于元杂剧分期之描述,参见李修生《元杂剧史》的相关论述。

[2] 《元刊杂剧三十种》是迄今为止发现的元人杂剧的惟一元刻本,体现着元人杂剧的"真面目"。然此三十种元剧,除曲文外,科白简略,甚至无科白,刻工亦很粗糙,流传不广。明人所编之《元曲选》虽在流播、编辑过程中多有改动,但却是传播广泛的元杂剧选本,且所收剧本近百种(《元曲选》共收剧百种,其中有六种为明初人作品)。有鉴于此,考虑到教学的需要,这里我们讨论元人杂剧仍以"元刊"和《元曲选》为分析对象。

元杂剧的剧本在形式上有鲜明的特点。一般一本四折;有的剧本有楔子;剧本末尾有题目正名;每一折戏又由曲词、宾白和科范三个部分组成。

折,同一宫调的一套曲子唱完为一折。"折"是音乐组织的一个单元,同时也是剧情发展的一个较大的自然段落。一折之中还可以分为若干场。演员上场至全部退入后台,舞台上出现空场叫一场。

楔子,指四折之外的一个短小独立的段落。它的作用是弥补四折的不足,紧密结构。它可以放在第一折之前;也可以放在折与折之间。楔子一般只用一支或两支曲子。

题目正名,放在剧本的后面,通常是用二句或四句对句概括全剧的内容,而以最后一句为剧名。比如《汉宫秋》剧本的最后:

  题目 沉黑江明妃青冢恨
  正名 破幽梦孤雁汉宫秋

末句便是全剧的名称,"汉宫秋"是剧本的简称。再比如《单刀会》剧本的结束处:

  题目 孙仲谋独占江东地
       请乔公言定三条计
  正名 鲁子敬设宴索荆州
       关大王独赴单刀会

"关大王独赴单刀会"是剧本的全称,"单刀会"是简称。

曲辞是杂剧的重要组成部分。曲辞的前面标明宫调与曲牌名称,如[正宫端正好],对曲辞做出韵律的要求。曲辞是剧本刻画人物的重要手段。

宾白,简称为白,是剧中人物的道白。由散白和韵语组成,可以刻画人物,也可以介绍故事情节。

科范,又简称科,是说明剧中人物的动作表情和音响效果的,如"把盏科"、"鼓三通、锣三下科"、"内作起风科"等等。

元杂剧的角色分工：元杂剧一本戏中的主唱者为正色，男主唱称正末，女主唱称正旦。在演出时，一本戏只有主要角色独唱，正末唱称为末本，正旦唱称为旦本。正末、正旦外，还有副末、贴旦、净、孤等。

第二节 明杂剧创作的演化

明代的杂剧创作在与南曲的交流中，获得了新的生命，形成了一些新的特点。关于明代杂剧的创作发展，以往的研究者主要提出了两种看法：一是分别以成化和隆庆为界，把杂剧创作分为前期、中期和后期，如曾永义的《明杂剧概论》即以宪宗成化以前（1368—1487）为初期；以弘治至嘉靖（1488—1566）为中期；以隆庆至明亡（1567—1644）为后期。与此基本一致，有的研究者以成化为界把杂剧创作分为前期和中后期，如戚世隽的《明代杂剧研究》即以弘治前为前期，从弘治开始为中后期。第二种看法是以嘉靖为界把杂剧创作分为前后两期（即洪武至正德，嘉靖至明亡）。如陈万鼐之《中国近六十年来元明杂剧之发现》一文和顾学颉的《元明杂剧》均持此一观点。

我们这里讨论明代的杂剧创作，拟以嘉、隆之交为界分成两个时期。从明初到嘉靖，是杂剧的更生期。隆庆以后则是独具特点的明杂剧的繁荣期。

明初至嘉靖。这一时期的杂剧创作既承袭元代，又充满变化。在元杂剧创作的后期，伴随着创作中心的南移，杂剧与南戏的交流日益增多，文人汲取南曲的长处，在剧本形式、音乐、表演诸方面多所改变，终使杂剧在明代逐步展现出新的面貌。

具体分析这一时期的杂剧创作可以划分成两个阶段。从明朝开国到成化年间是一个阶段。其间有几个现象值得注意：一是有名氏作家很少。《太和正音谱》里提到的"国朝一十六人"，即所谓"明初十六子"，都是由元入明，其中今天可明确为杂剧作家且有作品的只有九人;其余几家或只有散曲,或目前没有任何作品流传。[1]其他则尚有黄元吉、刘君锡等数家。宣德年间,杂剧作者只有朱权和朱有燉两位王室成员,而朱有燉1439年去世后,直到成化末年(1487),数十年间,就再也没有一位闻名的北杂剧作家出现。二是杂剧创作与宫廷和藩府的紧密联系。比如汤舜民、杨景贤、贾仲明等曾遇宠燕王。燕王府邸初在金陵,后迁燕京,朱有燉的府邸在开封,这些城市都是杂剧繁盛的地方。藩王本人也参与杂剧创作,等等。三是剧本在内容上继续发挥元杂剧创作后期重说教的倾向,同时增加了娱乐宴庆的内容。四是在语言上较元后期有所变化,表现出华丽雅致的倾向。此外,在剧本体制上,也因受南戏影响而有所突破,为日后明杂剧的变化打下了基础。

弘治到嘉靖,产生了康海、王九思、冯惟敏、徐渭等著名杂剧作家。在内容上,他们主要用杂剧来表现个人的胸怀抱负、抒发自己的抑郁牢骚,这样一种创作倾向,直接影响到后来的杂剧创作取向。在形式上,他们或恪守元剧体例,或打破元人定格进行创作,比如不再一人独唱,比如折数的不拘,比如以南曲作杂剧等等。他们为明杂剧最终形成自己的特点做了大量的工作,预示着明杂剧创作高潮的即将到来。

隆庆以后,经过前一时期剧作家们的努力,杂剧创作进入了一个蓬勃发展的时期,所谓"光芒万丈,足与金元作者相辉映"[2]。杂剧这种戏剧形式,经过明初到嘉靖的长期实践,终于完成了它的蜕变。就形式而言,折数不定、用曲自由、主唱者不限于一人。就内容而言,贴近世俗生活的公案、发迹变泰、绿林诸题材已被文人乐道的雅事趣闻所代替。人物形象亦更倾向于选择陶渊明、苏轼、杨慎、唐寅等文

---

[1] 参见徐子方《试谈杂剧史上的所谓"明初十六子"》,《古籍整理研究学刊》,2001年第4期。

[2] 郑振铎《清人杂剧初集序》。1931年长乐郑氏印行《清人杂剧初集》第一册。

人。随意的长度、对内心感受、才情的关注,使杂剧成为文人群体表露其心声的载体。隆庆以后,独具特点的明代杂剧在文人中颇为盛行,一批优秀的作家,创作了一批优秀的作品。

第三节　元明杂剧创作主体之比较分析

在探讨元杂剧繁荣原因时,王国维曾明确谈到科举停开与杂剧繁荣的关系,他说:"元初之废科目,却为杂剧发达之因。"[1]科举考试始于隋朝,为普通士子提供了改变身份、进入统治阶层的路径。唐宋两代可谓科举的盛世,尤其是宋代,不但科举考试的录取人数大大超过唐代,而且待遇优厚。金代"进士科目兼采唐宋之法而增损之。其及第出身,视前代特重,而法亦密焉。……终金之代,科目得人为盛。"[2]蒙古1234年灭金,1271年定国号为大元。虽然窝阔台时期曾以科举选士,但未成制度。直到仁宗延祐二年(1315)才又恢复这一选拔人才的方法,以后,尽管偶有停开,但科举考试制度基本得以延续。众多的文人接受了传统的儒家教育,却不能如以往的士子经由科举考试谋求身份的改变和生活的出路。相反却由于科举的长期停开,由于科举录取名额的减少、出路的变差而无奈地四处谋生。"贡举法废,士无入仕之阶,或习刀笔以为吏胥,或执仆役以事官僚,或作技巧贩鬻以为工匠商贾"[3]。对于前代科举考试盛况的记忆,使他们颇感失落。

元代文人的状况直接影响到元代杂剧的写作。四处谋生的文人参与到杂剧的创作中,使元杂剧展示出独到的色彩。元代杂剧作家的组成十分复杂,有下层官吏、落拓文人,有隐逸之士,有教坊中人,

---

[1]《宋元戏曲考》。《王国维遗书》册九,上海书店出版社1983年版,第614页。
[2]《金史·志第三十二》。《金史》,中华书局1975年版,第1130页。
[3]《元史·志第三十一》。《元史》,中华书局1976年版,第2017页。

等等。其中对元杂剧创作有重要影响的主要是两类人,一类是下层官吏、落拓文人,他们以文人的身份参与到剧本的写作中,虽与伎艺人关系密切,但却并不专以编剧为生,而是另有身份,比如写有《窦娥冤》、《单刀会》、《救风尘》等名作的关汉卿,是"太医院尹"(元无此职,可能是太医院医药机构的官吏);写有《汉宫秋》、《荐福碑》诸名剧的马致远,是"江浙行省务官";写有《伍员吹箫》的李寿卿为"将仕郎,除县丞";写有《柳毅传书》、《气英布》、《三夺槊》的尚仲贤是"江浙行省务官";写有《王粲登楼》、《倩女离魂》的郑德辉"以儒补杭州路吏";写有《范张鸡黍》的宫大用为"钓台书院山长"等等。在《录鬼簿》(楝亭藏书十二种本)记载的有杂剧创作的78人中,明确于剧作家之外另有身份的有34人(其中两人一为教坊色长,一为教坊勾管),占剧作家人数的五分之二强。这是元杂剧创作中最重要的一支力量,其中不少人是元杂剧创作中的佼佼者。另一类人则是隐逸之士,他们不愿入仕,悠游于山水、街市间。比如写《梧桐雨》、《墙头马上》的白朴,比如写《灰栏记》的李潜夫,贾仲明增补的挽词说:"绛州高隐李公潜,养素读书门镇掩,青山绿水白云占。净红尘,无半点。纤小书楼插牙签,研架珠露《周易》点。括淡齑盐。"包括写《西厢记》的王实甫,虽然生平资料有限,但如果《北宫词纪》署名为王实甫作,《雍熙乐府》、《北宫词纪》均加以收录的[商调·集贤宾]套曲《退隐》,确为王实甫所作,则王实甫亦非以撰写剧本谋生的才人,而是一个生活有一定保障的悠游文人:

[后庭花]住一间蔽风霜茅草丘。穿一领卧苔莎粗布裘。捏几首写怀抱歪诗句。吃几杯放心胸村醪酒。这潇洒傲王侯。且喜的身登身登中寿。有微资堪赡赒。有亭园堪纵游。保天和自养修。放形骸任自由。把尘缘一笔勾。再休提名利友。[1]

---

[1] 隋树森编《全元散曲》,中华书局1964年版,第293页。

无论是第一类作者,还是第二类作者,他们大多与娼妓艺人保持着密切的关系,有的甚至亲身参加演出,但那不过是文人风流,或仕途无望之下的宣泄。

分析这两类作者,因为他们不以杂剧为谋生的手段,却以杂剧为寄寓心志的工具,所以,元代杂剧的情节、剧中人物往往成为作者主观情感的寄托。因为他们地位低微,贴近普通百姓的生活,或曾经经历过深切的忧患,故他们的剧作常常表达着作者对现实问题的关注,对历史、人生的思考。因为他们良好的文学修养,所以他们的剧作体现出较高的文学性。因为他们与娼妓艺人关系密切,熟悉舞台,剧本为戏班的演出而作,所以他们的作品也时时对情节结构、舞台演出效果等表现出一定的重视。正是由于这两类作家的参与,使杂剧这种娱乐形式得到极大的发展,使杂剧剧本成为元代文学的代表样式。他们的剧作基本代表了元杂剧创作的最高水平。

明代的科举考试虽大量借鉴了元代的内容,但定期的、稳定的考试安排,明确的晋身之路,使文人的生活重新步入正轨。明代的杂剧作家,作为一个整体,其社会地位比元代的杂剧作家明显上升。关于明代的杂剧作家,曾永义在其《明杂剧概论》中,在前人研究的基础上,考订增补得125位作家。在这125位杂剧作家中,有藩王2人,职官28人,其中进士及第曾入仕途或竟成为显宦的有王九思、康海、杨慎等13人[1]。而优伶作家,如元代红字李二这样的作家已不复可见。地位的变迁,使明代的杂剧作家对文人群体自身表现出更多的关注,他们以剧本更多地表现才子、名士风流,更直接地展现自己的精神世界。而家乐戏班的发达也使剧作家在剧本的创作中处于更主动的中心地位。明代的戏曲演出,主要有三种方式,一是宫廷演出,一是家班的演出,一是民间的演出。虽然中国在先秦时代已有私

---

[1] 此据曾永义《明杂剧概论》第一章"总论"之第三节。台湾学海出版社1979年版,第33页。

乐,但以戏曲演出为主的家乐,其最盛是在明代。家班的流行使剧作者可以把自娱放在重要的地位,而不必时时考虑民众的欣赏要求。

最后,明代的杂剧作家常常兼作南戏、传奇,如李开先、梁辰鱼、王骥德、吕天成、沈璟、孟称舜等等[1]。这种一位作家既作杂剧,又作南戏、传奇的状况,大大增进了杂剧与传奇间的相互融通,促进了杂剧的变化。

---

[1] 曾永义《明杂剧概论》第一章第三节指出:在125位杂剧作家中,有31人是兼作传奇的。参见《明杂剧概论》,台湾学海出版社1979年版,第32—33页。

第二章 关汉卿

第一节 生平与剧作

在钟嗣成的《录鬼簿》中,关汉卿是"前辈已死名公才人有所编传奇行于世者"的第一人;在朱权的《太和正音谱》中,关汉卿的名字也被列在前面,所谓"初为杂剧之始,故卓以前列"。可见关汉卿被公认为元代最早的杂剧作家之一。

关汉卿的生平,因见诸文字记载的不多,我们只能根据片段的材料和他在散曲中的自叙,勾画一个粗略的轮廓。关汉卿大约生于金末,由金入元,卒于元成宗大德年间,也就是说,他的生活年代可能在1210—1300年间。据《录鬼簿》记载:"关汉卿,大都人,太医院尹,号已斋叟。"大都,就是今天的北京。"太医院尹"可能是太医院医药机构的官吏;或说是太医院医户,不过我们至今还未发现他行医的材料。关汉卿活动的主要地区是大都,但也曾到过汴梁,元灭南宋后还到过杭州。

关汉卿是一个一生落拓、不屑仕进的文人,是一个多才多艺、放浪不羁、性格倔强的艺术家。在带有自叙性质的散曲《不伏老》套曲中,他曾这样描述自己:

> 我是个普天下郎君领袖。盖世界浪子班头。愿朱颜不改常依旧。花中消遣。酒内忘忧。分茶攧竹。打马藏阄。通五音六律滑熟。甚闲愁到我心头。伴的是银筝女银台前理银筝笑倚银屏。伴的是玉天仙携玉手并玉肩同登玉楼。伴的是金钗客歌金

缕捧金樽满泛金瓯。你道我老也。暂休。占排场风月功名首。更玲珑又别透。我是个锦阵花营都帅头。曾玩府游州。

又说：

> 我是个蒸不烂煮不熟捶不扁炒不爆响珰珰一粒铜豌豆。……我玩的是梁园月。饮的是东京酒。赏的是洛阳花。攀的是章台柳。我也会围棋会蹴鞠会打围会插科。会歌舞会吹弹会嚥作会吟诗会双陆。你便是落了我牙歪了我嘴瘸了我腿折了我手。天赐与我这几般儿歹症候。尚兀自不肯休。则除是阎王亲自唤。神鬼自来勾。三魂归地府。七魄丧冥幽。天哪。那其间才不向烟花路儿上走。[1]

这几乎是一篇浪子文人的宣言。

在下层文人作家中，关汉卿是和戏院歌场关系颇为亲密的一位作家，他出入瓦舍，与书会才人、民间艺人交往密切。像著名的女艺人珠帘秀就和他有所交往。同时，关汉卿不仅写作剧本，而且还亲自参加舞台演出，"躬践排场，面敷粉墨……偶倡优而不辞"[2]。这些经历使他的剧作更多地贴近舞台与观众，获得广泛的认可，并因此在当时的戏剧界享有崇高的声望，他的名字成为一种标准、一种赞誉。和他同时的杂剧作家高文秀被人呼为"小汉卿"，稍晚的南方作家沈和甫被称为"蛮子汉卿"，由此也足以说明他在戏剧界的巨大影响。

关汉卿一生创作杂剧60余种，现存18种，其中个别作品是否为关汉卿作尚有疑议，比如《鲁斋郎》就是一部著作权存疑的作品。除杂剧外，关汉卿还创作有散曲。今存小令57首，套曲14套。

---

[1] [南吕]一枝花《不伏老》之[梁州]、[尾]。《全元散曲》，中华书局1964年版，第172、173页。

[2] 臧懋循《元曲选序二》。《元曲选校注》第一册，河北教育出版社1994年版，第11页。

从关汉卿现存的杂剧的题材来看,大致可分为三类:第一类是公案剧,如《窦娥冤》、《包待制三勘蝴蝶梦》;第二类是爱情风月剧,如《救风尘》、《调风月》、《望江亭》等;第三类是历史剧,如《单刀会》、《西蜀梦》、《哭存孝》等。

第二节 儒者的悲思

关汉卿虽自称"浪子班头",但他的作品仍表露了鲜明的儒家思想。他以杂剧为抒情写志的工具,借助杂剧来表现他对社会的观察与思考。他以他所受的教育、以他的意识观念反映现实生活,捕捉问题,选择角度,通过剧本来剖析社会、剖析人生。比如他的剧作《窦娥冤》、《蝴蝶梦》、《调风月》便借不同的故事与形象,传达着他对现实的关切。

《窦娥冤》是把寡妇作为关注的中心的。剧中的女主角窦娥是一位年轻的寡妇。她三岁丧母,七岁时她的父亲为了还债和筹措京应试的旅费,将她送给债主蔡婆家为童养媳。十数年后,窦娥与丈夫成婚,可不久丈夫就死去了。于是婆媳俩相依为命。蔡婆讨债遇险,被恶汉张驴儿父子救起。张氏父子借机威胁蔡氏婆媳嫁给他们二人,以霸占他们的财产。窦娥执意不从,张驴儿借蔡婆卧病的机会,设计要毒死蔡婆,不料下了毒药的羊肚汤,被自己的父亲误食身死。张驴儿遂诬告窦娥毒死公公。在公堂上,窦娥怕打坏了婆婆,屈招是自己所为,被官府问成死罪斩首。临刑前她发下三桩大愿,死后"三愿"一一应验。最后,窦娥托梦给她任廉访使的父亲,冤狱得以昭雪。

在剧本里,关汉卿透过窦娥这个弱者的命运,表达了自己对社会黑暗与不公的愤怒。窦娥是一个充满悲剧色彩的人物,她代表了社会上再普通不过的、顺从命运安排的寡妇们。在关汉卿的笔下,窦娥严守当时的道德,孝顺,坚持好女不嫁二夫。但就是这样一个立志要遵从社会道德的女子,却被这个社会以违反道德的罪名给毁灭了。

剧本开始时,尽管窦娥命运坎坷,心中有很多烦恼,但她接受了命运的安排,准备修来世,可是社会现实却不允许她这样做,坏蛋张驴儿的闯入,使她不得不反抗。当时张驴儿父子随蔡婆回到家中,窦娥当即对婆婆说明:"你要招你自招,我并然不要女婿",对张驴儿则全然不理:"兀那厮,靠后!"当张驴儿来扯窦娥时,是被窦娥一把推倒。后来冲突进一步发展,张驴儿借毒死人命事要挟窦娥。面对张驴儿的要挟,蔡婆非常害怕,要求窦娥随顺张驴儿,但一向孝顺的窦娥坚决不从。她涉世不深,幻想正义能够得到伸张,官员能够为百姓主持公道。所以当张驴儿提出官休,还是私休时,她毅然选择了官休:我又不曾药死你老子,情愿和你见官去来。窦娥对官府寄予希望,但官府粉碎了她的希望。官员草菅人命,不认真审案,只知用刑。窦娥被屈打成招,"下在死牢里""来日押赴市曹典刑"。在法场之上,当自己注定要冤屈而死时,窦娥面对刽子手发下三桩大愿。人虽然就要死去,但她的内心是不屈服的。她要复仇,她悲愤填膺,她对天地提出指责。她指斥天地的不分清浊是非、怕硬欺软,慨叹老百姓有口难言。至此,窦娥的抗争达到高潮。而此时的抗争不仅出自对道德的坚守,更来自对现实的绝望。关汉卿借窦娥的口,倾诉出自己内心的愤怒:

> [滚绣球]有日月朝暮悬,有鬼神掌着生死权。天地也,只合把清浊分辨,可怎生糊突了盗跖颜渊。为善的受贫穷更命短,造恶的享富贵又寿延。天地也,做得个怕硬欺软,却元来也这般顺水推船。地也,你不分好歹何为地?天也,你错勘贤愚枉做天!哎,只落得两泪涟涟。[1]

关汉卿以窦娥这位年轻的寡妇作为自己表现的对象,由窦娥的遭遇表现自己对社会的认识,对现实的批评。关汉卿是赞同"三从四德"的,正像第四折窦天章对窦娥说的:"我当初嫁你与他家呵,要你三从

---

[1] 第三折。《元曲选校注》第四册上卷,河北教育出版社1994年版,第3795页。

四德。"关汉卿愤怒的是社会的黑白颠倒,是官府的草菅人命,他不满的是社会让好人受难,"我不肯顺他人,倒着我赴法场;我不肯辱祖上,倒把我残生坏。"[1]信守道德的窦娥,被这个社会以"毒死公公"的罪名处以了极刑。关汉卿对现实的批判经由窦娥的形象,经过这样一个充满悖论的情节表达了出来。

《蝴蝶梦》是一本公案剧。剧本的基本情节是这样的:王某无故被葛彪打死。王某的三个儿子为父报仇将葛彪痛打而死,被官府拿住,三个儿子争着认罪抵命。王氏保全前母所生的老大、老二,用自己亲生的石和抵命。包拯审理此案,了解到内情,暗中用盗马贼代石和死。王氏一家团聚。

作为公案剧,《蝴蝶梦》并不成功。剧本第二折写包公审案,包公的审问过程笨拙、简单、粗暴,最后是依据梦的预兆,做出决定。然而剧本的不成功处,却也正见出关汉卿作为一位文人剧作家的特点。关汉卿写作这个剧本,只是选择权豪势要横行这样一个大的背景来展开剧情,就整个剧本而言,包公判案不过是一个躯壳,或者说是一个载体,关汉卿渴望借这个躯壳(载体)来表达他的道德思考。包公形象的淡化,是因为继母王氏才是作者关注的中心。也正因此,剧本最突出之处,不在包公的如何断案,却在对王氏这位后母的表现,在继母的贤德,所谓"王婆婆贤德抚前儿"。而关汉卿也通过王氏,表达了他对这种道德境界的肯定。

《调风月》剧本写贵族人家的侍女燕燕,奉老夫人之命去侍候来探亲的小千户。小千户借机骗取了她的爱情,玷污了她,答应将来让她做小夫人。可是,当她痴心爱恋时,却意外地发现小千户另有所欢。而燕燕更不得不遵从老夫人的指示去为小千户说合。到了结婚的日子她还得为小姐梳妆打扮。婚礼上,痛苦的燕燕道出了真情,最

---

[1] 第四折[雁儿落],《元曲选校注》第四册上卷,河北教育出版社1994年版,第3807页。

终得到了小夫人的身份。"双莺燕暗争春,诈妮子调风月"的主题,虽多少有文人的狎邪情趣在其中,但关汉卿通过这一题材,通过虚荣的燕燕,挖掘了侍女的内心,显示了他对人性的思索。

有的研究者认为关汉卿的人物塑造以《窦娥冤》中的窦娥、《调风月》中的侍女燕燕、《蝴蝶梦》中的继母王氏最见深度[1],其重要原因也就在于其中所体现的关汉卿的观察与思考。

《单刀会》是关汉卿历史剧的代表作,剧演鲁肃定计,要借请关羽赴宴的机会,索取荆州。乔国老和司马徽坚决反对,但鲁肃仍坚持己见。关羽明知此宴有诈,却毫不畏惧,带小卒赴宴。最终不但使鲁肃的诡计落空,而且迫使鲁肃把自己送回船上,安全离开江东。关于"单刀会"和"东吴索取荆州",史书中有所记载,《三国志》的《鲁肃传》曾写到"单刀会",写到鲁肃和关羽的会面,然其中并没有如关汉卿杂剧中的情节。另外,《三国志》的《先主传》也提到孙权索取荆州一事。关汉卿的《单刀会》重新演绎这一历史事件,借此表达自己的一番历史感慨。

在剧本里,关汉卿突出关羽豪迈无畏的英雄形象,由此写出自己对历史上英雄人物的崇敬:"你道三条计决难逃,若是一句话不相饶,那其间使不着武官粗卤文官狡。那汉酒中火性显英豪,吃搭的腰间揸住宝带,项上按着钢刀。虽然你岸边头藏了战船,却索与他水面上搭起浮桥。"[2] "大江东去浪千叠,引着这数十人驾着这小舟一叶。不比九重龙凤阙,这里是千丈虎狼穴。大丈夫心别,来,来,来! 我觑的单刀会似村会社。"[3]

---

[1] 参见冯钟芸《关汉卿》,《中国历代著名文学家评传》第四卷,山东教育出版社1985年版。

[2] 第一折[金盏儿]。《元刊杂剧三十种新校》,兰州大学出版社1988年版,第35页。

[3] 第四折[双调新水令]。《元刊杂剧三十种新校》,兰州大学出版社1988年版,第39页。

在剧本里,关汉卿借关羽的嘴传达了一种正统史观:"想着俺汉高皇图王霸业,汉光武秉正除邪,汉献帝把董卓诛,汉皇叔把温侯灭。俺皇亲合情受汉朝家业,则您那吴天子是俺刘家甚枝叶?请你个不克己的先生自说。"[1]

也是在剧本里,在全剧的悲壮与豪迈中,关汉卿发出了深沉的沧桑慨叹:

> 水涌山叠,年少周郎何处也?不觉灰飞烟灭,可怜黄盖转伤嗟。破曹的樯橹当时绝,鏖兵的江水犹然热,好交我心惨切。这也不是江水,二十年流不尽英雄血。[2]

> 恰一国兴,早一朝灭,那里也舜五人,汉三杰?二朝阻隔六年别,不甫能见也,却又早老也。开怀的饮数杯,尽心儿笑一夜。[3]

作为浪子文人,浪子的风流与儒者的情怀,在关汉卿身上交融在一起,使他的剧本于市民性之外,也表现出一定的文人性。当他以儒者的视野观察社会、体味人生、审视历史的时候,他深切地体会到了现实的丑陋,历史的变幻,人性的弱点,以及卑微生命与命运的抗争。他评价历史、慨叹人生,并将这种种体会呈现到剧本中,使其剧作流露出儒者的悲思。

---

[1] 第四折[沉醉东风]。《元刊杂剧三十种新校》,兰州大学出版社1988年版,第40页。

[2] 第四折[驻马听]。《元刊杂剧三十种新校》,兰州大学出版社1988年版,第39页。

[3] 第四折[胡十八]。《元刊杂剧三十种新校》,兰州大学出版社1988年版,第39页。

第三节 艺术成就

关汉卿的杂剧时时透露着他的儒生本色,他以他的儒生本色提升了杂剧剧本的思想价值;同时作为"梨园领袖"、"杂剧班头"的关汉卿又以他对杂剧程式和技艺的熟悉,以他的多才多艺,充分发挥着杂剧形式的特点,使他的剧本适合舞台演出,具有强烈的戏剧性和艺术吸引力。关汉卿使元初的杂剧艺术形式趋向完备,剧作的戏剧性增强,戏剧冲突集中,人物形象鲜明,语言文白结合。

关汉卿杂剧的艺术成就,首先在于他对人物的塑造。关汉卿善于将人物放在尖锐的冲突中来表现。《窦娥冤》中的窦娥,剧本竭力刻画的是她的孝顺、善良与刚强。而不论是善良,还是刚强,都是在生与死的尖锐冲突中一点一点地表现出来的。窦娥是刚强的,面对张驴儿的要挟,她不肯屈服;面对官府的淫威,她不肯屈招。窦娥是善良的,公堂之上,窦娥本是遭受毒打也不肯招认的,但当糊涂问官要打婆婆时,她担心婆婆经不住那样的毒打,便自己屈招了。她情愿自己含冤负屈,承担杀人的罪名,情愿一个人来领受开刀问斩的极刑,也要保全婆婆的性命,不让婆婆受苦。在被押赴刑场的路上,她还苦苦地恳求刽子手"与人行方便",不走前街,走后街,以免蔡婆看到她披枷戴锁心中难过。法场之上,窦娥最后与蔡婆话别,她劝婆婆不要再烦恼、再哭泣,说"都是我做窦娥的没时没运,不明不暗,负屈衔冤"。

《蝴蝶梦》杂剧则在理智与情感的冲突中写出继母王氏的贤德与慈爱。尤其是剧本的第三折。在第三折里,关汉卿让王氏直接面对石和将被处死的局面:张千在王氏送饭后放出了王大、王二,王氏很高兴,她满怀希望地问:哥哥,那第三个孩儿呢?张千说:把他盆吊死,替葛彪偿命,明日早墙底下来认尸。于是,王氏的内心便陷入了理智与情感的冲突:

(正旦悲科唱)[上小楼]将两个哥哥放免,把第三的孩儿推转;想着我咽苦吞甘,十月怀耽,乳哺三年。不争教大哥哥、二哥哥身遭刑宪,教人道桑新妇不分良善。

　　[幺篇]你本待冤报冤,倒做了颠倒颠!岂不闻杀人偿命,罪而当刑,死而无怨。(做看王三科,唱)若是我两三番将他留恋,教人道后尧婆两头三面。[1]

她一面理性地劝老大、老二说:"大哥、二哥家去来,休烦恼者!"一方面心中充满痛苦:

　　[快活三]眼见的你两个得升天,单则你小兄弟丧黄泉。(做觑王三悲科,唱)教我扭回身、忍不住泪涟涟。(王大、王二悲科)(正旦云)罢、罢、罢!但留的你两个呵,(唱)他便死也我甘心情愿。

　　[朝天子]我可便可怜孩子忒少年,何日得重相见?不争将前家儿身首不完全,枉惹得后代人埋怨。我这里自推自撅到三十余遍,畅好是苦痛也么天!到来日一刀两段,横尸在市廛,再不见我这石和面。[2]

作者利用细节来反复强调王氏感情上的极大矛盾,写她一再留恋,几次看石和不肯离去。在平实自然中,加深王氏的道德力量,使之深刻而激动人心。

《调风月》剧本写燕燕这个侍女,是把她放在最令她狼狈的位置来加以刻画,突出她的形象。燕燕对小千户感情很深,但小千户却另有所爱,她不愿意小千户向莺莺求婚,可她的身份却使她不得不去替小千户说亲,去为他们操办婚事。正是在这种难堪的境遇中,关汉卿把一个泼辣又软弱的侍女形象写得有血有肉。

―――――――――――
〔1〕第三折。《元曲选校注》第二册下卷,河北教育出版社1994年版,第1710页。
〔2〕第三折。《元曲选校注》第二册下卷,河北教育出版社1994年版,第1710页。

关汉卿的剧本矛盾集中，主干突出，情节富于变化。在《窦娥冤》里，从窦娥七岁被卖，到她二十岁守寡，其间许多辛酸的事情，因与主线关系不大，都被作者大刀阔斧地删去了，只由蔡婆的交代一提而过，连她丈夫的名字都没有说明。而法场受刑，情节本来很简单，却因关系到全剧的主旨，与人物的塑造直接相连，因而安排了整整一折戏，来加以铺张渲染。

关汉卿杂剧的情节富于变化。比如《窦娥冤》中蔡婆讨债，被赛卢医骗到郊野，要将她勒死，巧遇张驴儿父子而得救，但跑了一个坏蛋又来了两个更凶恶的恶棍；后张驴儿买来毒药想毒死蔡婆，以逼窦娥就范，结果竟毒死了自己的父亲，阴谋没有得逞，可是窦娥却因此被诬告，进而经官、受酷刑、遭冤杀。戏剧冲突一个紧接一个，高潮迭起，曲折紧张。再比如，《救风尘》杂剧里的赵盼儿费尽心机赚来了周舍的休书，带着宋引章逃出。当观众正为她们终于逃出魔掌、获得自由而庆幸时，周舍赶来，咬碎了休书，于是风云突变，人们本已放松的心情又紧张了起来。这时剧作者才通过赵盼儿的口点明，她为了防备周舍后悔，早已换过休书，咬碎的只是假休书罢了。一番波折，至此，冲突消解，观众完全放下心来，同时，也由衷地赞叹赵盼儿的机警老练。从而收到强烈的艺术效果。

关汉卿杂剧的语言自然、真切、质朴，既切合剧情，又富于个性。同是淋漓的诉说，《窦娥冤》中负屈衔冤的窦娥唱出的曲词责天骂地，充满愤激，正写出生死关头，窦娥满肚子的冤屈，显示出窦娥性格中刚烈的一面。而《诈妮子》中被情人抛弃的燕燕的唱词则在痛苦的表白与愤愤中，流露出一份自怨自艾："你那浪心肠看得我忒容易，欺负我是半良半贱身躯。半良身情深如你那指腹为亲妇，半贱体意重似拖麻拽布妻。想不想今日，都了绝爽利，休尽我精细"[1]；"呆敲才

---

[1] 第二折[耍孩儿]。《元刊杂剧三十种新校》，兰州大学出版社1988年版，第59页。

呆敲才休怨天,死贱人死贱人自骂你。本待要皂腰裙,刚待要蓝包髻,则这的是接贵攀高落得的"[1]。同时,人物的身份不同,语言也会不同。《拜月亭》中的王瑞兰是一位大家闺秀,她在逃难途中与书生蒋世隆结成夫妻,但却被父亲拆散。最后,瑞兰父亲招状元为婿,瑞兰与世隆在婚礼上不期而遇。这时,面对世隆的责怪,瑞兰有一番辩白:

> 须是俺狠毒爷强匹配我成姻眷,不剌,可是谁央及你个蒋状元,一投得官也接了丝鞭?我常把伊思念,你不将人挂恋,亏心的上有青天![2]

> 我便浑身上都是口,待交我怎分辩?枉了我情脉脉,恨绵绵!我昼忘饮馔夜无眠。则兀那瑞莲。便是证见。怕你不信后,没人处问一遍。[3]

在《调风月》中,燕燕看到小千户不高兴,也有一段表白:

> 见我这般微微喘息,语言恍惚,脚步儿查梨;慢松松胸带儿频挪系,裙腰儿空闲里偷提;见我这般气丝丝偏斜了髯髻,汗浸浸折皱了罗衣。似你这般狂心记,一番家搔揉人的样势,休胡猜人短命黑心贼![4]

两人的唱词同样直白,但瑞兰的分辩,口气端庄、堂堂正正,伤心中的据理力争,时时透露着自信和精神上的高贵。而燕燕的一席话则小心翼翼,体贴中有一份迎合,是处在卑微地位的侍女的说话。在关汉

---

[1] 第二折[尾]。《元刊杂剧三十种新校》,兰州大学出版社1988年版,第60页。

[2] 第四折[水仙子]。《元刊杂剧三十种新校》,兰州大学出版社1988年版,第26页。

[3] 第四折[胡十八]。《元刊杂剧三十种新校》,兰州大学出版社1988年版,第26页。

[4] 第三折[满庭芳]。《元刊杂剧三十种新校》,兰州大学出版社1988年版,第58页。

卿的笔下,人物的处境、遭遇、身份不同,说话的腔调和感情色彩也完全不同。

　　文人的视野与学识,加上对勾栏的熟悉使关汉卿创作出不朽的剧作,在戏曲史上占有了举足轻重的地位;同时也帮助杂剧这种戏曲形式迅速成熟,成为有元一代文学的重要代表。

第三章 白朴及元初期的杂剧创作

第一节 白朴

白朴(1226—?),原名恒,后改名朴,字仁甫,一字太素,号兰谷。祖父白宗宪,笃信佛教,没有做过官。伯父白贲,泰和三年(1202)进士,是位有名的诗人。叔父是一位和尚,法名宝莹,也是诗人。父亲白华,字文举,贞佑三年(1215)进士,官至枢密院判官,是金朝著名的文士。1233年,白华在邓州降宋。由于宋不敢重用金朝抗蒙势力,对金朝降将不予信任;加之在蒙古军队的强大攻势下,南宋边防军中,南、北人的矛盾很激烈。1235年10月白华又在均州投降蒙古。白华在金朝曾参与军事决策,临危变节,因此遭到人们的非议。白华回到北方后,经过一段时间的漂泊,带着儿子卜居真定,受到北方最早降蒙的史天泽的庇护。

白朴生在金王朝走向灭亡、蒙古帝国兴起的时候。当金的首都南京(即汴梁,今河南开封市)被攻占时,白朴才七岁。他的父亲随金哀宗外出就兵,母亲在变乱中失落。著名诗人元好问和他的父亲是同学,又是密友。白朴从逃难开始便一直跟随着元好问。

少年时代国破家亡的遭遇使白朴的内心有着难言的隐痛。在作于元世祖至元三年(1266)的《石州慢》词中,他曾经写到自己"几回饮恨吞声哭"的心情。而大作家元好问潜移默化的影响,也对白朴日后的成长、对他成为一名著名的作家起到了重要的作用。

白朴一生放浪形骸,拒绝出仕,主要精力用于文学创作。他的突出成就表现在杂剧和散曲方面。白朴共著有杂剧15种,今存《梧桐雨》、《墙头马上》、《东墙记》3种。其中又以《梧桐雨》最著名。

《梧桐雨》是一个末本,正末扮唐明皇。剧本写唐明皇宠爱杨贵妃,每天歌舞宴饮。后安禄山作乱,唐明皇匆忙带贵妃避难四川。走到马嵬坡,军队不肯前进,要求杀杨氏兄妹,明皇被迫令贵妃自尽。叛乱平息,唐明皇回到宫中,每日思念贵妃,但当他终于在梦中见到贵妃时,却被雨滴梧桐的声音惊醒,于是触景生情,更添愁闷。

李杨故事是文学史上很受关注的话题。《梧桐雨》剧本写唐明皇、杨贵妃的故事,从他们的聚与欢写到离和悲。长生殿盟誓、御园中的宴会、进贡的荔枝、霓裳之舞,在在写他们爱情的欢乐。而安禄山的叛乱、幸蜀西去、马嵬永别以及唐明皇的思忆,则无处不是生活的痛苦。正如他在《水龙吟》词中所说:"人生几许,悲欢离聚,情钟难遣。"[1]白朴在李杨的故事中读到并写出人生的悲哀。

整个剧本以浓郁的抒情性引人注目。作为剧本主体的曲辞写得缠绵悱恻,细腻传情。既自然朴实,又有一种优雅的美丽。比如全剧的最后一支曲子[黄钟煞]:

顺西风低把纱窗哨,送寒气频将绣户敲。莫不是天故将人愁闷搅,度铃声响栈道。似花奴羯鼓调,如伯牙[水仙操]。洗黄花,润篱落;渍苍苔,倒墙角;渲湖山,漱石窍;浸枯荷,溢池沼。沾残蝶粉渐消,洒流萤焰不着;绿窗前促织叫,声相近雁影高。催邻砧处处捣,助新凉分外早。斟量来这一宵,雨和人紧厮熬。伴铜壶点点敲,雨更多泪不少。雨湿寒梢,泪染龙袍,不肯相饶,共隔着一树梧桐直滴到晓。

细细读来句句白话,却在絮絮叨叨中,在具体的、对雨景的逐一描写中,把唐明皇对雨打梧桐的感受,把唐明皇在秋雨中的孤独、凄

---

[1]《全金元词》,中华书局1979年版,第630页。

凉,倾诉了出来。每一幅雨景我们都是熟悉的,而一幅幅雨景的重叠正强调出明皇内心的痛苦。曲的最后直诉泪水直滴到晓,抒情可谓毫不含蓄,"意"似乎已说尽了,但缠绵的情感却由此弥漫开来,曲终而不尽。其实这支曲子很能代表白朴《梧桐雨》剧本的曲词风格,即直白而缠绵。

在抒情的展开方面,全剧紧紧抓住梧桐来做文章,梧桐在剧中一再出现,直至第四折加以充分的发挥。比如第一折写到"靠着这招彩凤、舞青鸾、金井梧桐树影,虽无人窃听,也索悄声儿海誓山盟"([醉中天])。第二折写到"红牙箸趁五音,击着梧桐按。嫩枝柯犹未干,更带着瑶琴音泛"([古鲍老])。第四折在唐明皇的思念中,梧桐仍不断地被提到:

[幺]常记得碧梧桐阴下立,红牙筯手中敲。他笑整缕金衣,舞按霓裳乐。

[幺]到如今翠盘中荒草满,芳树下暗香消。空对井梧阴,不见倾城貌。[1]

这是与前面的描写相呼应,也是一种强调。梧桐与他们的感情紧紧相伴,目睹他们的欢笑与悲哀。于是在潇潇雨声中,梧桐成为伤感的触发点:

[蛮姑儿]懊恼,窨约。惊我来的又不是楼头过雁,砌下寒蛩,檐前玉马,架上金鸡,是兀那窗儿外梧桐上雨潇潇。一声声洒残叶,一点点滴寒梢,会把愁人定虐。[2]

[倘秀才]这雨一阵阵打梧桐叶凋,一点点滴人心碎了。枉着金井银床紧围绕,只好把泼枝叶做柴烧,锯倒。[3]

---

[1]《元曲选校注》第一册下卷,河北教育出版社1994年版,第1039页。
[2]《元曲选校注》第一册下卷,河北教育出版社1994年版,第1041页。
[3]《元曲选校注》第一册下卷,河北教育出版社1994年版,第1041页。

第三章　白朴及元初期的杂剧创作

[滚绣球]长生殿前那一宵,转回廊,说誓约,不合对梧桐并肩斜靠,尽言词絮絮叨叨;沉香亭那一朝,按[霓裳],舞[六幺],红牙箸击成腔调,乱宫商闹闹炒炒。是兀那当时欢会栽排下,今日凄凉厮辏着,暗地量度。[1]

在中国的文学传统中,梧桐本身已包蕴有伤悼的意味,温庭筠在他的[更漏子]词中曾成功地写出夜雨梧桐的凄苦:"梧桐树,三更雨,不道离情更苦;一叶叶,一声声,空阶滴到明。"何况梧桐与唐明皇、杨贵妃当年的生活有那么多联系,是他们感情生活的见证呢。所以在唐明皇的心中,所有的雨声都不如雨滴梧桐的声音让他伤感:

[三煞]润蒙蒙杨柳雨,凄凄院宇侵帘幕;细丝丝梅子雨,妆点江干满楼阁,杏花雨红湿阑干,梨花雨玉容寂寞;荷花雨翠盖翩翻,豆花雨绿叶萧条;都不似你惊魂破梦,助恨添愁,彻夜连宵。[2]

"春风桃李花开日,秋雨梧桐叶落时",白居易《长恨歌》的"秋雨梧桐"在白朴的剧本里得到充分的发挥,梧桐自身的忧郁色彩,增加了抒情的伤感。而以梧桐为中心的结撰,也使得全剧结构紧凑。加上剧本结束处唐明皇在风雨声中的思忆、痛苦与感慨,更使剧本在构思上显示出对一般的超越。

就形象塑造而言,剧中贵妃的形象较为模糊,既有滥情的一面,也有深情的一面。比如"楔子"中写到贵妃为安禄山做洗儿会;第一折中由贵妃的自白写到贵妃对安禄山的想念("妾心怀想,不能再见,好是烦恼人也")等;但在长生殿盟誓一段,又写到她对唐明皇的依恋:"妾蒙主上恩宠无比,但恐春老花残,主上恩移宠衰,使妾有龙阳泣鱼之悲,班姬题扇之怨,奈何?"

---

[1]《元曲选校注》第一册下卷,河北教育出版社1994年版,第1041—1042页。
[2]《元曲选校注》第一册下卷,河北教育出版社1994年版,第1042页。

男主角唐明皇的形象则很鲜明,是一个专情的情人形象。对于唐明皇,虽然写到他因眷恋杨贵妃"朝纲倦整","自从得了杨妃,真所谓朝朝寒食,夜夜元宵也",但更多的是同情。剧本着意描写的是唐明皇的风流才情,突出的是长生殿的盟誓,对唐明皇的遭遇颇为感慨。尤其是剧本的第四折对唐明皇由盛而衰的凄凉处境的表现,更是充满浓郁的抒情气息。

白朴用这个大家熟悉且热衷的题材,书写"情钟难遣"的痛苦,以其深情与优雅,赢得了无数赞誉。

《墙头马上》是一本成功的爱情喜剧。裴尚书之子裴少俊骑马经过李家花园,恰遇洛阳总管李世杰之女李千金倚墙而望,两人一见钟情,私定终身,事情被奶妈撞破,奶妈放他们走掉。李千金在裴家花园匿居七年,生下一儿一女,清明节时被裴尚书发现,一封休书赶出家门。裴少俊状元及第,做了洛阳县尹,欲与李重做夫妻,裴父知道李千金是李世杰之女,亦来陪话,于是一家团圆。

整个剧本虽然在剧情的展开过程中使用了爱情剧的俗套:男女主人公当初曾议婚事,但却能别开生面,使故事的开展富于吸引力,尤其是私会被发现、匿居被逐出、以及拒绝复婚等几处情节,都写得既平实又新鲜。比如李千金匿居花园被发现一节全由一双小儿女引出。李千金的儿子端端六岁,女儿重阳四岁,两人与院公淘气。院公喝了酒想睡觉,两个孩子看见院公睡着便去打他。裴尚书来到后花园,看到院公睡觉也打,院公以为是孩子打的,拿起扫帚欲打,却发现是主人。尚书问起孩子是谁家的?两个孩子尚不懂事,如实道来,院公在旁慌忙遮掩,却一再被孩子说破。于是尚书发现其中有诈。用生活中最琐碎、家常的情节,在笑声中,使情节顺乎情理地发展。

女主角李千金的形象在剧中也表现的鲜明动人。剧本一开始,李世杰介绍自己的女儿时,就以"深通文墨,志量过人,容颜出世"加以形容,而剧中的李千金也果然个性鲜明,敢作敢为。与裴少俊私会为奶妈发现,奶妈说是梅香勾引的,李千金却直截告诉奶妈不干梅香的事,是自己选择了裴少俊;奶妈让李千金选择或者教秀才求官去,得了官再来娶她;或者放两人走掉,等秀才得了官,再来认亲,李千金马上选择了两人一起走。被裴尚书发现,院公还在掩饰,李千金却直言自己是少俊的妻室。少俊得官后,找到李千金希望复婚,李千金坚持不肯,裴尚书来赔礼,李千金仍断然不认,最后是因为孩子的缘故才认了公婆,夫妻团圆。

与其他爱情剧相比,《墙头马上》少了一份缠绵,多了一份爽朗,作者以旁观者的态度,冷静、客观地在舞台上展示了一个爱情故事。

第二节 其他作家

一、纪君祥的《赵氏孤儿》

纪君祥,大都人。著有杂剧六种,今存一种:《赵氏孤儿冤报冤》。此剧元刊本为四折,《元曲选》本为五折,两本的曲词也有较大出入。

《赵氏孤儿》是一部著名的历史悲剧。演春秋晋灵公时,赵盾与屠岸贾两个家族的矛盾斗争。所述与《史记·赵世家》、刘向《新序》、《说苑》等记载基本相同,与《左传》记载大异。《左传》的记载可能更接近事实,而《史记》等可能吸收了民间传说。在剧本里,屠岸贾进谗言,将赵盾一家满门杀绝,并诈传灵公之命残害赵盾之子驸马赵朔,囚禁公主。公主在府中生下一子,根据赵朔的遗言起名为赵氏孤儿。于是围绕孤儿展开了"搜孤救孤"的斗争。草泽医人程婴从公主府中带出婴儿,无处躲藏,便投奔公孙杵臼,要求公孙杵臼收留孤儿,然后将自己和自己未满月的儿子送出首告。公孙杵臼以自己年迈,让程婴出首,自己和程婴之子去死。屠岸贾亲自审问,让程婴用刑逼供,公孙杵臼撞阶而死。屠岸贾收留程婴做门客,并把赵氏孤儿收为义子。二十年后,赵氏孤儿长大,报了冤仇。

剧本在表现屠岸贾的残暴与奸诈的同时,突出了程婴等义士为保存赵氏孤儿所表现的牺牲精神、不屈精神。剧中的义士在反对恶势力的斗争中,前仆后继,虽然力量悬殊,但其主人公却不惜赴汤蹈火。

在艺术上,剧本对戏剧冲突的组织很出色,尤其是第三折。虽然《赵氏孤儿》的戏剧冲突单纯,概括起来就是搜孤救孤。但在表现上颇值得称道。剧本的第三折是冲突双方直接交手。在此前的第二折,屠岸贾曾宣布:三日之内,如果没有人把走漏了的赵氏孤儿交出,他便将晋国内半岁以下、一月以上的小孩尽行诛戮。这一方面使程婴、公孙杵臼的行为不仅是忠奸斗争,不仅是士为知己者死,而且有了更深刻的意义,充满了正义性。另一方面也使形势变得更加紧迫。第三折一开始,程婴告发公孙杵臼私藏赵氏孤儿。这时剧本不写屠岸贾大喜过望,而写其不肯轻信,反复盘问。屠岸贾提出了两个问题:(1)你怎生知道公孙杵臼私藏孤儿?(2)你和公孙杵臼往日无仇,近日无冤,你为何告发他藏着赵氏孤儿? 程婴机智地回答了屠岸贾的问题。屠岸贾虽半信半疑,但点起人马,与程婴一道去捉拿公孙杵臼。因公孙杵臼不肯招认,屠岸贾命人痛打,并让程婴来执行,借此观察公孙,考验程婴,于是冲突进一步激化。这一折中尤其值得注意和成功的地方有二:一是公孙杵臼在受刑时心理的变化。屠岸贾为了了解真相,告诉公孙,打他的是程婴。公孙杵臼没有想到打他的是程婴,而且打的那么狠,刹那间,他差点泄露了秘密。作者通过程婴、屠岸贾、公孙杵臼之间复杂的关系,高度紧张的心理状态,制造悬念,把冲突推向高潮。另一值得注意处是搜出孤儿后,屠岸贾挥剑把婴儿砍为三段,作者利用这样的情境写人物在遭受极大困难时的复杂感情。搜出孤儿,消除了屠岸贾对自己的怀疑,赵孤得救,全国的婴儿得救,但自己的亲生儿子遭到杀戮,内心悲痛却又不能表现。作者这时借助科介来表现程婴的内心。屠岸贾剑砍婴儿,程婴是"做惊疼科"、"掩泪科"。应该说《赵氏孤儿》在冲突的组织上充分利用了故事所提供的表现空间。

二、康进之的《李逵负荆》

李逵是元代水浒戏中最受欢迎的角色,半数以上的水浒戏以他为剧中的重要人物。就目前已有的材料统计,元代的黑旋风杂剧,今天可见到题目的有十余种,流传下来的剧本有四种,即:《李逵负荆》、《双献功》、《还牢末》、《黄花峪》。其中《黄花峪》和《还牢末》都没有以李逵为中心来组织情节。《黄花峪》写刘庆甫妻子李幼奴被蔡衙内抢往水南寨,水浒众英雄杨雄、李逵、鲁智深等参与解救。剧中第二、第三折由正末扮李逵。《还牢末》写李逵奉宋江之命,往东平府请刘唐、史进入伙,却因误伤人命而被捕,为六案都孔目李荣祖所救。李逵以一对扁金环为谢。李荣祖之妾萧氏与人有奸,以金环出首,告荣祖结交贼人。荣祖入狱。刘唐为泄私愤,一再折磨荣祖,并接受萧氏贿赂,害死荣祖,弃尸死人坑。后荣祖苏醒,又被萧氏找来刘唐,重新投入监狱。阮小五奉宋江之命再请刘唐、史进上山,刘唐无奈,只得与史进一同到牢里救出李荣祖,同上梁山。路上遇到来搭救荣祖的李逵,捉住想要勒死荣祖一双儿女的萧氏和她的奸夫。最后,李荣祖、刘唐、史进均为梁山头领,杀萧氏及其奸夫雪恨。

以李逵贯穿始终,以李逵为核心人物的剧本则有高文秀的《双献功》和康进之的《李逵负荆》。高文秀是元初著名的杂剧作家,作有多本关于黑旋风的杂剧,今仅存《双献功》一本。剧演李逵在宋江面前写下军令状,护送孙孔目夫妻去泰安神州还愿。孙孔目之妻郭念儿与白衙内有奸,两人相约在火炉店会面、私奔。孙孔目失妻后告状,却被白衙内下在死囚牢里。李逵设计救出孙孔目,杀死白衙内和郭念儿,带着人头回梁山献功。

康进之的《李逵负荆》是现在保存下来的元人水浒戏中最优秀的作品。剧写宋刚、鲁智恩假扮宋江、鲁智深抢走老王林的女儿满堂娇。恰好李逵因清明节放假来王林的酒店买酒喝,听说此事,愤然上山,大闹聚义堂。宋江与李逵立下军令状,一起到王林的酒店对质,于是真相大白。李逵心中惭愧,砍了荆杖背在背上,向宋江请罪,并和鲁智深一起抓住宋刚、鲁智恩,将功补过。

小说《水浒传》第七十三回讲述了一个与杂剧《李逵负荆》相似的故事,但因体裁不同,两者的处理也不同。《李逵负荆》作为剧本,为了使冲突集中,情节紧凑,故使情节紧紧围绕李逵展开,写李逵与王林、宋江、鲁智深之间的矛盾冲突。而小说则是写李逵与燕青俩人同时住在太公家,听到太公、太婆的哭诉。李逵上山后即砍倒杏黄旗,并因气愤而说不出话来,只好由燕青说出事情的原委。抓贼人一节,小说写李逵、燕青正北、正东、正西皆寻不着,在太庙借宿才得到线索,而杂剧则写三天后贼人送满堂娇回来,王林上山报告,李逵同鲁智深去捉拿,场景集中,笔法也简洁。

同时,剧本在表现这个故事时,也充分注意故事的喜剧性,展示出作者的喜剧才能。比如李逵在王林的店中饮酒,一连声地要热酒,老王林则一再地哭叫:"我那满堂娇儿也!"比如李逵上山后就挖苦宋江,而宋江、鲁智深则被弄得丈二和尚摸不着头脑:

> [倘秀才]哎!你个刎颈的知交庆喜,(宋江云)庆什么喜?(正末唱)则你那压寨的夫人在那里?(指鲁智深科,云)秃驴,你做的好事来。(唱)打干净球儿不道的走了你。(宋江云)怎么,智深兄弟,也有你那。(正末唱)强赌当,硬支持,要见个到底。[1]

比如三人对质来到王林家门口,李逵叫门不开,说把女儿送回来了,王林一下儿惊醒,跑来开门,并把李逵当作满堂娇抱住:

> [醋葫芦]这老儿外名唤做半槽,就里带着一杓。是则是去了你那一十八岁这个满堂娇,更做你家年纪老。(云)俺叫了两三声,不开门。第三声道送将你那满堂娇女孩儿来了,他开开门,搂着俺那黑脖子,叫道,我那满堂娇儿也。(唱)老儿也,似这

---

[1] 第二折。《元曲选校注》第四册下卷,河北教育出版社1994年版,第3829页。

般烦恼的无颠无倒,越惹你揉眵抹泪哭嚎啕。〔1〕

比如在对质时,因王林说不是,李逵遂指责宋江、鲁智深吓唬王林:

> [幺篇]你则合低头就坐来,谁着你睁睛先去瞧;则你个宋公明威势怎生豪。刚一瞅早将他魂灵吓掉了。这便是你替天行道,则俺那无情板斧肯担饶。

> [幺篇]谁不知你是镇关西鲁智深,离五台山才落草,便在黑影中摸索也应着,只被你爆雷似一声先吓倒,那呆老子怕不知名号。(带云)适才间他也待认来。(唱)只见他摇头侧脑费量度。〔2〕

所有这些细节、动作、语言均写得风趣、诙谐,以轻松的笔调写出一位卤莽英雄的正义之举。

《李逵负荆》写李逵,突出的是他的正直无私和莽撞。李逵是莽撞、粗心的,他到王林的店中喝酒,听到王林说女儿被"一个贼汉"夺将去了,便因"贼汉"二字而大发雷霆;听说是宋江、鲁智深抢了王林的女儿,且有红褡膊为证,便马上愤怒不已,上山来挖苦宋江、鲁智深,并欲用斧头砍倒杏黄旗。然而,李逵又是正直无私和善良的,对于欺负百姓、败坏梁山泊声誉的行为,即使是自己最尊敬的宋江所为,李逵也不能容忍。李逵的卤莽因他的正直与善良而倍加可爱。

《李逵负荆》是一本在戏曲史上影响深远的作品,京剧《丁甲山》、《李逵负荆》均由康进之此剧改编而来。

---

〔1〕 第三折。《元曲选校注》第四册下卷,河北教育出版社 1994 年版,第 3836—3837 页。

〔2〕 第三折。《元曲选校注》第四册下卷,河北教育出版社 1994 年版,第 3837—3838 页。

三、石君宝的《曲江池》[1]

石君宝的《曲江池》杂剧据唐传奇《李娃传》改编。剧本沿用了宋代李娃故事中李亚仙和郑元和的名字,增加了歌者刘桃花和其相好赵牛觔的形象,所演故事大致如下:郑元和进京赴试,曲江池边与赏春的李亚仙相遇。郑元和赞叹李亚仙的美貌,李亚仙也叹赏郑元和是"好个俊人物",于是李亚仙让侍女请来赵牛觔,让赵牛觔请郑元和入席,而赵牛觔恰与郑元和相识。郑元和一见赵牛觔便匆忙打听李亚仙是谁家之女。入席之后,郑元和提出要在李亚仙家使钞。李亚仙倍言母亲厉害,但郑元和表示"只要姐姐许小生做一程伴,便当倾囊相赠,有何虑哉"。郑元和以自己的马送李亚仙归去。郑元和钱钞用尽,被老鸨赶出,与人家送殡唱挽歌,连仆人也没处讨饭吃,于是仆人回去报知郑元和的父亲,希望老爷支些俸钱,去取了大相公回来。其父听说儿子为人家送殡唱挽歌,非常气愤,来到京城,在杏花园亲手打死郑元和,并命仆人张千将尸首丢在千人坑里。李亚仙自母亲将郑元和赶出后,心中怨恨鸨母,再不肯为鸨母觅钱。于是鸨母特意让李亚仙看人家出殡,看郑元和帮人办丧事,希望李亚仙能从此回心转意。但虔婆对郑元和的挖苦,被李亚仙一一斥回。赵牛觔送来郑元和被其父打死的消息,李亚仙慌忙赶到,救醒郑元和后被赶来的鸨母拖走。大雪天,李亚仙思念郑元和,让侍女梅香将郑元和找到家里。鸨母来到,令李亚仙赶出郑元和。李亚仙不从,向鸨母提出赎身的要求。鸨母不同意,李亚仙拥郑元和离去。在李亚仙的帮助督促下,郑元和一举成名,授洛阳县令。上任后参拜府尹。府尹正是郑元和的父亲,欲与郑元和相认,郑元和不睬。其父查其脚色,确认是自

---

[1] 孙楷第《元曲家考略》考证石君宝即元初石珤君宝。(上海古籍出版社1981年版,第12—14页)徐朔方《曲牌联套体戏曲的兴衰概述》:据王恽《秋涧集》卷六十《洪崑老人石珤公墓碣铭》,生卒为1192—1276年,金亡时四十二岁。三剧(指《曲江池》、《秋胡戏妻》、《紫云亭》)作于金亡之前或之后不久的可能各占一半。(《徐朔方说戏曲》,上海古籍出版社,2000年12月版,第7页)

己的儿子,又见其妻李氏,猜想准是那个妓女李亚仙,她能够在元和醒后收留元和,劝其读书,成其功名,可知是个贤惠的女子,于是径自去找媳妇说情。郑元和、李亚仙舍钱周济穷人,遇赵牛觔,因是同受贫穷的人,与五千钱;鸨母因被火烧了家财,亦来叫化,郑元和为其最终允许李亚仙赎身,还有母子情分,故另置一院赡养终身。郑元和的父亲来到,让李亚仙问郑元和为何不认父亲,但郑元和仍坚决不认。这时李亚仙表示倘若如此,自己还不如自尽。郑元和不得已与父亲相认,一家团圆。

杂剧《曲江池》较之小说《李娃传》做了很大的修改。一方面是考虑到舞台演出的需要。作为场上之曲,《曲江池》杂剧的情节转换、跳跃较大。为了剧情的紧凑,作者把许多场面作为暗场来处理:在杂剧里由郑元和的仆人张千直接向郑父报告郑嫖妓沉沦的情况。郑元和的潦倒是由张千口中叙出,省略了鸨母抛弃郑元和,郑元和沦为挽歌郎的过程,而郑元和的父亲是闻讯进京,并非因公赴阙,因而便也免去了交代的麻烦,保证了线索的单纯。另一方面则是作品主旨的差异。石君宝在《曲江池》里,把唐传奇对文人轶事的描写,变成了对士子与妓女爱情的歌颂。于是李娃故事便成为元代很有代表性的题材——书生妓女题材中的一分子。剧中的李亚仙便也不再是那个理智、练达的李娃,而成为一个钟情的女子,在道德方面的意义更加突出。

作者在表现李娃故事时,强调李亚仙与郑元和两人是一见倾心。他们的感情从一开始就是双方的,而不像小说那样突出荥阳生的爱情。在人物塑造上,作者着重表现的是郑元和的才学、风流,李亚仙的美貌、忠贞。杂剧作者关注并努力表现的是李亚仙对郑元和的坚贞不渝。

李亚仙渴望过正常的爱情生活,当她初次见到郑元和,便在心里下了从良的决心。她要改变自己的生活,做一个钟情的爱人:

> 往常我回雪态舞按柳腰肢,遏云声歌尽桃花扇。从今后席上樽前腼腆。……咱既然结姻缘,又何须置酒张筵。虽然那爱

钞的虔婆他可也难恕免,争奈我心坚石穿。准备着从良弃贱。我则索你个正腔钱,省了你那买闲钱。[1]

她轻视钱钞,爱慕郑元和的才学。在剧本刚刚开始,郑元和尚未出场时,李亚仙就曾对刘桃花说:"妹子,我想你除了我呵,便是个第一第二的行首,你与那村厮两个做伴,与他说甚么的是!"表现出对才华、对共同语言的追求。当鸨母赶出郑元和后,李亚仙愤然感叹:

俺娘钱亲钞紧,女心里憎恶娘亲近,娘爱的女不顺。娘爱的郎君个个村,女爱的却无银。[2]

在《曲江池》杂剧里,李亚仙与鸨母始终处于对立的状态,鸨母爱的是金钱,李亚仙爱的是人物的俊俏与才学。李亚仙对鸨母有着清醒的认识。第一折,当李亚仙与郑元和初次见面,郑元和提出要在李家使一把钞时,李亚仙便揭露了鸨母:"俺母亲有些利害,不当稳便。"以后李亚仙又曾多次指责鸨母。郑元和沦入送殡唱挽歌的境地后,鸨母以为李亚仙"若是见了元和这等穷身泼命,俺那女儿也死心塌地与我觅钱"。但李亚仙却处处维护郑元和,句句顶撞鸨母,"送殡呵须是仵作风流种,唱挽呵也则歌吟诗赋人"。她不满鸨母只为些蝇头微利,蹬脱了自己的锦片前程。

她对郑元和一往情深,当鸨母将郑元和赶出后,李亚仙因为思念而陷入愁苦的境地,不茶不饭,拒绝再为鸨母觅钱。当她得知郑元和被父亲毒打后,匆忙赶去看望救护,"我怕你死在逡巡,抛在荆榛,又则怕傍人夺了你个俊郎君。"大雪天,她惦记郑元和,让侍女去寻找:

咱这里温水浸琼花,尚兀自冰澌生玉鼎,似这等扬风搅雪没

---

[1] 第一折[赚煞]。《元曲选校注》第一册下卷,河北教育出版社1994年版,第824页。

[2] 第二折[梁州第七]。《元曲选校注》第一册下卷,河北教育出版社1994年版,第829页。

休时,他倒大来冷,冷。你去那出殡处跟寻,起丧处访问,下棺处打听。[1]

她设身处地地为郑元和着想,急切地想帮助郑元和,免去他的痛苦。当鸨母发现郑元和在李亚仙处,要打郑元和时,李亚仙用身体护住郑元和,并坚定地表达了自己同生死的决心:

> 我和他埋时一处埋,生时一处生,任凭你恶叉白赖寻争竞。常拼个同归青冢抛金缕。更休想重上红楼理玉筝。非是我夸清正,只为他星前月下,亲曾设海誓山盟。[2]

元杂剧里的李亚仙,在忠贞之外,更具有了大胆泼辣的色彩。曲江池游春,李亚仙偶遇郑元和,心生爱慕,于是便主动提出请郑元和入席。为了获得与郑元和相爱的权利,为维护自己的感情,她不断和鸨母正面冲突。当李亚仙救护被父亲打伤的郑元和,鸨母赶来,让她回家时,李亚仙警告鸨母:"你不仁,我生忿",她要"寻个自尽,觅个自刎",叫鸨母"倒折了本"。雪天,当鸨母要赶走郑元和时,李亚仙明白告诉鸨母:"你就将他赶离后院,少不的我也哭倒长城"。最后当她向鸨母提出赎身的要求被拒绝时,李亚仙竟自拥郑元和而去。元杂剧中的李亚仙与唐传奇中的李娃相比,从一个义烈的女子变成了忠贞的女性。她忠实于爱情,大胆泼辣地与鸨母斗争。在元杂剧《曲江池》里,李亚仙是被作为书生的知音来塑造的。

元杂剧中的郑元和是一个风流才子,他并不像小说中的荥阳生那样幼稚痴情。虽然他同样涉世不深,他不相信李亚仙警告他的话,不相信鸨母有那么厉害。但他向李亚仙提出来的要求是在李亚仙家

---

[1] 第三折[醉春风]。《元曲选校注》第一册下卷,河北教育出版社1994年版,第835页。

[2] 第三折[二煞]。《元曲选校注》第一册下卷,河北教育出版社1994年版,第837—838页。

"使一把钞",是"只要姐姐许小生做一程伴,便当倾囊相赠,有何虑哉",表现出一种近乎嫖客的态度。这与唐传奇中荥阳生偶遇李娃后坐立不安,表示不惜一切,惟愿相谐的纯情完全不同。荥阳生在与李娃相处时,完全忘记了对方是一个妓女。

在杂剧里,石君宝夸张了小说中荥阳生坠鞭的情节。曲江池畔,郑元和初遇李亚仙,三次坠鞭:

> 张千,你见这两个妇人么,那一个分外生的娇娇媚媚,可可喜喜,添之太长,减之太短,不施脂粉天然态,纵有丹青画不成。是好女子也呵。(做坠鞭科张千拾云)相公坠了鞭子也。(末云)真个是风风流流,可可喜喜。(又坠鞭张千拾云)相公又坠了鞭子也。(末云)我知道。好女子,好女子。(又坠鞭张千拾云)相公又坠了鞭子也。(末云)我知道。[1]

如果说唐传奇中荥阳生的坠鞭是羞涩,是不好意思,是假托坠鞭,以拖延时间窥视李娃,那么元杂剧中的郑元和的坠鞭便是忘情。他始终在放肆地凝视李亚仙,情不自禁地赞叹,书生的狂态在郑元和身上流露无遗。

杂剧中的郑元和更多的具有自己的个性,在剧本的结尾,郑元和一举成名,官授洛阳县令。上任后参见本府府尹,也就是他的父亲,这时,他拒绝了父亲的呼唤:

> (郑府尹云)你不是我孩儿郑元和么?(末云)怎这等要便宜,我那里是你孩儿?左右将马来,我自去也。(下)[2]

当他的父亲来到家里,让媳妇李亚仙问郑元和为何不肯认父时,郑元和明白地陈述了自己的感慨与决绝的态度:

---

[1] 第一折。《元曲选校注》第一册下卷,河北教育出版社1994年版,第821页。
[2] 第四折。《元曲选校注》第一册下卷,河北教育出版社1994年版,第841页。

> 我元和当挽歌送殡之时,被父亲打死,这本自取其辱,有何仇恨。但已失手,岂无悔心,也该着人照顾,希图再活。纵然死了,也该备些衣棺,埋葬骸骨。岂可委之荒野,任凭暴露,全无一点休戚相关之意?(叹科)嗨,何其忍也!我想元和此身,岂不是父亲生的,然父亲杀之矣。从今以后,皆托天地之蔽佑,仗夫人之余生,与父亲有何干属,而欲相认乎?恩已断矣,义已绝矣,请夫人勿复再言。[1]

这一番话,由郑元和说出,使其在风流之外,又添一点倔强,具有了一些属于自己的鲜明个性。同时,郑元和的拒认父亲,也为李亚仙形象的塑造,为在道德上进一步肯定李亚仙,提供了方便。李亚仙不仅忠于爱情,而且是孝顺贤惠的,因她的努力,最终促成了父子的和解,使全家团聚。李亚仙形象的道德色彩在元杂剧中得到加强,显示出追求道德完美的端倪。

石君宝的《曲江池》杂剧体现了元人对李娃故事的再评价,无论是李亚仙与郑元和的爱情,还是李亚仙、郑元和的形象,都有了新的色彩。与唐宋两代文人相比,元代文人的地位可以说是一落千丈。许多文人与倡优关系密切,亲身参加杂剧的创作、演出。他们在倡优那里获得尊重与理解,以往认为卑贱的优伶、妓女,在某种意义上成为元代文人的知音。而元代文人便也在自己的作品里借歌颂书生与妓女的爱情,借妓女对书生的知赏与爱恋,来书写自己的感慨,填补自己在现实中的失落感。石君宝笔下的李娃故事,正反映了这一社会现实。

---

[1] 第四折。《元曲选校注》第一册下卷,河北教育出版社1994年版,第844—845页。

第四章　马致远

马致远,号东篱,大都(今北京)人。其生年约为海迷失后称制二年(1250)左右,卒年约为元英宗至治元年(1321)。马致远的戏曲创作跨越了元杂剧创作的初期与中期。他的剧作声誉很高,元末明初的贾仲明曾称他是"战文场,曲状元",明代的臧懋循编《元曲选》,也把《汉宫秋》放在了第一篇。由此可见人们对他创作的评价。在历史上,马致远与关汉卿、白朴、郑光祖并列"元曲四大家"。

马致远一生共创作了15种杂剧,现在保存下来的有7种,即:《荐福碑》、《青衫泪》、《岳阳楼》、《汉宫秋》、《黄粱梦》、《陈抟高卧》、《任风子》。其中《黄粱梦》为马致远与人合作的作品,第一折为马致远作,第二折为李时中作,第三折为花李郎作,第四折为红字李二作。

第一节　马致远之研究

马致远的戏曲创作一直是研究界的重要论题。明清两代对马致远的评论多从曲辞着眼,推崇倍至。朱权的《太和正音谱》即把马致远视为元人之首,称其:"如朝阳鸣凤","其词典雅清丽,可与灵光景福而相颉颃。有振鬣长鸣,万马皆喑之意。又若神凤飞鸣于九霄,岂可与凡鸟共语哉?宜列群英之上"[1]。20世纪早期,王国维从西方的戏剧理论出发,以关汉卿为元人第一,以马致远、白朴、郑光祖为第

---

〔1〕　朱权《太和正音谱》。《中国古典戏曲论著集成》三,中国戏剧出版社1959年版,第16页。

一流作家,以"高华雄浑,情深文明"相赞许,以诗中之李义山、词中之欧阳修相比拟[1]。吴梅的《中国戏曲概论》以马致远为元杂剧创作中鼎立的三家之一。20世纪50年代以后,学界对马致远的剧作进行了全面的整理和研究。对马致远的生卒年、人生经历、剧作分类、风格特点多有论述,对具体作品也有大量分析,如《汉宫秋》的主题、历史真实与艺术真实,对其神仙道化剧的评价等等。尤其在80年代以后,相关研究更呈现一种活跃的状态。比如对马致远剧作的整体评价,即有多种不同的表述。或以为马致远的剧作重在抒情:"注重抒发有代表性的情绪,却不专力于对人物形象进行个性化的描绘,这就决定了马致远的剧作重在抒情,而不重视戏的矛盾冲突和故事情节……他是把冲突和情节的安排处理,为戏剧主人公的抒情服务,甚至情节结构有所疏漏亦所不顾。"[2]或认为"从马致远的今存作品来看,他有在思想上、艺术上都很优秀的作品,如杂剧《汉宫秋》,但大多数作品反映了他的矛盾和痛苦的思想感情,既对黑暗现实有激愤和揭露,又常表现出悲观和失望。此外,还有为数不少整个调子都属低沉的作品,甚至在某些作品中还宣传了宗教思想。他的作品在艺术上、风格上都有显著的特色,这在很大程度上奠定了他作为元代重要的戏剧家和散曲家的地位"[3]。或强调马致远杂剧的文士化倾向:"在众多的元杂剧作家中,马致远的创作最集中地表现了当代文人的内心矛盾和思想苦闷,并由此反映了一个时代的文化特征。与此相联系,马致远的剧作,大抵写实的能力并不强,人物形象的塑造也不怎么突出,戏剧冲突通常缺乏紧张性,而自我表现的成分却很

---

[1] 王国维《宋元戏曲考》十二"元剧之文章"。《王国维遗书》册九,上海书店出版社1983年版,第650页。
[2] 张燕瑾《元剧三家风格论》,《北京师范学院学报》1986年第4期。
[3] 邓绍基《元代文学史》。人民文学出版社1991年版,第152—153页。

多。"[1]对于马致远的神仙道化剧,80年代以来,研究者由50年代的否定多于肯定,趋向更多的肯定:"我们在马致远的'神仙道化'剧中可以感受压抑苦闷的时代气息;可以看到作者对现实是否定的,这种否定在黑暗的社会中是一种积极的思想因素。因为这反映了作者不愿同流合污,也不愿混迹浊世,而是朦胧地渴望着变化……更重要的是作品反映了元代失意的知识分子的境况与他们的思想感情。"[2]马致远的神仙道化剧是从知识分子"感时不遇的角度否定红尘的,又是从隐逸的角度来肯定神仙世界的。他的戏中有对离开尘世的隐士生活的憧憬,却没有对依靠修行,达到宗教生活方式的向往","时常流露出一种知识分子的不平和愤慨"[3]。马致远的神仙道化剧"不再是遁世者的歌声,而是抗世者的歌"[4]。

在近几年的研究中,相关议论主要集中在这样几个方面:一是围绕他的名著《汉宫秋》展开。人们继续讨论《汉宫秋》的主题。针对在学界占主流地位的反元蒙说[5],有人提出《汉宫秋》的主题在于向元蒙统治者昭示重用贤才的道理,反映了作者怀才不遇的感伤[6]。此外如《汉宫秋》的意境、悲剧结构等也有文章论及。二是关于马致远的神仙道化剧。有人认为马致远的神仙道化剧无论在度脱者身上,

---

〔1〕 章培恒、骆玉明主编《中国文学史》,江苏古籍出版社1996年版,第220—221页。

〔2〕 吕薇芬《马致远的"神仙道化"剧和它产生的历史根源》。《文学评论丛刊》1980年第7期。

〔3〕 么书仪《元杂剧中的"神仙道化"戏》。《文学遗产》1980年第3期。

〔4〕 刘荫柏《仙道虚掩抗世情》。《河北师大学报》1983年第3期。

〔5〕 王季思、萧德明《从〈昭君怨〉到〈汉宫秋〉——王昭君的悲剧形象》:"作者一方面通过汉元帝同王昭君这一对爱侣的生离死别,含蓄地揭露了元代统治者残酷的民族压迫。另方面又通过歌颂王昭君为保全民族国家而不惜牺牲个人幸福和生命,批判宰相朝臣们的屈辱投降和毛延寿的卖国求荣,表达了人民对被灭亡的民族国家的哀思。"《王季思学术论著自选集》,北京师范学院出版社1991年版,第540页。

〔6〕 谌必民《马致远〈汉宫秋〉反元蒙析疑》,《益阳师专学报》1997年第4期。

还是在被度脱者身上，都体现了作家强烈的入世雄心，是对整个人生悲剧的深深慨叹[1]。也有人著文从创作模式、戏剧结构、戏剧观念等方面阐述了道教思想对马致远神仙道化剧的影响。并且指出，正是由于道教思想的全面渗透，才使得马致远的神仙道化剧取得了不同于一般杂剧的、在内容和形式等方面的独特成就[2]。三是马致远与关汉卿的比较。在相关论述中，有文章谈到"关汉卿散曲中所表现的主要是市井平民的潇洒，马致远作品中流泻的则是失意文人的悲怆；关曲是市井平民胸臆的外现，马作则是困顿儒生的心理写真。他们分别代表了元曲作家中两个判然有别的创作群体，从不同侧面反映出元代社会意识的多元性，其作品共同织成了元代社会生活的鸟瞰图"[3]。有人则从题材选取、情感基调、谴责现实的态度与方式、思想的局限性几个方面来分析、比较二者，认为关汉卿"一是直接从现实矛盾和民族矛盾中取材，揭示出深刻的社会问题，尤其是黑暗的政治势力和邪恶的社会势力对弱小者的残酷压迫"；"二是从自己的人生经历中取材，反映被压迫、被蹂躏妇女的悲惨生活，突出表现她们机智勇敢的反抗精神和非凡超群的斗争艺术"；"三是从历史中取材，借历史英雄人物寓含深意"。马致远剧作的取材"一是神仙道化剧所占比重大，均演述全真事迹"；"二是他的杂剧均有历史、宗教或文学的渊源，借历史、宗教、文学人物敷衍戏曲故事，以避免元代文网的迫害"。认为"从思想情感的基调来考察，不妨这样认为，关汉卿的杂剧是属于人民群众的，马致远的杂剧则属于失意文人的"。"关汉卿是个有理想、有激情的伟大现实主义者。……以笔代舌，为人民伸张正义；以笔代刀，为百姓斩除凶顽"。"马致远的神仙道化剧，也不

---

[1] 刘方政《试论马致远的"神仙道化"剧》，《东岳论丛》1997年第6期。

[2] 参见刘雪梅《万花丛中马神仙 百世集中说致远——论道教思想对马致远神仙道化剧的影响》，《中国文学研究》2000年第3期。

[3] 张进德《市井平民的真情与失意文人的悲怆——关汉卿、马致远叹世、情爱散曲比较》，《河南大学学报》1999年第1期。

时流露出对现实的不平和愤慨,尤其是在涉及士子们的出处行藏、进退得失等不平遭遇时,竟脱离剧情和人物而发出愤愤然的议论"。"马剧以比较曲折的影射方式来写实、写心、写愤,却没有升华到抗争的高度,走的是一条既有正义感、又有软弱性的士子力所能及的反抗道路"。至于二人的局限,则认为关汉卿的《窦娥冤》虽"狠狠地抨击了当时的黑暗政治,但最后还是要请出一位清正的肃正廉访史来伸冤"。"在对待妇女要求婚姻自由(的问题上),必待封建官僚予以解决"。马致远的作品"虽然揭示出社会黑暗和人生痛苦,但他宣扬的却是逃避现实,在元代文坛代表着消极悲观的思潮"。他"宣扬'穷通皆命也'的宿命论和虚无的人生观"。"宣扬了荒诞的道教教义"[1]。在上述种种论述中,虽然在具体的论述中不乏可以商榷之处,但他们的研究终究丰富了对马致远的认识,尤其是关马比较的视角更为认识马致远、为更好地把握、理解马致远提供了参考。

第二节 马致远剧作的士人心态

在《录鬼簿》中,钟嗣成将元曲作者分为名公和书会才人两类,关汉卿和马致远同样被列为才人。徐朔方先生在他的《论书会才人》一文中曾经强调名公与才人的不同,认为:"书会才人可说是文人,但称不上士大夫"。[2]

以关汉卿和马致远相比较,两人虽然同为下层文人,却在精神上存在一定的差异。关汉卿在精神上更接近平民百姓,更关注社会下层的生活,也正因此,他的杂剧更多表现普通百姓的社会生活,剧本

---

[1] 李鸿渊《"琼筵醉客"与"红尘""神仙"——试论关汉卿、马致远剧作的思想倾向》,《萍乡高等专科学校学报》,1999年第3期。

[2] 徐朔方《论书会才人》,《徐朔方说戏曲》,上海古籍出版社2000年12月第1版,第47—48页。

中也多以下层民众为主角。比如《窦娥冤》以童养媳与高利贷者为主角,表现了一个童养媳的悲惨遭遇。《调风月》以使女为主角,描写使女与主人的爱情。《蝴蝶梦》则写继母——一位普通读书人的妻子。《望江亭》剧本的重点在表现再嫁的谭记儿与权豪势要的斗争。《救风尘》的主角则为妓女。马致远在精神上体现了更多的士大夫气息,更多地受到全真教的影响。马致远在他的作品中更关注士人的状况,更多地探讨精神的归宿,对神仙道化剧情有独钟。在他现存的杂剧中,《荐福碑》写士人不遇的坎坷,倾诉沦落文人的悲哀:

〔仙吕点绛唇〕我本是那一介寒儒,半生埋没红尘路。则我这七尺身躯,可怎生无一个安身处![1]

〔幺篇〕这壁拦住贤路,那壁又挡住仕途。如今这越聪明越受聪明苦,越痴呆越享了痴呆福,越糊突越有了糊突富。则这有银的陶令不休官,无钱的子张学干禄。[2]

《青衫泪》写文人与妓女的爱情,把妓女对文章士的选择,对商人的蔑视,做了充分的发挥。裴兴奴虽被迫嫁给了茶商,但在发现昔日定情的白居易并未死去时,便毫不犹豫地抛弃了茶商:

〔红芍药〕那厮每贩的是紫草红花,蜜蜡香茶。宜舞东风〔斗虾蟆〕,巾帻是青纱。听不得蛮声气,死势煞,无过在客船中随波上下。那厮分不的两部鸣蛙,所事村沙。[3]

商人是浊物,文人是爱情、婚姻的更好选择。

在马致远现存的七本杂剧中,有四本是神仙道化剧。这些神仙

---

[1]《半夜雷轰荐福碑》第一折,《元曲选校注》第二册上卷,河北教育出版社1994年6月版,第1567页。

[2]《半夜雷轰荐福碑》第一折,《元曲选校注》第二册上卷,河北教育出版社1994年6月版,第1569页。

[3]《江州司马青衫泪》第四折,《元曲选校注》第三册上卷,河北教育出版社1994年6月版,第2302页。

道化剧体现了马致远对生命、对人生的思考,体现着他对精神归宿的追求。他慨叹功名的虚幻、人生的短暂:

> [贺新郎]你看那龙争虎斗旧江山。(郭云)你笑什么?(正末唱)我笑那曹操奸雄。(郭云)你哭什么?(正末唱)我哭呵哀哉霸王好汉!(郭云:)老师父,你怎么哭了又笑,笑了又哭?(正末唱)为兴亡笑罢还悲叹。不觉的斜阳又晚,想咱这百年人则在这捻指间。(郭云)不争老师父在楼上玩赏,可不搅了我茶客!(正末唱)空听得楼前茶客闹,争似江上野鸥闲,百年人光景皆虚幻。(正末看科)(郭云)我也学你看一看。(正末唱)我觑你一株金线柳,犹兀自闲凭着十二玉阑干。[1]

他想要逃避人间纷扰的是非:

> [叨叨令]则为这泼家私满镜里白髭髯,熬煎得铁汤瓶一肚皮长吁气。一头把老先生推在荒郊内,哎,你个浪婆娘又搂着别人睡。不杀了要怎么也波哥,不杀了要怎么也波哥?争如我梦周公高卧在三竿日。[2]

他厌弃了争名逐利:

> [梁州第七]……想他那乱扰扰红尘内争利的愚人,更和那闹攘攘黄阁上为官的贵人,争如这闲摇摇华山中得道的仙人。一身驾云,九垓八表神游尽,觑浮世暗中哂。坐看蟠桃几度春,岁月常新。[3]

---

[1]《吕洞宾三醉岳阳楼》第二折,《元曲选校注》第二册下卷,河北教育出版社1994年6月版,第1654—1655页。

[2]《吕洞宾三醉岳阳楼》第三折,《元曲选校注》第二册下卷,河北教育出版社1994年6月版,第1670页。

[3]《西华山陈抟高卧》第二折,《元曲选校注》第二册下卷,河北教育出版社1994年6月版,第1905页。

[二煞]鸡虫得失何须计,鹏鹞逍遥各自知。看蚁阵蜂衙,龙争虎斗,燕去鸿来,兔走乌飞。浮生似争穴聚蚁,光阴似过隙白驹,世人似舞瓮醯鸡。便博得一阶半职,何足算,不堪题。〔1〕

　　[油葫芦]莫厌追欢笑语频,但开怀好会宾,寻思离乱可伤神。俺闲摇摇独自林泉隐,您虚飘飘半纸功名进。你看这紫塞军,黄阁臣,几时得个安闲分,怎如我物外自由身!〔2〕

他寻找精神的归宿,在神仙道化剧中颂赞道教的生活:

　　[三煞]身安静宇蝉初蜕,梦绕南华蝶正飞。卧一榻清风,看一轮明月,盖一片白云,枕一块顽石,直睡的陵迁谷变,石烂松枯,斗转星移。长则是抱元守一,穷妙理,造玄机。〔3〕

　　[醉中天]假饶你手段欺韩信,舌辩赛苏秦,到底个功名由命不由人,也未必能拿准。只不如苦志修行谨慎,早图个灵丹腹孕,索强似你跨青驴踯躅风尘。〔4〕

　　[双调新水令]我虽不曾倒骑鹤背上青霄,今日个任风子积功成道。编四周竹寨篱,盖一座草团瓢,近着这野水溪桥,再不听红尘中是非闹。〔5〕

马致远的剧作更多地选择文人作为自己表现的话题,充分发挥了传统中士大夫对生命、人生的哲理思考。这是马致远与关汉卿剧作的

---

〔1〕《西华山陈抟高卧》第三折,《元曲选校注》第二册下卷,河北教育出版社1994年6月版,第1914页。

〔2〕《邯郸道省悟黄粱梦》第一折,《元曲选校注》第二册下卷,河北教育出版社1994年6月版,第2015页。

〔3〕《西华山陈抟高卧》第三折,《元曲选校注》第二册下卷,河北教育出版社1994年6月版,第1914页。

〔4〕《邯郸道省悟黄粱梦》第一折,《元曲选校注》第二册下卷,河北教育出版社1994年6月版,第2018页。

〔5〕《马丹阳三度任风子》第四折,《元曲选校注》第四册下卷,河北教育出版社1994年6月版,第4241页。

一大区别,也是马致远士大夫色彩的重要体现。

第三节 马致远剧作的曲词

　　马致远杂剧在艺术上的成功之处主要在其曲词的写作。元曲伴随着俗文学的发展而兴起,北曲作为民间俗乐,以腔传情,在写作上较为自由。随着文人的介入,北曲日益重视文辞和音律,创作上也日益成熟和完美。马致远的剧作就很好地表现了这种文人创作的痕迹,其剧作的文辞和音律都颇有值得称道之处。

　　从音律的角度,周德清的《中原音韵》一再对马致远剧作的曲辞加以赞扬。周德清评价马致远《黄粱梦》第一折的[雁儿]曲是:"此调极罕,伯牙琴也。妙在'君'字属阴"[1];评价他的《岳阳楼》第一折的[金盏儿]曲是"妙在七字'黄鹤送酒仙人唱',俊语也,况'酒'字上声以转其音,务头在其上。"[2]

　　马致远的曲辞风格在元代亦是领袖群英的大家。吴梅在他的《中国戏曲概论》中说:

　　　　自实甫继解元之后,创为研炼艳冶之词,而关汉卿以雄肆易其赤帜,所作《救风尘》、《玉镜台》、《谢天香》诸剧(见《元曲选》),类皆雄奇排奡,无搔头弄姿之态,东篱则以清俊开宗,《汉宫孤雁》,臧晋叔以为元剧之冠,论其风格,卓尔大家,自是三家鼎盛,矜式群英。

　　　　尝谓元人剧词,约分三类:惠豪放者学关卿,工锻炼者宗实

---

〔1〕 周德清《中原音韵》。《中国古典戏曲论著集成》一,中国戏剧出版社 1959 年版,第 241 页。
〔2〕 周德清《中原音韵》。《中国古典戏曲论著集成》一,中国戏剧出版社 1959 年版,第 241—242 页。

甫,尚轻俊者号东篱。[1]

以清俊概括马致远的风格,突出他与关汉卿、王实甫的差别。

马致远的曲辞有豪放的一面,但在豪放中有一种清逸、爽拔之气,韵味悠长。其中最著名的便是《汉宫秋》第三折对离情别绪的渲染、第四折对元帝思忆昭君的敷演:

[七弟兄]说什么大王,不当,恋王嫱,兀良,怎禁他临去也回头望!那堪这散风雪旌节影悠扬,动关山鼓角声悲壮。

[梅花酒]呀!俺向着这迥野悲凉。草已添黄,兔早迎霜,犬褪得毛苍,人搠起缨枪,马负着行装,车运着糇粮,打猎起围场。他、他、他,伤心辞汉主;我、我、我,携手上河梁。他部从入穷荒,我銮舆返咸阳。返咸阳,过宫墙;过宫墙,绕回廊;绕回廊,近椒房;近椒房,月昏黄;月昏黄,夜生凉;夜生凉,泣寒螀;泣寒螀,绿纱窗;绿纱窗,不思量。

[收江南]呀!不思量,除是铁心肠!铁心肠也愁泪滴千行。美人图今夜挂昭阳,我那里供养,便是我"高烧银烛照红妆"。[2]

[尧民歌]呀呀的飞过蓼花汀,孤雁儿不离了凤凰城。画檐间铁马响丁丁,宝殿中御榻冷清清,寒也波更。萧萧落叶声,烛暗长门静。

[随煞]一声儿绕汉宫,一声儿寄渭城。暗添人白发成衰病,直恁的吾家可也劝不省。[3]

与白朴的《梧桐雨》比较,明代的孟称舜曾以"一悲而豪,一悲而艳;一

---

[1] 吴梅《中国戏曲概论》"元人杂剧"。《吴梅戏曲论文集》,中国戏剧出版社1983年版,第133—134、137页。

[2] 《破幽梦孤雁汉宫秋》第三折,《元曲选校注》第一册上卷,河北教育出版社1994年6月版,第197页。

[3] 《破幽梦孤雁汉宫秋》第四折,《元曲选校注》第一册上卷,河北教育出版社1994年6月版,第205页。

如秋空唳鹤,一如春月啼鹃"来加以形容,可谓一语中的。

马致远剧作的清俊隽永,来自于马致远对语言的运用,他真正做到了"文而不文,俗而不俗"[1]。上面引录的《汉宫秋》中的曲子,即用朴素、直白的语言抒写胸中的感伤与凄凉,虽使用口语,却不俚俗,加之句子的重复、叠字的运用,正写出人物内心低回的伤感,于是曲子在豪放与悲凉中传达出无尽的缠绵。

他的《荐福碑》,曲词依然豪放、悲凉,但在豪放、悲凉中同样流荡着一种让人回味不尽的清爽之气:

> 常言道七贫七富。我便似阮籍般依旧哭穷途。我住着半间儿草舍,再谁承望三顾茅庐。则我这饭甑有尘生计拙,越越的门庭无径旧游疏。既有这上天梯,可怎生不着我这青霄步,我可便望兰堂画阁,划地着我瓮牖桑枢。[2]

曲中"七贫七富"是俗语,"半间儿草舍"、"越越地"、"划地"是口语,"阮籍穷途"、"三顾茅庐"是用典,三者连用,用典而不迂,用俗语而不村,于畅达中有一份隽永。

综观马致远现存的杂剧作品,随剧情的不同,其曲词的表现时有差异,或洒脱,或畅快,或沉痛,整体风格趋于硬朗。疏朗有致的歌唱,内容上与士大夫生活的贴近,使马致远得到一代代读者的赞赏。

---

[1] 周德清《中原音韵》。《中国古典戏曲论著集成》一,中国戏剧出版社 1959 年版,第 232 页。

[2] 《半夜雷轰荐福碑》第一折[混江龙]。《元曲选校注》第二册上卷,河北教育出版社 1994 年 6 月版,第 1567 页。

第五章　王实甫及元中后期的
　　　　　杂剧创作

第一节　王实甫的《西厢记》

王实甫是元代著名的杂剧作家,名德信,大都人。其主要创作活动大致在元成宗元贞、大德年间,即1295—1307年前后[1]。他一生共创作了13种杂剧,现在有全本流传下来的,除了《西厢记》之外,还有《四丞相高宴丽春堂》和《吕蒙正风雪破窑记》。《西厢记》是王实甫的代表作,也是元杂剧第二期创作的代表作,突出体现了第二期杂剧创作的一些特点,如"写情",对文采的追求等。《西厢记》是写情的代表作,同时也标志着这一时期杂剧创作的走向文采。《西厢记》历来

---

〔1〕 此据王季思《〈西厢记〉叙说》:"根据这些资料推测,王实甫在戏剧方面活动的年代,主要应在元成宗大德年间及其以后,他的时代应该和白无咎、冯子振相去不远,而比关汉卿、白朴稍迟。"(《王季思学术论著自选集》北京师范学院出版社1991年8月版,第435页)另外,王国维认为王实甫是由金入元的作家。《曲录》:"实父亦由金入元者矣。"(《王国维遗书》十,上海书店出版社1983年9月版,第360页)《宋元戏曲考》:"则实父生年,固不后于汉卿。"(《王国维遗书》九,上海书店出版社1983年9月版,第608页)徐朔方《论王实甫〈西厢记〉杂剧的创作年代》认为王实甫的年代早于关汉卿。"从正月初三日'上居庐'(按:指1224年),到廿一日'上始视朝'的前一天,这就是被称为'垂帘双圣主'的时间,皇帝在守孝,不视朝。这正是王实甫写作《西厢记》杂剧的年月。""如果对'垂帘双圣主'的理解不太拘泥,《西厢记》杂剧的创作时间可以定为1224—1232年。"(《徐朔方说戏曲》,上海古籍出版社2000年12月版,第71页)在《我和小说戏曲》(代序)一文中也谈到王实甫是金代杂剧作家。(《徐朔方说戏曲》,上海古籍出版社2000年12月版,第8页)

受到普遍的推崇，被称为"天下夺魁"的剧作，也是中国文学史、戏剧史上的名篇，流传很广，影响很大。

王实甫的《西厢记》写莺莺、张生的爱情故事，改编自9世纪初年中唐著名诗人元稹的小说《莺莺传》。《莺莺传》写张生内心坚定，非礼不可入。23岁未尝近女色。后来在普救寺，因救了崔氏孀妇一家，得与崔家的女儿莺莺相见，遂堕入情网。以诗相挑，得到莺莺《明月三五夜》的回诗，但逾墙赴约，却遭莺莺训斥。可几天以后，莺莺自献于张生。后来张生去京师参加科举考试，最终抛弃了莺莺。在小说的结尾，元稹称张生为善补过者，把莺莺称为"尤物"。

小说《莺莺传》产生以后，在文人中引起很大反响，尤其莺莺哀艳的形象，更是引起普遍的同情，文人歌吟不断。但尽管文人们同情莺莺的遭遇、不满小说的结局、不同意"善补过"的议论，认为莺莺被抛弃是人生的恨事，但对故事情节没有什么改动。直到金代，一位下层文人董解元（解元，金元时对读书人的敬称）利用当时流行的诸宫调形式（一种说唱表演。一段散文讲说之后，唱曲子。连续地边讲边唱，用几个宫调讲唱一个故事），写了一本《西厢记诸宫调》。莺莺张生故事至此得到极大的丰富。在情节上，"董西厢"对《莺莺传》做了很多修改和补充，增加了闹道场、月下吟诗、听琴、闹简、责问红娘、私奔等情节。尤其重要的是，作者改变了故事的结局，使佳人才子终成眷属。整个故事以莺莺张生的私奔出走，求得杜太守（白马将军）帮助，美满团圆，还都上任作结。在人物塑造上，"董西厢"也做了极大的改变，不仅增加了郑恒、法聪、法本这样一些人物，而且对原有的形象也进行了很多创造。老夫人本来在《莺莺传》中描写甚少，但在"董西厢"里却成为崔张爱情的反对者，成为矛盾的一方，在整个故事中的作用大大加强。侍女红娘的形象也愈加可爱突出。正直、热心、智慧、伶俐，成为红娘形象中重要的部分。张生的形象在"董西厢"里更是发生了根本的改变，由负心者变为一个执著于爱情的书生。"董西厢"中的莺莺和小说比起来，则少了几分端庄、沉静，多了几分叛逆。

王实甫的《西厢记》直接继承了"董西厢",可以说"董西厢"是王西厢的蓝本,"王西厢"中的主要情节在"董西厢"中已基本具备。但王实甫在《西厢记》杂剧的创作中,仍做出了自己突出的贡献。他使说唱变为大型戏剧。他删去"董西厢"中一些枝蔓芜杂的情节,使剧情更加紧凑。比如"董西厢"在写孙飞虎兵围普救寺这一情节时,用了相当的篇幅,来写打斗的场面,刀光剑影,偏离了整个故事的发展,显得游离于故事情节之外。王实甫对这一部分进行了剪裁,使得孙飞虎兵围普救寺成为崔张爱情发展的契机,成为整个故事的有机部分。正是兵围普救寺使老夫人答应了亲事,使崔张在争取自由爱情的过程中有了一面盾牌。普救寺解围之后,王实甫删去了"董西厢"中张生请法本做媒人,法本传老夫人话记错了日子,让张生白饿了一天,这样的噱头,而是直接写红娘来请张生赴宴。但王实甫的贡献远不止这些,他不但是在形式上把崔张故事由说唱变成了大型戏剧,把这一故事搬上了戏剧舞台,不但使剧情紧凑,而且在许多方面,使杂剧《西厢记》在中国文学史、戏剧史上具有了独到的价值,对后来的创作产生很大影响。

这种独到的价值,首先体现在男主人公的塑造上。剧中的张生确立了中国古代小说戏曲爱情故事中痴情的多情多感多愁多病的书生形象。"董西厢"里的张生虽然已经是一个执著于爱情的书生,但在描写中、在表现上还有很多不尽如人意的地方。王实甫在创作中对这一形象做了大量修改,使张生成为中国文学史上才子形象的代表。比如,当孙飞虎兵围普救寺索要莺莺时,"董西厢"中的张生面对不知所措的莺莺、老夫人,在阶下大笑,声称自己有计退敌,却又说不能自举。当老夫人以礼相见时,张生更提出退贼后,"便休却外人般待我",很有点儿乘人之危相要挟的味道。而在"王西厢"中,能退贼者以莺莺妻之,是莺莺提出,老夫人让法本长老当着僧众宣布的。张生于这时挺身而出,一个有情有才的书生形象便呼之欲出了。而且后面老夫人的赖婚便也更觉无理。再比如,在"董西厢"里,莺莺赖简后,张生竟提出权与红娘做夫妻,不仅显得轻浮,而且有损于一个纯情的执著于爱情的书生形象。这一情节在"王西厢"中便被删去了。而为了表现张生的深情与痴情,王实甫在写张生为借僧房第二次来到普救寺,正巧见到莺莺的侍女红娘时,为张生设计了一段道白:他见到红娘便迫不及待地做起了自我介绍:"小生姓张名珙,字君瑞,本贯西洛人也。年方二十三岁,正月十七日子时建生,并不曾娶妻。"这一段道白,初读来似乎好笑,但只要稍一回味,我们便不难体会这突兀的自白,实是张生真情的流露。在这一番不着边际的话语里,我们看到的是张生的一片真情。他完全沉浸在自己的感情里,忘记了周围的一切。他的真情通过他近乎卤莽的动作、语言表现了出来。

王实甫在写张生时,不仅写张生的痴情与风魔(因为如果只有痴情与风魔,张生不过是个风流文人),而且写他的才华,他做诗被莺莺称赞,他弹琴使莺莺落泪,他笔尖横扫了五千人。用红娘的话:半万贼兵,卷浮云,片时扫净。同时,张生又是软弱的,情绪化的。他的情绪在剧中随剧情的变化而大起大落。老夫人请宴,他兴奋异常:天未明,便起身收拾得衣冠楚楚;红娘形容他是"下工夫将额颅十分挣,迟和疾擦倒苍蝇,光油油耀花人眼睛,酸溜溜螫得人牙疼"。老夫人赖婚,他顿时非常丧气,"眼倦开软瘫做一垛"。莺莺写来诗简,他兴奋不已,"早知小姐书至,理合应接,接待不及,切勿见罪",称自己是猜诗谜的能手。莺莺赖简,他马上病重。在杂剧《西厢记》中,莺莺、红娘对张生均有很恰当精彩的评语。莺莺曾称张生是"文章士,旖旎人";红娘曾戏称张生为"文魔秀士"、"风欠酸丁"、"银样镴枪头"。这些评语都很好地概括了张生的性格特点。杂剧中的张生代表了封建社会中那一般多情而软弱的书生。中国古典文学中多情多感多愁多病的书生形象,至此确立了下来。以后爱情故事中的书生形象,常常沿袭杂剧《西厢记》中张生的性格特点,因而也缺少杂剧中张生的风采。

其次,《西厢记》杂剧在中国戏曲史上首度成功刻画了爱情心理,是戏曲史上一部直接描写爱情心理的作品。王实甫用杂剧这种形式改编莺莺故事,由莺莺故事来正面刻画爱情,描写爱情心理。这一创作追求集中体现在莺莺身上。虽然在"董西厢"里,已开始注意表现莺莺的内心痛苦,但在杂剧《西厢记》中,莺莺的内心世界得到更生动、更细腻的表现,成功地揭示了莺莺这个大家闺秀在争取自由爱情过程中的心理矛盾。使我们不仅看到莺莺冲破了封建礼教的束缚,而且看到她怎样冲破封建礼教的束缚,看到她战胜自我的过程,看到她内心的矛盾、痛苦。与"董西厢"中莺莺在白马解围后产生感情,感情中有报恩成分不同,杂剧《西厢记》写莺莺和张生佛殿相逢便产生了爱慕之情,但她更多的是在心里赞美张生,在行动上并没有更大胆的表露。莺莺所受的教育,她的处境决定了她的矜持。她是大家闺秀,相国的门第礼法森严,老夫人治家严谨,她已由父母之命许给了郑恒,所有这些,使她在见到张生,并对张生产生爱慕之情后,不可能直接向张生或红娘吐露自己的感情,而是要尽力掩饰自己的感情。当她派红娘去探望张生,带回张生的情书后,她心里又惊又喜。可她长期以来受到的教育,她头脑里的道德观念,使她不愿让人知道她的快乐,甚至她自己也不愿承认这内心的快乐。于是有了"闹简"的一幕。在"闹简"这一折里,王实甫删去了"董西厢"中莺莺以镜台掷打红娘,这种过于粗鲁的动作,而以出色的道白、精彩的细节、人物动作,来揭示人物的心理、性格。剧本先写红娘的自白:"我待便将简帖儿与他,恐俺小姐有许多假处哩。我只将这简帖儿放在妆盒儿上,看他见了说甚么。"然后写莺莺的动作:"旦做照镜科,见帖看科",再从红娘的角度,从红娘的眼睛来写莺莺的反映:"将简帖儿拈,把妆盒儿按。开拆封皮孜孜看,颠来倒去不害心烦。"莺莺看得很认真。可突然间莺莺变了脸:(旦怒叫)红娘!……(旦云)小贱人不来怎么?……(旦云)小贱人,这东西那里将来的?我是相国的小姐,谁敢将这简帖来戏弄我,我几曾惯看这等东西。告过夫人,打下你个小贱人下截来。莺莺说的话与她看简帖儿时的表情完全不同,但当红娘表示要去老夫人那里出首时,却又被莺莺揪住了,"我逗你耍来"。于是询问张生的情况。剧本写莺莺反复掩饰自己,而反复的掩饰正说明她内心的矛盾。在这里我们看到莺莺的假意,她的内热外冷。最后她掷给红娘一封信,让她带给张生,让张生下次"休是这般",可这封信实际上是约张生月夜私会的。但是当张生如约赴会时,莺莺又变卦赖简,教训了张生一顿。这一方面由于红娘在侧,一方面也由于来自莺莺内心的压力与恐惧。在她的内心深处,对"月下偷期"私自和男子约会,还是有所顾及的。杂剧中"闹简"、"赖简"两折突出表现了莺莺冲破礼教束缚的艰难,她的动摇,她内心的矛盾,是刻画恋爱心理很成功的段落。

第三,聪明、伶俐、热心、正直的丫鬟红娘,成为一种重要的人物类型,影响着后来的创作与生活。

在"王西厢"中,红娘真正成为一个可爱的热心人。她的正义感、同情心、她的机智、伶俐,在杂剧中均得到突出的表现。老夫人的赖婚,使红娘同情莺莺和张生。在剧本里,莺莺夜听琴后,张生请红娘代为传书,言"小生久后,多以金帛拜酬小娘子"。红娘听了,当即教训张生:"哎,你个馋穷酸俫没意儿,卖弄你有家私,莫不图谋你的东西来到此?先生的钱物,与红娘做赏赐,是我爱你的金赍。你看人似桃李春风墙外枝,卖俏倚门儿,我虽是个婆娘有志气。只说道:可怜见小子,只身独自。恁的呵,颠倒有个寻思。"从《莺莺传》的张生私下给红娘"礼者数四,乘间遂道其衷",到"董西厢"的"竟不受金,忽然奔去",再到"王西厢"的磊落直言,一个急公好义的侍女形象从王实甫的笔下走出。

"王西厢"中的红娘是崔张爱情的知音和促成者。当张生按莺莺的诗意,月夜跳墙来赴约会,却被莺莺训斥时,洞悉一切的红娘从旁周旋,打圆场。当时莺莺让把张生扯到老夫人那里去,聪明的红娘知道莺莺并不真的要如此,便说:到夫人那里,怕坏了他行止。我与姐姐处分他一场。在教育张生后,又跟莺莺说:且看红娘面饶过这生者！给莺莺一个台阶,使事情得以收场。后来老夫人发现了崔张的私情,这时又是红娘从中争取,使老夫人接受了这一事实。"拷红"是《西厢记》中对后世影响很大的一个片段。崔张私情暴露,老夫人传唤红娘。莺莺让红娘遮盖。红娘一面说:"你受责理当,我图甚么来?"一面又替莺莺、张生在老夫人面前争取幸福。在这一折里,作者着力表现的是红娘的爽快、热心、机智和勇气。在剧中,红娘真心地希望莺莺、张生能有情人终成眷属。替他们在老夫人面前争辩。她先是遮掩,见瞒不过便道出了真情,并勇敢地指责老夫人,一切都是老夫人的过错,是老夫人悔婚失信造成的。且既不肯成其事,又留张生于书院,使怨女旷夫早晚相窥视;更利用老夫人怕出丑的心理,向老夫人晓以利害,使恕其小过,成其大事。

杂剧《西厢记》中热心为莺莺、张生递简传书的红娘给人们留下了深刻的印象。这种聪明、伶俐、帮助小姐实现心事的使女形象在此后的剧作里一再出现。而在后来的戏剧舞台上,红娘更是取得了远较莺莺为重要的地位。一些以红娘为中心的片段颇为流行,如《拷红》、《红娘》等等。不但如此,红娘还走进了人们的日常生活,成为一个专门的名词。人们把热心促成他人婚事的人称为红娘。今天更出现了电视红娘、电脑红娘。

第四,杂剧《西厢记》对矛盾冲突的设计足以示范后人。全剧以莺莺、张生、红娘与老夫人的矛盾为基本矛盾,表现崔张与家长的冲突;以莺莺、张生、红娘间的矛盾为次要矛盾,由性格冲突推进剧情,同时也藉此刻画人物,使人物性格在冲突中更加鲜明生动。比如莺莺是相国小姐,性格深沉内向,内心热烈,表面矜持。张生缺乏社会经验,在对莺莺的追求中,不时流露出狂热的态度。这两种完全不同的性格,不可避免地要发生冲突。张生的轻狂使谨慎的莺莺不得不更加谨慎。莺莺的躲躲闪闪,实际上是张生坦率、执著、疯魔的行动造成的。张生越是疯魔,莺莺便越矜持。但是,假若没有张生的疯魔,莺莺便也无法冲破心理的、社会的障碍。莺莺和红娘间也存在着矛盾。红娘是剧中惟一一个可以帮助莺莺实现爱情的人,也是老夫人派来"行监坐守"的侍女。在莺莺不了解红娘的态度前,莺莺在行动上处处对红娘提防三分,于是误会性冲突发生了。正是在这样错综复杂的矛盾冲突中,《西厢记》中的人物性格得到淋漓尽致的表现。这样一种对冲突的组织方式,在中国古代戏曲剧本中是很值得称道的,对今天的戏曲创作亦有借鉴意义。

此外,如杂剧《西厢记》中才子佳人后花园相会,经过磨难终成眷属的故事模式,也对后来的创作产生很大影响,是一个很值得探讨的话题。

第二节 郑光祖

郑光祖是元曲四大家之一。他的曲作在元中叶以后的文坛上占有重要的位置。郑光祖的生平仅见于钟嗣成《录鬼簿》的记载,由此我们可以了解有关郑光祖的一些基本情况:他是一位由北方南下的作家,原籍是平阳襄陵,即今临汾市襄汾县。以儒补杭州路吏。他的具体职务已无法了解,但我们可以推测,他是两浙行省建立后到江南寻求出路的儒生,一生没有做到要官显爵,而是终老沉埋下僚。

郑光祖所作杂剧据《录鬼簿》记载有17种,现存8种:《周公辅成王摄政》、《醉思乡王粲登楼》、《迷青琐倩女离魂》、《㑇梅香骗翰林风月》、《辅成王伊尹扶汤》、《丑齐后无盐破连环》、《虎牢关三战吕布》、《程咬金斧劈老君堂》。后4种杂剧的著作权都有人提出疑问。

在郑光祖现存剧目中,最能表现作者个人艺术风格的是爱情剧《倩女离魂》和文人事迹剧《王粲登楼》。

《王粲登楼》以正末扮王粲。剧本写王粲和丞相蔡邕之女订有婚约。因蔡邕数次来信相邀,故上京求官。蔡邕为其胸襟太傲,故意轻慢他,暗中使曹植资助王粲投荆州刘表。刘表也因他傲慢,不加以重用。刘表辞世,王粲流落荆州。重阳节,王粲应友人的邀请登"溪山风月楼",饮酒思乡,赋诗感叹不遇。这时朝中使臣宣他回京做官,因他献的万言长策,皇帝命他做兵马大元帅。曹植说明真相,王粲拜谢丈人,与蔡邕之女完婚。

据《录鬼簿》记载,郑光祖"为人方直,不妄与人交,故诸公多鄙之,久则见其情厚,而他人莫之及也"。[1]《王粲登楼》正是作者借流行的故事模式写自己的"方直"、"不妄与人交",写自己因此而来的不遇的感慨。剧本的优点、缺点均由此而生。一方面,因只是借用一个情节展开方式,所以在剧中故意轻慢某人使其上进的套路便显得生硬、逻辑不通。蔡邕因王粲的傲慢,故意羞辱他,以涵养他的锐气,暗中将他推荐给刘表。刘表又不能用,主要原因还是因其太傲。最后因为上万言长策被皇帝重用,但他的傲气如故。冲突勉强展开,但情节的发展却不成因果。另一方面,因写自己胸中的块垒,故全剧的抒情,尤其是第三折的抒情更是淋漓痛快,道出一代文人的感受:

[倘秀才]如今那有钱人没名的平登省台,那无钱人有名的终淹草莱。(荆王云)据贤士如何?(正末唱)如今他可也不论文章只论财。(荆王云)贤士可曾投托人么?(正末唱)赤紧的难寻东道主。(荆王云)向在何处?(正末唱)久困在书斋,非王粲巧言令色。[2]

[普天乐]楚天秋,山叠翠,对无穷景色,总是伤悲。好教我动旅怀,难成醉。枉了也壮志如虹英雄辈,都做助江天景物凄其。(云)老兄,小生有三桩儿不是。(许达云)可是那三桩不是?(正末云)是这气、这愁、和这泪。(许达云)气若何?(正末唱)气呵,做了江风渐渐。(许达云)愁若何?(正末唱)愁呵,做了江声

---

[1] 曹楝亭刊本《录鬼簿》,《录鬼簿(外四种)》,上海古籍出版社1978年4月版,第79页。

[2]《王粲登楼》第二折,《元曲选校注》第二册下卷,河北教育出版社1994年6月版;第2094页。

沥沥。(许达云)泪若何?(正末唱)泪呵,弹做了江雨霏霏。[1]

[上小楼]一片心扶持社稷,两只手经纶天地。谁不待执戟门庭,御车郊原,舞剑尊席?(许达云:)仲宣,当初肯与蒯、蔡同列为官,可不好来?(正末唱:)我怎肯与鸟兽同群,豺狼作伴,儿曹同辈?兀的不屈沉杀五陵豪气![2]

[尧民歌]真乃是鹤长凫短不能齐,从来这乌鸦彩凤不同栖。挽盐车骐骥陷淤泥,不逢他伯乐不应嘶。只争个迟也么疾,英雄志不灰,有一日登鳌背。[3]

也正因此,《王粲登楼》一再受到文人的赞赏。

郑光祖的爱情剧均采用了有婚约在先、拜见岳母,岳母让以兄妹相称的故事模式。《㑳梅香》写书生白敏中与裴尚书的女儿小蛮订有婚约,但白敏中来到裴家时,老夫人却让二人以兄妹相称。白敏中与小蛮一见之下,两相留意。听琴后,小蛮暗中遗香囊于书房门首。白敏中病重,侍女樊素奉老夫人命前去探望,为小蛮带回白敏中的简帖。小蛮先是责怪樊素,后来让樊素带信与白敏中,约夜晚相会。相见时被老夫人撞见,白敏中被要求天明离开。白敏中状元及第,奉圣人的命与裴小蛮成婚。《倩女离魂》据唐人陈玄祐的小说《离魂记》改编而成。小说写张镒器重外甥王宙,曾说过将来把女儿倩娘许他为妻。张倩娘与王宙由此产生爱慕之情。后来张镒又把女儿许给他人,倩娘便离魂随王宙而去。杂剧中女主人公张倩女与王文举有指腹为亲的婚约。王文举长大后,借往长安应举来探望岳母。老夫人让他们以兄妹相称,要求王文举上京师求取功名,得了一官半职,再

---

[1]《王粲登楼》第三折,《元曲选校注》第二册下卷,河北教育出版社 1994 年 6 月版,第 2104—2105 页。

[2]《王粲登楼》第三折,《元曲选校注》第二册下卷,河北教育出版社 1994 年 6 月版,第 2106 页。

[3]《王粲登楼》第三折,《元曲选校注》第二册下卷,河北教育出版社 1994 年 6 月版,第 2108—2109 页。

回来成亲。折柳亭送别以后,张倩女的灵魂追随王文举进京,躯体卧病在家。王文举状元及第后,派人送信给岳母,说等授官之后,"文举同小姐一时回家"。卧病的倩女见信后气昏过去,一家人以为他另娶了夫人。王文举回来,倩女的灵魂与躯体合二为一。

《㑇梅香》剧本的情节大量模仿《西厢记》,比如听琴、樊素探病、代为传书、小姐的以诗相约和变卦、夫人责问樊素等。情节上最大的不同有三:一是白敏中与裴小蛮早有婚约;二是两人在私会时被老夫人撞见,于是小蛮未曾失身;三是最后白敏中奉旨成婚。情节上的这种设计,使剧本在表现爱情的同时,又照顾了社会的伦理规范。

与《西厢记》的立意全然不同。《西厢记》歌唱"有情人终成眷属",肯定张生、莺莺对"情"的追求、对社会伦理道德的反抗。《㑇梅香》则在写情中充满对功名、美色的追求。对此,剧中的男女主人公都有明白的表白。白敏中说:"我见小姐容仪,远视而威,近视而美,端的可为贵人之妻。"[1]裴小蛮则说:"我一见那生,眉疏目秀,容止可观。年方弱冠,才名已遍天下。若进取功名,何所不至!好着我放心不下。此非有甚狂意,乃前程所关。"[2]一个看到了容仪,一个看到了前程,这段爱情有着太多的现实欲望。

《倩女离魂》作为元代四大爱情剧之一(其他三剧为王实甫的《西厢记》、关汉卿的《拜月亭》、白朴的《墙头马上》),在表现爱情时确实独具特色。剧本用灵魂的行为来表现私奔的情节。倩女的灵魂因摆脱了现实的束缚而自由地追求属于自己的感情,肉体则在现实中饱受折磨。两个倩女互相映衬,不仅将这一形象的内心世界揭示得非常深刻,而且为这本杂剧增添了新奇动人的魅力。但剧中的王文举

---

[1]《㑇梅香骗翰林风月》第一折,《元曲选校注》第三册下卷,河北教育出版社1994年6月版,第2899页。

[2]《㑇梅香骗翰林风月》第一折,《元曲选校注》第三册下卷,河北教育出版社1994年6月版,第2900页。

则显得刻板、不解风情:见过老夫人便忙着去应举,只是在临行前问了问为何让自己与小姐以兄妹相称;倩女追来,王文举是"做怒科",指责倩女"古人云:'聘则为妻,奔则为妾。'老夫人许了亲事,待小生得官回来,谐两姓之好,却不名正言顺?你今私自赶来,有玷风化,是何道理?"让倩女赶紧回去。[1]

综观郑光祖的爱情剧,虽致力于写"情",却终不逾矩,较《西厢记》、《墙头马上》诸剧更多道德的色彩。

在语言上,两剧或优雅或清丽稍有不同。《㑇梅香》由樊素主唱。樊素是一名侍女,非常聪明,与小姐做伴读书,"但是他姐姐书中之意未解呵,他先解了。那更吟咏写染的都好"[2]。所以剧中她的唱词也多引经据典,富于书卷气:

[初问口]不争你先辈颠狂,枉惹的吾侪耻笑。你恋着这尾生期,改尽颜回乐。(白敏中云)小生今生不能成双,死于九泉之下,也要相会呵!(正旦唱)又不曾荐枕席,便指望同棺椁。只想夜偷期,不记朝闻道。[3]

[归塞北]则你那年纪小,有路到青霄。有一日名挂在白玉楼头龙虎榜,愁什么碧桃花下凤鸾交?早挣个束带立于朝。[4]

《倩女离魂》中正旦扮张倩女和离魂,唱词缠绵、优美,比如第二折魂旦的几支曲子:

---

[1]《迷青琐倩女离魂》第二折,《元曲选校注》第二册下卷,河北教育出版社1994年6月版,第1869页。

[2]《㑇梅香骗翰林风月》楔子,《元曲选校注》第三册下卷,河北教育出版社1994年6月版,第2891页。

[3]《㑇梅香骗翰林风月》第二折,《元曲选校注》第三册下卷,河北教育出版社1994年6月版,第2918页。

[4]《㑇梅香骗翰林风月》第二折,《元曲选校注》第三册下卷,河北教育出版社1994年6月版,第2918页。

[小桃红]我蓦听得马嘶人语闹喧哗,掩映在垂杨下。吓的我心头丕丕那惊怕,原来是响珰珰鸣榔板捕鱼虾。我这里顺西风悄悄听沉罢,趁着这厌厌露华,对着这澄澄月下,惊的那呀、呀、呀,寒雁起平沙。[1]

[秃厮儿]你觑远浦孤鹜落霞,枯藤老树昏鸦,听长笛一声何处发。歌欸乃,橹咿哑。[2]

[圣药王]近蓼洼,缆钓槎,有折蒲衰柳老兼葭。傍水凹,折藕芽,见烟笼寒水月笼沙,茅舍两三家。[3]

曲词的美丽、优雅应是郑光祖名列元曲四大家的一个重要原因。

---

[1]《迷青琐倩女离魂》第二折,《元曲选校注》第二册下卷,河北教育出版社1994年6月版,第1868页。
[2]《迷青琐倩女离魂》第二折,《元曲选校注》第二册下卷,河北教育出版社1994年6月版,第1868页。
[3]《迷青琐倩女离魂》第二折,《元曲选校注》第二册下卷,河北教育出版社1994年6月版,第1868页。

第六章　明初至嘉靖的杂剧创作

第一节　朱有燉

朱有燉是明初杂剧作家中最为重要的一位。在已有的研究中，人们给予了他较多的关注和很高的评价，诸如明代杂剧创作中最多产的作家、明代杂剧创作中承先启后的枢纽等，其创作成就，甚至也被视为是有明一代的冠冕。[1]

朱有燉生于洪武十二年(1379)正月十九日，卒于英宗正统四年(1439)五月二十七日。他是朱元璋第五子朱橚的长子，袭封周王，死谥"宪"，故世称周宪王。别号锦窠老人、诚斋等。

朱有燉共作有杂剧31种及散曲《诚斋乐府》，至今流传于世。关于诚斋杂剧的传本和著录情况，日本八木泽元的《明代剧作家研究》第二章，曾永义《明杂剧概论》第三章第二节均列有一览表，并且都在

---

[1] 青木正儿《中国近世戏曲史》："然其曲工巧，驱使俗语，直迫元人，断非明中期以后作家所可企及，推之为明代第一杂剧作家，亦无不可。"(作家出版社1958年版第143页)八木泽元《明代剧作家研究》："明代第一杂剧作家"，"明代杂剧作家中惟一的多产作家"，"为明代末年戏曲的盛行奠定了稳固的基石"，"改变了中国戏曲史的发展，而具有过渡时期承先启后的作用"(香港龙门书店1966年版第39、78、88页)。曾永义《明杂剧概论》："论剧作传世之多，他是元明第一位，论成就之高，也堪为有明一代冠冕"，"其后南杂剧之发展，可以说以宪王为嚆矢"，"他在我国戏剧史上的地位，就好像词中的柳永，居于转变的关键和枢纽。"(台湾学海出版社1979年版第145、183、194页)戚世隽《明代杂剧研究》："朱有燉在明代杂剧创作史上，处于重要的枢纽地位，可以说，他既是传统杂剧的最后一位作家，也是新杂剧的最初一位作家。"(广东高等教育出版社2001年版第210页)

已有研究成果的基础上,对朱有燉的杂剧创作时间进行了总结归纳。这里转录曾永义的编年如下:

永乐二年八月:辰勾月。
永乐四年正月:庆朔堂。
永乐六年二月:小桃红。同年"得驺虞"一本。
永乐七年春:曲江池。
永乐十四年八月:义勇辞金。
永乐二十年二月:悟真如。
宣德四年正月:蟠桃会。
宣德五年三月:牡丹仙。
宣德六年正月:桃源景、牡丹品。
宣德七年十二月:八仙庆寿、踏雪寻梅。
宣德八年十月:仙官庆会、复落娼。
　　　　十一月:香囊怨、团圆梦。
　　　　十二月:常椿寿、豹子和尚、仗义疏财。
宣德九年六月:继母大贤。
　　冬至:牡丹园。
　　十二月:十长生。
宣德十年十二月:神仙会。
正统四年二月:灵芝献寿、海棠仙。
著作年月无考者:半夜朝元、乔断鬼、烟花梦、赛娇容、降狮子。[1]

按《百川书志》外史类甄月娥等传奇三十一种标题下云:"皇明周府殿下锦窠老人全阳翁著。……或改正前编,或自生新意,或因物生辞,

---

〔1〕曾永义《明杂剧概论》第三章第二节,台湾:学海出版社1979年版,第155—156页。

或寓言警世,或歌唱太平,或传奇近事密异,……凡三十一种,总名诚斋传奇,异乐府行也。"[1]《杂剧十段锦》之课华词隐跋亦云:"盖自谱者固多,掇取元人旧作,考正声律,藻饰词句,间亦有之。"[2]可见朱有燉31种杂剧中,有一些是"改正前编"之作,如《辰勾月》之于吴昌龄的《张天师夜祭辰勾月》、《小桃红》之于无名氏的《月明和尚度柳翠》、《曲江池》之于石君宝的《李亚仙诗酒曲江池》等。

在中国戏曲史上,皇室参加剧本的写作以明代为突出,而朱有燉又是其中的佼佼者。朱有燉写作杂剧固然因为明初皇室内部斗争的尖锐,但更重要的原因应是皇室对于戏曲的爱好。明的开国皇帝朱元璋非常喜爱《琵琶记》,以为如"山珍海错,贵富家不可无"。明初藩王之国,更都有词曲、伶人之赐:"洪武初年,亲王之国,必以词曲一千七百本赐之。"[3]"昔太祖封建诸王,其仪制服用俱有定制。乐工二十七户,原就各王境内拨赐,便于供应。今诸王未有乐户者,如例赐之有者。仍旧不足者,补之"。[4]"无论两京教坊为祖宗所设,即藩邸分封,必设一乐院,以供侑食享庙之用"。[5]众多曲本的熏陶,以及王府戏班的演出实践,使朱有燉精通音律,工于词曲。而当时皇族中创作戏曲的也不只宪王一人,朱元璋的第十七子、年长朱有燉一岁的朱权,亦作有十二部杂剧(今天保存下来的有两部,即《冲漠子独步大罗天》、《卓文君私奔相如》)和一部戏曲理论著作《太和正音谱》。戏曲与皇室生活的紧密联系,是朱有燉大量写作剧本的最直接的原因。

讨论朱有燉剧作的思想,儒释道三教合一是被许多研究者所关注的一点。朱有燉对儒、释、道三教均抱持肯定的态度,在《乔断鬼》

---

[1]《百川书志》卷之六。观古堂刊本。
[2] 朱有燉《杂剧十段锦》,中华民国二年(1913年)武进董氏仿古香斋袖珍本。
[3] 李开先《张小山小令后序》。《李开先集》,中华书局1959年版,第370页。
[4]《续文献通考》卷一百四。浙江古籍出版社2000年版。
[5]《万历野获编》卷一。文化艺术出版社1998年版,第18页。

杂剧中,他曾借人物之口这样说道:"宋孝宗有云:以佛治心,以道治身,以儒治世。此诚言也。孩儿,三教皆同,不可不敬。"认为儒教"正纲常,明人伦,使礼乐刑政四达而不悖。天地万物,以位以育,祖述于尧舜,宪章乎文武,其有功于天下后世也大矣";道教"使人清虚以自守,卑弱以自持,清静无为,恬淡寡欲,其有补于世教也大矣";佛教则"弃华而就实,背假而归真,由力行而造于安行,由自利而至于利彼,其为生民之所归依者众矣"[1]。然而,在朱有燉对儒、释、道三教的肯定中,儒教仍是最基本的。作为皇室的一员,虽有政治上的倾轧,但对政权的维护则是至为重要的。加之朱有燉从小接受正统儒家教育,父亲特辟东书堂,请"德行文章,高古清纯"[2]的刘醇教导他,故而对儒家道德伦理的赞扬、关注、对戏曲教育作用的重视,贯穿了朱有燉的剧作,尤其是那些表彰贞节忠顺的作品。在题材的选择上,朱有燉多写贞节自守的女子,像《春风庆朔堂》、《桃源景》、《团圆梦》、《香囊怨》、《半夜朝元》、《悟真如》、《曲江池》、《烟花梦》等等都是如此。剧中的女主人公或是为夫守志、孝而贞的良家女子;或是贞烈自守的妓女。

《曲江池》是朱有燉改编元人旧作而成。据朱有燉此剧的小引,其《曲江池》是针对石君宝的剧作而作:

> 近元人石君宝为作传奇,词虽清婉,叙事不明,鄙俚尤甚,止可付之俳优,供欢献笑而已。略无发扬其行操,使人感叹而欣羡也。予因陈述,复继新声,制作传奇以嘉其行。就用书中所载李娃事实,备录于右云。[3]

---

〔1〕《乔断鬼》。《全明杂剧》,台湾鼎文书局1979年初版,第1938—1939页。

〔2〕[北双调蟾宫令]《题刘长史白云小稿》。《全明散曲》,齐鲁书社1994年版,第322页。

〔3〕朱有燉《曲江池》小引。转引自曾永义《明杂剧概论》第三章"周宪王及其诚斋杂剧",台湾学海出版社1979年版,第160页。

可见朱有燉是因为石君宝原作在思想教育作用上有所欠缺,才重新创作《曲江池》剧本的。在改编中,朱有燉沿袭了元杂剧所确立的歌颂李郑忠贞爱情的主题,故事的发展脉络与元杂剧大体相同,但也有不少差异。这些差异的共同指向是对道德操守的关注。比如,与元剧中郑元和初见李亚仙提出"只要姐姐许小生做一程伴"不同,在朱有燉的笔下,郑元和初次来到李亚仙家便郑重提出娶李亚仙的要求,他说:"此处非是小生久留之所,必须另买房舍,拣择良辰,备办财礼,以娶归室,诚所愿也。"但鸨母却以"过一年半载,官人也见我孩儿心性,俺也要看官人一个行藏"为由拒绝了郑元和,让郑元和先做一回子弟,而郑元和也接受了鸨母这个堂皇的理由。这一情节上的变更,加强了对郑元和感情的表现,同时也使郑元和的形象比元杂剧在道德方面更提高了一步。朱有燉笔下的郑元和从没有耍嫖妓,他遇到李亚仙,爱上李亚仙,并且不以李亚仙为低贱,真诚地要娶李亚仙。只是由于他的幼稚,被鸨母欺骗,才有后来的沦落。再比如,石君宝剧中写到郑元和金尽被鸨母赶出,写到倒宅计,写到李亚仙为此不肯觅钱,但对李亚仙在倒宅计中是否知情没有明确的交代。而在朱有燉的剧本里,就明确交代李亚仙是不知情的。于是李亚仙作为一个有仁有义、容德兼备的忠贞女性,其形象显得更加清晰。在朱有燉的《曲江池》杂剧中,无论是李亚仙,还是郑元和,在道德上都臻于完美。此外,在朱有燉的杂剧中,还增加了刘员外这样一个嫖客的形象,借此写出嫖妓的下场。并在第三折以大段的篇幅,由郑元和等几个乞儿的唱白说明酒色财气的罪恶。在剧本的结尾,朱有燉也改变了元杂剧拒绝相认的情节,而基本采用了《李娃传》父子相认,以礼迎娶的处理,由此强调"父子天性岂可有绝"。

朱有燉笔下的妓女和元人杂剧中的妓女,在表现的侧重点上时有差异。比如"元刊杂剧三十种"中的《诸宫调风月紫云亭》写妓女与书生的爱情故事,演出重点放在"情"上,所谓"大冈来意气相合。今日把我情肠,他肺腑,都混成一个。虽隔着千里关河,不曾有半个时辰意中捱过"[1]。所谓"我想世上这一点情缘,百般缠激,有几人识破"[2]。所谓"两情迷到忘形处,落絮随风上下狂"[3]。《元曲选》中亦有不少剧作写到妓女形象,一般是妓女与书生相爱,商人插足其间,妓女爱才,鸨母爱钞,最后妓女与书生的爱情获得胜利。剧本中的妓女虽不乏守志者,但对节操的强调则没有那么极端,比如马致远《青衫泪》中的裴兴奴嫁给了茶客,关汉卿《谢天香》剧中的谢天香,在柳耆卿走后,被钱大尹娶去,并对钱大尹的冷落表示不满。而朱有燉剧中对妓女的表现则主要放在了道德操守上。

朱有燉又有《继母大贤》一剧,写同父异母的兄弟王谦和王义,王谦为人很好,王义却常与无赖为伍。后王义与人一起打死了人。面对人命官司,兄弟二人争相承认杀人者是自己。当审判者断案时,母亲不但声言前妻之子王谦无罪,而且愿以身替王谦受杖,直言是王义打死人命。最后朝廷表彰母兄,赦免王义的罪过。这是一个在北方颇为流行的故事,"今书坊相传射利之徒,伪为小说杂书。南人喜谈,如汉小王光武、蔡伯喈邕、杨六使文广,北人喜谈,如继母大贤等事甚多。农工商贩,抄写绘画,家畜而人有之,痴骏女妇,尤所酷好"[4]。在朱有燉之前,关汉卿曾作《蝴蝶梦》写继母保全前妻之子的贤德;朱有燉之后,《伍伦全备》中亦写到兄弟争死,母亲牺牲己子。朱有燉对这一题材的选择,体现了他的道德兴趣、道德关切,这一题材在民间的流行,说明的是民间的道德诉求;而皇室的提倡与民间的爱好,这两者间是密切相关的。

即使在《踏雪寻梅》这样的文人剧、《蟠桃会》这样的庆寿剧中,朱

---

〔1〕[中吕粉蝶儿]。《元刊杂剧三十种新校》,兰州大学出版社1988年版,第199页。

〔2〕[醉春风]。《元刊杂剧三十种新校》,兰州大学出版社1988年版,第199页。

〔3〕[鹧鸪天]。《元刊杂剧三十种新校》,兰州大学出版社1988年版,第203页。

〔4〕叶盛《水东日记》卷二十一。《丛书集成新编》册85,新文丰出版公司1985年版,第151页。

有燉亦不忘表现道德观念。在《踏雪寻梅》中,当李太白唤歌妓时,孟浩然却说道:"此恐非君子所当履者",后来更说李白:"原来学士放荡于酒色,略无儒者气象",并欲与李白绝交。于是,在朱有燉的笔下,孟浩然终于成为一个道貌岸然的饱学秀才,且最终接受了朝廷的封官,失去了"红颜弃轩冕,白首卧松云。醉月频中圣,迷花不事君"〔1〕的风流与潇洒。在《蟠桃会》中,朱有燉借南极星君之口,大讲"积阴功",讲"忠爱君王孝二亲"、讲"整肃""闺门"。

显然,三教合一的思想虽是朱有燉思想中重要的一点,但更突出的应是作为皇室作者对道德伦理的重视。朱有燉对曲的兴、观、群、怨作用曾有所论述:

> 或曰:"古诗为正音,今曲乃郑卫之声,何可同日而语耶?"予曰不然。郑卫之声,乃其立意不正,声句淫佚,非其体格音响比之雅颂有不同也。今时但见词曲中有《西厢记》、《黑旋风》等戏谑之编为亵狎,遂一概以郑卫之声目之,岂不冤哉。国朝集雅颂正音,中以曲子〔天净沙〕数阕编入名公诗列,可谓达理之见矣。体格虽与古之不同,其若可兴、可观、可群、可怨,其言志之述,未尝不同也。〔2〕

对自己的创作态度,也曾有清楚的表白:

> 不宁惟是,而仙姑能守妇道,虽出于倡优之门,而节义俱全,比之良家妇女不能守志者,为何如耳?于世教岂无补哉!特以次第,编为传奇,庶可继乎丽则之音,非若淫词艳曲之比也。〔3〕

这种创作态度,与明初朝廷对戏曲的要求是一致的,"神仙道扮"和

---

〔1〕 李白《赠孟浩然》。《全唐诗》,上海古籍出版社1986年版,第395页。
〔2〕 〔北正宫白鹤子〕《咏秋景有引》。《全明散曲》,齐鲁书社1994年版,第277—278页。
〔3〕 《半夜朝元引》。《全明杂剧》,台湾鼎文书局1979年初版,第1748页。

"劝人为善"均是被朝廷所肯定的创作思想:

> 凡乐人搬做杂剧戏文,不许妆扮历代帝王后妃、忠臣烈士、先圣先贤神像,违者杖一百。官民之家容令妆扮者与同罪。其神仙道扮及义夫节妇、孝子顺孙劝人为善者,不在禁限。[1]

正是这样一种来自皇室的态度深深影响着明初的戏曲创作。[2]"神仙道扮"和"劝人为善"成为当时重要的创作内容。

朱有燉在戏曲史上的价值,主要在于他的剧本在艺术上的成就,即语言和表现手法的纯熟,以及形式上的变化。

朱有燉剧作的语言能够因情节、人物的不同而加以恰如其分的表现,但其间最突出的仍是他那些朴素、真切、生动的唱词,在平淡中使人回想起元人的杂剧:

> 听说罢气扑扑恶向胆边生。直恁的将百姓每忒欺凌。便做他倚官挟势莽施逞。也有个三媒六证。问肯方成。便做是穷庄家不敢违尊命。也存些天理人情。却怎生走将来不下些花红定。平白的强夺了个女娉婷。[3]

对元杂剧中的一些表现手法,朱有燉运用得得心应手,比如对探子的运用便颇为熟稔、灵活。"探子报告"是元杂剧中一种很重要的表现手法。在"元刊杂剧三十种"中,有四个剧本用到了"探子":《汉高皇濯足气英布》的第四折用探子报告战场情况;《晋文公火烧介子推》的第四折以樵夫报告介子推死信;《地藏王证东窗事犯》第四折以末扮何宗立说明秦桧的下场;《萧何月夜追韩信》的第四折用吕马童报告

---

[1] 姚思仁《大明律附例注解》卷二十六。北京大学出版社1993年版,第881页。

[2] 朱权今天保存下来的两个剧本,一个是度脱剧,一个是爱情剧。爱情剧虽写到卓文君私奔,但也强调了卓文君于仓皇之际,仍不失妇道之宜,为相如驾车。两剧均在朝廷所接受的范围之内。

[3] 《黑旋风仗义疏财》第二折[石榴花]。《全明杂剧》,台湾鼎文书局1979年初版,第1357—1358页。

项羽的乌江自刎。朱有燉把这种表现手法广泛运用到自己的剧作中。在其三十一个剧本中,有七个剧本采用了这种手法:《义勇辞金》的第三折以探子描述战阵;《仙官庆会》的第四折用探子来叙说长安景致和钟馗的驱鬼;《得驺虞》第三折以探子讲述围猎驺虞的经过;《牡丹品》第三折以探子报告花开的消息;《降狮子》第四折用探子报告降伏青狮子的情况。而《牡丹仙》第二折用二末来讲如何栽培牡丹并细数牡丹名品;《灵芝庆寿》第二折让神将、仙女向东华帝君讲述中国风俗、出产、政治及已有的种种祥瑞,虽没有用探子的名称,但表现的手法与效果,和"探子"是一致的。

朱有燉剧作在形式上对元杂剧的突破主要体现在演唱体制上。与朱有燉同时或稍早,元杂剧一人独唱的方式正一再被改变,比如贾仲明的《吕洞宾桃柳升仙梦》便以正末唱北曲,正旦唱南曲,正末、正旦轮唱,来展开演出。朱权的《独步大罗天》让群仙各唱一曲。刘东生的《娇红记》用到了末旦合唱。六本的《西游记》,也没有坚持每本由一个角色独唱。朱有燉的剧作在演唱体制的变化方面表现的更加明显,在三十一个剧本中,有十一个剧本在唱法上有变化,除独唱外,有双唱、众唱、接唱、轮唱等多种方式,几乎包括了南曲中所有的唱法。[1]在朱有燉的剧本里,演唱方式的大量改变带来一种趋势,它们和贾仲明、朱权等人的剧作一起,使明杂剧开始展示出自己的特点。

此外,朱有燉的部分剧作情节简单,像《洛阳风月牡丹仙》全剧写宴赏牡丹,议论赞赏牡丹,表达共乐升平之感,凸现一种自娱的性质,已显露出明杂剧的变化,显露出明杂剧创作以作者为中心的特点。

语言和表现技法的娴熟,音乐的合律,所谓"调入弦索,稳叶流丽,犹有金元风范"[2],确立了朱有燉在戏曲史上的地位,也使朱有

---

[1] 参见曾永义《明杂剧概论》,学海出版社1979年版,第175—177页。
[2] 《万历野获编》卷二十五。文化艺术出版社1998年版,第687页。

燉的剧作在明代相当长的时间里颇为流行。"中山孺子倚新妆,郑女燕姬独擅场。齐唱宪王春乐府,金梁桥外月如霜。"[1]"王遭世隆平,奉藩多暇,勤学好古,留心翰墨,……制《诚斋乐府传奇》若干种,音律谐美,流传内府,至今中原弦索多用之。"[2] 然而,尽管其剧作数量众多,传唱甚盛,但思想深度的缺乏,却使他终究无法成为明杂剧创作的第一人。

第二节 康海、王九思的剧作

康海(1475—1540),字德涵,号对山,别号沜东渔父,陕西武功人。弘治十五年(1502)状元及第。康海为人率直,所谓"忒直性",所谓"气疏豪"[3],不肯依附刘瑾,却坐瑾党落职为民,这使康海的内心颇为愤懑:

> 笑新来两鬓生花。载酒看山。乐趣无涯。逐日价稚子牵衣。小姬押酒。老妪烹茶。有的是雪案间惯相陪的壶觞尊罍。又无甚仕途中歪厮攘的恐惧波查。这样欢洽。倒底堪夸。黑也由他。白也由他。[4]

> 年虽未。鬓已星。身事渐无成。经纶兴。簪组情。也曾评。到底是蜃楼画饼。[5]

> 眼漫睁。事如何。失脚的古人先已多。赵窜廉颇。汉系萧

---

[1] 李梦阳《汴中元夕五首》。《空同集》卷三十五,上海古籍出版社1991年版,第315页。
[2] 《列朝诗集小传》乾集下,上海古籍出版社1983年版,第8页。
[3] 王廷相[北双调新水令]《送康对山太史归田》。《全明散曲》,齐鲁书社1994年版,第1108页。
[4] [北双调折桂令]《庚辰夏晓起临镜戏作》。《全明散曲》,齐鲁书社1994年版,第1134页。
[5] [北商调梧叶儿]《自述》。《全明散曲》,齐鲁书社1994年版,第1159页。

何。薏苡病伏波。歪揣的会偻㑩。英雄的反受蹉跎。子陵随钓艇。甪里稳山阿。诃。怎生得平地里惹风波。[1]

王九思(1468—1551),字敬夫,号渼陂,陕西鄠县人。弘治九年(1496)进士。康、王二人是朱有燉之后明代杂剧史上的重要作家。二人是同乡好友,是亲家。在文学主张和遭际上,也有不少相似之处:二人同为弘治朝进士,同为前七子的代表,同以北曲出名,同因刘瑾被贬。

康海的杂剧有《王兰卿》、《中山狼》两种。王九思有《中山狼院本》和《沽酒游春》杂剧。两人的作品数量虽不是很多,但在内容和形式上都有一些独到的价值。

就形式而言,康海的杂剧在形式上变化不多,《中山狼》以末唱四大套北曲,《王兰卿》稍有变化,在正旦唱了三大套北曲后,第四套北曲由细酸演唱,中间并插入妓女所唱套曲。王九思的《沽酒游春》也坚持以正末唱四大套北曲,但他的《中山狼院本》则在杂剧的发展史上有重要意义。

王九思关于"中山狼"的作品,号称"院本"。院本,指民间散乐戏班所用的脚本,是宋杂剧在宋、金南北分治之后,保留在北方并得到发展的舞台艺术。据南戏《宦门子弟错立身》等材料所反映的院本状况,可知"院本"以净色为主,以滑稽调笑的科诨见长,可唱小曲。与以末、旦演故事的元杂剧有所不同。院本的脚色行当体制与宋杂剧相同,有末泥、引戏、副净、副末和装孤。王九思的《中山狼》虽称作"院本",但以生唱[双调新水令]套曲(剧本先言末扮东郭生,随之便改为生,可见南戏的影响),以净扮狼,外扮老杏和老牛,副末扮老人,演东郭救狼故事,结束处又用四句题目正名,已非院本原貌,而是更近于一折的杂剧。故而研究者多将王九思的《中山狼院本》视为杂

---

〔1〕[北越调寨儿令]《漫兴》。《全明散曲》,齐鲁书社1994年版,第1160页。

剧,在戏曲史上可以看做是开启了明代短剧创作的作品。

在内容上,无论是康海,还是王九思都为杂剧的写作提供了一些新的东西。这种新的东西,首先是寓言性作品的创作。《中山狼》是康海最为著名的作品,可以说康海的为世人所知,主要是因为《中山狼》杂剧。在以往的研究中,人们往往着眼于对"本事"的索隐,20世纪的后半叶,对康海的生平家世、对作品自身的研究才得到加强。在对本事的索隐中,人们一般认为《中山狼》杂剧是针对李梦阳的负恩而作。康海入仕后,正值刘瑾专权。李梦阳因代人草疏弹劾刘瑾,被捕入狱。刘瑾痛恨李梦阳,欲置之死地。李梦阳狱中以片纸向康海求救。康海与刘瑾同为陕西人,此前,刘瑾一直想笼络康海而不得,这时康海为救李梦阳而往见刘瑾。刘瑾大喜,康海一言解除了李梦阳的灾难。后瑾败,康海被视为阉党而免职。可能因为人们对史书中康海救李梦阳一事颇为熟悉,于是便把《中山狼》杂剧和这一事件联系到了一起。康海《中山狼》杂剧确是有感而发,其好友李开先说他"数次援人于死地,弗望报也,而获生者反造谤焉,因为《差差辞》及《中山狼传》,而后咎有所归矣"[1],但忘恩负义、不报反谤的人中是否有李梦阳,则没有确切的材料来印证。

《中山狼》杂剧改编自阙名的小说《中山狼传》(明陆楫编《古今说海》卷四十九收录。明无名氏之五朝小说,在宋人百家小说内收有

---

〔1〕 李开先《康王王唐四子补传》。《李开先集》,中华书局1959年版,第634页。

《中山狼传》,作者署为宋代谢良。文字与阙名的小说全同)。[1]康海在创作时,没有采用现实人生、历史传说、神仙道化这样一些戏曲中常用的题材,而是选择寓言小说作为改编的对象,从而在剧本形式的不变中透露出明代杂剧创作的新意,即文学因素、文人因素的加强。

以"中山狼"为题材的杂剧作品,除了康海的杂剧《中山狼》,据祁彪佳的《远山堂明剧品》记载,以后又有汪廷讷的《中山救狼》(南北六折)杂剧、陈与郊的《中山狼》(南北五折)杂剧,但汪、陈之作今天已无从见到。只有前面提到的康海的好友王九思所作的《中山狼院本》,今存。

其次是对个人感受的关注。康海的《中山狼》借寓言来强调自己的心情,王九思的《沽酒游春》则借前代诗人来写自己的积愤。王九思的杂剧创作以《杜子美沽酒游春》为著名。王九思是作为刘瑾余党,而被勒令致仕的。但其中真正的原因是他和李东阳的矛盾。[2]

---

[1] 明代马中锡(成化十一年进士)增饰阙名的小说,再作《中山狼传》,但康海所据应为阙名的作品。马中锡的《中山狼传》与原小说实际上只是细节上有差异,以康海杂剧与二者比较,可发现康海的作品更接近阙名的作品。比如杂剧中狼求东郭先生救它时,说到"昔日有个隋侯救蛇,后来衔珠为报。蛇尚如此,俺狼比着蛇更有灵性哩。今日事急了,愿早久救俺残喘。先生的大恩不敢有忘。俺做隋侯之珠来报您先生咱。"阙名的小说云:"昔隋侯救蛇而获珠,蛇固弗灵于狼也。今日之事何不使我得早处囊中以延残喘,异时脱颖而出,先生之恩大矣。敢不努力以效隋侯之蛇。"马中锡文云:"昔毛宝放龟而得渡,隋侯救蛇而获珠。龟蛇固弗灵于狼也。今日之事,何不使我得早处囊中,以苟延残喘乎?异时倘得脱颖而出,先生之恩,生死而肉骨也。敢不努力以效龟蛇之诚。"再如老牛之言,杂剧云:"老农出入是俺驾车。老农耕田是俺引犁。把俺做手足一般的相看。他穿的衣、吃的食、男女婚姻、公私赋税,那一件不在俺身上资助他。如今见俺老来力弱,赶逐俺在旷野荒郊。"阙名的小说云:"老农出我驾车先驱,老农耕我引犁效力。老农视我如左右手。一岁中衣食仰我而给,婚姻仰我而毕,赋税仰我而输。今欺我老弱,逐我于野。"马中锡小说云:"彼将驰驱,我伏田车择便途以急奔趋。彼将躬耕,我脱鞍衡走郊坰以辟榛荆。老农视我犹左右手。衣食仰我而给,婚姻仰我而毕,赋税仰我而输,仓庾仰我而实。我亦自谅,可得帏席之敝,如马狗也。往年……,今……。一丝一粟,皆我力也。顾欺我老弱,逐我郊野。"

[2] 参见曾永义《明杂剧概论》第四章第一节之"王九思的生平"。台湾:学海出版社1979年版,第210—211页。

对于李东阳假公济私打击自己,王九思颇为愤懑,在作品中时有流露。《杜子美沽酒游春》便可以看做是王九思的写愤之作。剧本写杜甫春日在曲江池典朝衫沽酒游赏,又和岑参同登慈恩寺塔、同往渼陂泛舟,饮酒之间,圣旨宣杜甫回朝,升为翰林院学士,但杜甫委婉地辞谢了。对于剧本中批评、嘲骂的李林甫、杨国忠和贾婆婆,古人如李开先、沈德符等都记载了有关影射的说法,即李林甫指李东阳,杨国忠指杨廷和,贾婆婆指贾南坞。而王九思家近渼陂、自号渼陂,于是借用杜甫、岑参游渼陂的典故来写自己的情怀,借杜甫之口写自己的生活。剧本回顾开元、天宝的历史,描写春天的景致,或骂世、或感慨。情节与冲突让位于抒怀遣兴,曲辞写的豪迈爽朗,又不失典雅:

遥望见九重宫殿。都做了一天愁闷。你看那帝子王孙。一个个有家难奔。这的是日月昏霾。江山破缺。凭谁整顿。我见了这细柳新蒲。想起那蜀门剑阁。看了那江树野云。天那。你便是铁石人也心酸泪滚。[1]

深拼醉倒。青春易去。白发难饶。满园桃李风吹落。万点飘摇。高冢外麒麟卧草。小堂中翡翠为巢。推物理。须行乐。浮名蜗角何用绊吾曹。[2]

从今后青山止许巢由采。黄金休把相如买。摩娑了壮怀。想着那骑马上平台。登楼吟皓月。倚剑观沧海。胸中星斗繁。眼底乾坤大。你看那薄夫菲才。谁是个庙堂臣。怎做得湖海士。羞惭杀文章伯。紫袍金阙中。骏马朝门外。让与他威风气概。我子要沽酒再游春。乘桴去过海。[3]

---

[1] 第一折[村里迓鼓]。《全明杂剧》,台湾鼎文书局1979年初版,第2307—2308页。

[2] 第二折[满庭芳]。《全明杂剧》,台湾鼎文书局1979年初版,第2323页。

[3] 第四折[离亭宴带歇拍煞]。《全明杂剧》,台湾鼎文书局1979年初版,第2343—2344页。

由于王九思创作《沽酒游春》的关注点不在戏剧本身,而在内心积郁的抒发,因而整个剧本的情节安排显得松散、平板,其对抒情性的偏重,直接影响着后来杂剧的创作风气。

而在这种种新意间,对节烈的关注,仍是一个重要的话题。康海的杂剧《王兰卿真烈传》表达的就是这样一种道德的关切。剧本据真事搬演。歌妓王兰卿与举人张于鹏相爱。于鹏去参加会试;兰卿坚决不再接客。于鹏会试下第,选官青州府推官。下财礼娶兰卿归家。兰卿独守空房,服侍老夫人甚为勤谨。后于鹏因父丧守制回家,遂绝意仕进,收拾煖泉精舍,奉养老母。几年之后,于鹏病故,兰卿不肯再嫁。某富家郎千方百计欲娶兰卿。兰卿治下酒席,与大妇收泪,自己偷偷服下毒药,仍与大妇把盏,毒发而亡。最后,兰卿和于鹏同升仙界。剧本突出表现王兰卿注重"做妇人的道理",渴望"做一个三从四德好人妻"。写她不在意独守空房,只想到要孝顺公婆,只想到做良人眷属:

> 虽是这泼生涯习惯的熟。也曾将烈心肠盘算的久。我比那妇人家少甚么腻粉搭胭项。我比那男子汉只争个巾帻不裹头。得跳出是非薮。打叠起从来卑陋。好花枝不过眸。绣帘帏不上钩。力烹调把饮馔修。务蚕桑将女教求。[1]

写她的识见,她对丈夫的开导与劝慰:

> 你心儿要恁迭。这道儿更合辙。既然撇罢再休说。把农桑务些。虽不止丹书铁券黄金阙。也轮着黄鸡浊酒白莲社。又索甚苍崖翠壁紫云穴。是非场渐渐的远也。[2]

剧作内容与朱有燉的《香囊怨》杂剧有些类似(《香囊怨》写妓女刘盼春为爱周恭,拒绝接客,自杀而死),继续了明初戏剧创作中对道德的

---

[1] 第一折[后庭花]。《全明杂剧》,台湾鼎文书局 1979 年初版,第 2266 页。
[2] 第二折[醉太平]。《全明杂剧》,台湾鼎文书局 1979 年初版,第 2276 页。

重视。而作者康海家中也发生了与王兰卿类似的事情:康海长子栗死,其妻杨氏吞砒霜自杀。在这里我们再次读到了一代文人和当时社会的道德取向。

康海、王九思二人创作的杂剧,在曲词的写作方面常能与元人相颉颃,使人看到北曲复兴的迹象。比如康海的《中山狼》杂剧,曲词浑朴,毫无绮靡之态:

> 古道垂杨噪晚鸦。看夕阳恰西下。呀呀寒雁的落平沙。黄埃卷地悲风刮。阴云遍野荒烟抹。只见的连天衰草岸。那里有林外野人家。秋山一带堪描画。揾不住俺清泪洒袍花。[1]

> 只见那忽腾腾的进发。似风驰电刮。急嚷嚷的闹喳。似雷轰電打。扑剌剌的喊杀。似天崩地塌。须不是斗昆仑触着天柱折。那里是战蚩尤摆列着轩辕法。却怎的走石飞沙。[2]

寄托自己的牢骚,更是沉痛、激烈:

> 休道是这贪狼反面皮。俺只怕尽世里把心亏。少什么短箭难防暗里随。把恩情番成仇敌。只落得自伤悲。[3]

> 怪不得那私恩小惠。却教人便叫唱扬疾。若没有个天公算计。险些儿被幺么得意。俺只索含悲忍气。从今后见机莫痴。呀。把这负心的中山狼做傍州例。[4]

康海和王九思作为前七子的成员,在文学创作上倡导复古,希望经由复古为文学的发展寻求新的出路。在杂剧的写作上,康、王二人也体现了这一主张。在形式上,如前所述,他们基本坚持以一角唱四大套,他们的曲词也努力追摹元人的风味。但在复古中,他们的剧作又

---

[1] 第一折[油葫芦]。《全明杂剧》,台湾鼎文书局 1979 年初版,第 2216 页。
[2] 第一折[那吒令]。《全明杂剧》,台湾鼎文书局 1979 年初版,第 2217 页。
[3] 第四折[沽美酒]。《全明杂剧》,台湾鼎文书局 1979 年初版,第 2254 页。
[4] 第四折[太平令]。《全明杂剧》,台湾鼎文书局 1979 年初版,第 2256—2257 页。

一再显示出变化,比如剧本在内容上的新意,在形式上的改变,王九思名义上的院本,实际上提供了短剧创作的经验。康、王二人的剧作可谓在变与不变间传达出杂剧在明代的成长。

第三节 冯惟敏的剧作

冯惟敏为这一阶段康、王之外,另一重要的北剧作家。冯惟敏(1511—1580?)字汝行,号海浮山人。山东临朐人。少小随父宦游,闲暇读"六经诸子史,含咀英华,为文闳肆,万言可立就"[1]。嘉靖十六年(1537)举于乡,明年与次兄惟重、弟惟讷一同到北京参加会试,结果兄、弟俱得中进士,惟敏却名落孙山。此后他又几度赴试,均未成功。科举的失利对冯惟敏自然是一个打击,在《上巳日作,时落第客京师》一诗中,冯惟敏写京城的风沙摇落桃李,咏叹之中便流露了科举失意的情绪:"乍随飘飏入重云,还自低回委深壑。长安道上东复西,曲江池边路转迷。"[2]是写风中的桃李花,也是自比于春日盛开的桃李。由桃李的"低回委深壑"写自己内心的失落。陆游说"零落成泥碾作尘,只有香如故",冯惟敏则没有这一份执著。他情绪低沉:"飞空不解作红雨,著土岂得为香泥。"[3]在《七歌行》中,冯惟敏也倾诉了自己的沉痛心情:"偶逢河上丈人语,问答出处倍酸辛。男儿四十未致身,穷途屈曲怕问津。"[4]他感慨"酬昔丈夫志,立身苦不早"[5]。但这样一种痛苦的表白,在他的作品中并不多见。在他的散曲中,我们也读到他科举不遂的叹息,其中写得比较沉痛的大约

---

[1] 李维祯《冯氏家传》。《大泌山房集》卷之六十五。《四库全书存目丛书》集152,齐鲁书社1997年版,第113页。

[2] 《海浮山堂诗稿》卷之二。嘉靖四五年刊本。

[3] 《上巳日作,时落第客京师》。《海浮山堂诗稿》卷之二。嘉靖四五年刊本。

[4] 《七歌行》。《海浮山堂诗稿》卷之二。嘉靖四五年刊本。

[5] 《长安道》。《海浮山堂诗稿》卷之一。嘉靖四五年刊本。

要数[北双调折桂令]《阅报除名》、[北双调仙桂引]《思归》和[北双调河西六娘子]《知止》几处：

  笑吾生天地之间。半纸功名。六品王官。百样参差。十分潦倒。一味孤寒。破砂锅换蒜皮有何希罕。死鸡儿爊白菜枉受艰难。[1]

  想当年怕盘弄这条蛇。笑往事都看成一梦蝶。觑行踪恰便似风中叶。好功名少了半截。早抽身省去巴竭。猛想起冷清清竹篱茅舍。翠巍巍青山绿野。静沉沉洞府岩穴。[2]

  两字功名过耳风。抵多少傀儡场中。从今才醒了黄粱梦。呀。衰鬓已成翁。大运几时通。还守俺天生的一世儿穷。[3]

读来似乎感慨多于愤激。

对于科举落第，冯惟敏没有表现出极大的不平，从其现存的作品分析，其间原因大约有二。一是冯惟敏对闲适生活充满向往，他曾一再表达对避世生活的喜好："弱冠嗜远游，夙婴山水癖。"[4]"万物莫我婴，一竿常在手。朝亦理钓丝，暮亦理钓丝。"[5]"红尘何处断，潇洒羡双鸥。"[6]再一则是他父亲的经历使他对仕途有一种怀疑："九踬贤科不一作色介念者，自揣颇明前途匪测也。""私窃自念，先君以三十年科名，一生苦节，万里功勋，而竟以废罢。某独何人，敢于仕途周旋奔走也"[7]。冯惟敏的父亲冯裕，正德三年进士，曾知华亭县、萧县和晋州，迁南京户部员外郎，知平凉府，改知石阡，迁按察副使，

---

〔1〕 [北双调折桂令]《阅报除名》。《全明散曲》，齐鲁书社 1994 年版，第 1913 页。
〔2〕 [北双调仙桂引]《思归》。《全明散曲》，齐鲁书社 1994 年版，第 1957 页。
〔3〕 [北双调河西六娘子]《知止》。《全明散曲》，齐鲁书社 1994 年版，第 1957—1958 页。
〔4〕 《七里溪别墅五首》之二。《海浮山堂诗稿》卷之一。嘉靖四五年刊本。
〔5〕 《雁湖钓叟》。《海浮山堂诗稿》卷之一。嘉靖四五年刊本。
〔6〕 《瀛南道中》。《海浮山堂诗稿》卷之三。嘉靖四五年刊本。
〔7〕 《复友人书》。《海浮山堂文稿》卷之五。嘉靖四五年刊本。

致仕归。"定播凯百年仇杀之难,销龙氏一旦激变之衅,此其功之表表彰著者,已奉明旨,不次迁擢,而竟以不能俯仰于人论调,乃遂浩然以归"[1]。父亲的经历、个人的向往,使冯惟敏虽一再落第,心中有失意的一面,但却并没有很强烈的、因科举而生的不满。同时,他对科举考试又仍存有一分信任,所以在他的作品中,我们不时读到他祝贺别人得第的文字,对侄辈的考试充满期待:"对灯花此夕。步云程有期","此行。准成。金榜标名姓。"[2]对科举的成功一片欣喜:"恰辞了桂轩。又到了杏园。早遂却男儿愿。连登及第迈前贤。您乔梓都堪羡。四世科名。五朝恩眷。荷天公垂庇远。清白字祖传。忠孝事勉旃。要振起咱门面。"[3]失意、信任、犹豫,这种种复杂的情绪便体现到他的剧本里。

冯惟敏著有杂剧二种:《不伏老》和《僧尼共犯》。其中《不伏老》即以科举为题材,写宋梁颢八十二岁中状元的故事,是戏曲史上首部以科举考试为表现对象的作品。全剧五折,三次写到考试,两次写到落第。在剧本里,他借梁颢之口吐露心中的感慨:"我想读一场书怎肯做那半截的前程,却不负了平生之志";把未中进士说成是"一点未了的心事"[4]。他写落第的烦恼,如书僮的轻慢、家人的闲气;写不遇的感慨:"俺年也曾小来,到如今发白。数也曾偶来,到如今命乖。人也曾羡来,到如今众猜。福不齐难强求,时不利权耽待,端的是天老其才。"[5]"到如今百事无成两泪抛,壮志频销。功名久矣困时

---

[1]《复友人书》。《海浮山堂文稿》卷之五。嘉靖四五年刊本。
[2] [北双调折桂朝天令]《咸侄会试》。《全明散曲》,齐鲁书社1994年版,第1910—1911页。
[3] [北中吕朝天子]《夜闻琦捷口占》二首之一。《全明散曲》,齐鲁书社1994年版,第1935页。
[4] 第一折。《全明杂剧》,台湾鼎文书局1979年初版,第2758页。
[5] 第一折[那吒令]。《全明杂剧》,台湾鼎文书局1979年初版,第2771页。

髦。空焦燥,仰负圣明朝。"〔1〕但是,虽然失意,却仍不肯废学,不肯放弃进取之志:"则俺这万丈虹霓吐壮怀,包藏着七步才。你道你日边红杏倚云栽。俺道俺芙蓉高出秋江外。打熬得千红万紫无颜色,终有个头角改精神快。都一般走马看花来。"〔2〕"身不到凤凰池,名不登龙虎榜,誓不改骅骝步。"〔3〕"尽教雾隐南山豹,任泥蟠东海潜蛟。有时节出深林离幽壑,风云会了,耸头角显皮毛。"〔4〕剧中梁颢的努力正体现了冯惟敏对科举仍存的信任。

冯惟敏写科举考试虽然感叹时乖运阻,"文章由乎己,穷达在天;取舍存乎人,迟速有命"〔5〕但对科举本身并没有批评,甚至有一份赞扬:"只见规模宏大,法度严明。规模宏大,明远楼高出广寒宫。法度严明,至公堂压倒森罗殿。""钦奉圣旨,广辟贤门。知贡举乃本部尚书,都总裁是当朝宰相,考试官、监试官、提调官、印卷官,也有那巡绰监门官,多官守法。弥封所、誊录所、对读所、供给所,又有那收掌试卷所,各所奉公。誓心事如青天白日,祷祝焚香。严界限如高山大川,巡逻锁院。"〔6〕同时也由于冯惟敏心底对未来的怀疑与犹豫,使他在写落第时并无落魄之感。所谓"二折三折四折皆写失意之况,然正如琼筵贵客,虽醉中不作寒乞语也"〔7〕;所谓"通折皆落魄语却自雄锋八面"〔8〕。

剧中梁颢的科场生活,正折射着冯惟敏的科考经历与体验。在冯惟敏的散曲中有[北双调折桂令]《下第嘲友人乘独轮车》四首,其

---

〔1〕 第四折[小梁州]。《全明杂剧》,台湾鼎文书局1979年初版,第2807页。
〔2〕 第一折[油葫芦]。《全明杂剧》,台湾鼎文书局1979年初版,第2769页。
〔3〕 第二折[离亭宴歇拍煞]。《全明杂剧》,台湾鼎文书局1979年初版,第2783页。
〔4〕 第四折[么]。《全明杂剧》,台湾鼎文书局1979年初版,第2807页。
〔5〕 第一折。《全明杂剧》,台湾鼎文书局1979年初版,第2764—2765页。
〔6〕 第一折。《全明杂剧》,台湾鼎文书局1979年初版,第2759—2760页。
〔7〕 第二折眉批。《全明杂剧》,台湾鼎文书局1979年初版,第2776页。
〔8〕 第四折眉批。《全明杂剧》,台湾鼎文书局1979年初版,第2805页。

中所写便颇有和《不伏老》剧本相合处,比如:"受不过硬气车夫,快不的冷眼家人"[1];"未了的冤业。终有个结绝。投至得卷土重来。那其间再辨龙蛇"[2]等。而剧本第一折中对考场气氛、考生生活的描述,虽被孟称舜评为:"此白繁冗可厌,当删之。"但却也提供了当日考场的写真:"高挑着竿上灯,里千盏外千盏,明晃晃红荡荡都做了火天火地。紧挨着天下士,前一层后一层,喘吁吁闹炒炒都做了人海人山。进了门耳边厢喝一声仔细搜,则被他捏捏挪挪搜检那袖儿里。筵席过了响,头直上喊几阵上紧写,则被他击击聒聒比得眼儿中灼火。鸡鸣照号,张的张李的李,恰叙了三言两语,都道长兄见教、见教。日出散题,你是你我是我,才问了一字半句,只说小弟不知、不知。英雄入彀,虾腰曲脊,紧靠着四扇板儿。卫士传餐,侧耳听声,单等那三通梆子。半生不熟干饭团,这的是太仓多年老米,连泥带土托腮骨,元来是天津道地干鱼。放下的你一双我一双隔年陈,那讨一个儿可口的馒头。端着的东半碗西半碗腥泔水,却有几点儿连毛的汤料。一个家丧气消魂,不是病不是痛,可又早皮里抽肉。一个家搜肠刮肚,不知饥不知渴,只觉的口内生烟。有一般光纱帽无展翅,挣眉瞪眼,打扮的似抹额钟馗。有一般破头巾油手帕,连耳带腮,包裹的似缠头回子。有一般亨亨呀呀呀,扭不来捏不出,搬弄的魂灵儿虚飘飘在九霄云外。有一般双双双察察察,写不停煞不住,丢答的笔尖儿滴溜溜在八面风中。有一般光辉明润,一字字犹如老蚌生珠。有一般巧思精工,一篇篇恰似春蚕作茧。有一般速才的心应手手应心,霎时间只待争先赌快。有一般熬场的夜到明明到夜,一心里都要取胜夺魁。只听得画鼓连声发罢擂,乍乍乍冬冬冬,一更打作二更,二

---

[1] [北双调折桂令]《下第嘲友人乘独轮车》四首之三。《全明散曲》,齐鲁书社1994年版,第1964页。
[2] [北双调折桂令]《下第嘲友人乘独轮车》四首之四。《全明散曲》,齐鲁书社1994年版,第1964页。

更打作三更。又听的云牌乱响撞了钟,丁丁丁当当当,三点敲作四点,四点敲作五点。都只是虚张声势,止不过故意穷忙。虚张声势,把俺平生学问逼勒在风檐寸晷之前。故意穷忙,把俺盖世功名出脱在片纸只字之上。"

冯惟敏之后,写科举考试的剧作又有王衡的《郁轮袍》、沈自徵的《霸亭秋》、嵇永仁的《杜秀才痛哭泥神庙》、张韬的《霸亭庙》、黄周星的《试官述怀》、蒲松龄的《闱窘》、杨潮观的《开金榜朱衣点头》、杨恩寿的《再来人》等等〔1〕。总的来说,不满的情绪、批评的态度成为代表性倾向。对科举考试的表现亦有了更多的角度,落第士子不遇的感慨、对试官的批评、对文人命运的思考等,均成为重要的内容。其中,沈自徵的《霸亭秋》、嵇永仁的《杜秀才痛哭泥神庙》、张韬的《霸亭庙》均以杜默落第后在霸王庙哭诉为题材,从落第士子的角度,写不遇的感慨。黄周星(1611—1680,崇祯进士)的《试官述怀》则由试官的自白,写科举考试的黑暗:主考官一心只要钱,"之乎者也成何用,只要金钱中试官";"笑寒儒枉自夸才料,怎及松纹钞。任你好文章,试官全不要,算世上无如银子好"。考生里许多人"平日里文也荒学也荒","窗下工夫全不做";参加考试的目的不过是"做了官好抓银子"。而且"那青天高又高,从来善恶都无报,屈倒英豪,便宜草包。那管他麒麟哭杀村牛笑,且风骚,女娼男盗,一任后人嘲"〔2〕,行文之间,表现出对科举考试的彻底失望。蒲松龄的《闱窘》刻画士子科考中做不出题的窘迫,描摹考生的心态。杨潮观(1710—1788)的《开金榜朱衣点头》有感于科考进退而作:"文章一小技,而名器归之,九品中正以后,舍此则其道无由。及其权重,而取精用宏,进退予夺之际,

---

〔1〕 不以科举考试为中心,但在剧中对科举考试以一定篇幅加以表现的,有许多剧本。如《画中人》写爱情,其第三十二出"观场"则写到朱衣点头事。以为文章取否,"第一,来推详阴骘,第二来较论文章"。

〔2〕 黄周星《夏为堂别集》,清康熙二十七年朱日荃、张燕孙刻本。

可胜慨哉!"[1]传说中,欧阳修知贡举,每阅卷,座后常觉有一朱衣人点头,其文则入选。剧本即借这一传说来写考场中的报应,"巍巍天榜云霄立,不凭文字凭阴骘"[2]。作者从科举文章对文人人生的决定作用出发,试图解释科举考试中让人感慨万分的进退予夺问题,但给出的答案却是报应不爽,不免落入俗套。王衡的《郁轮袍》、杨恩寿(1834—1891)的《再来人》在对故事的演绎中,均触及科举考试之外的理想。王衡的《郁轮袍》借唐代大诗人王维的故事,写自己参加科考的经历,由一个很带个人色彩的事件来发泄心中的不满、写自己对科举的认识。杨恩寿的《再来人》,全剧共十六出。据剧前自叙,故事见沙氏《再来诗谶记》、叶氏《闽事纪》、张氏《感应篇广注》。写福建侯官人陈仲英,年已七旬,科举蹭蹬。五十多年来一直在福州城外、皇华馆旁的巷内书馆教书。临去世时,陈仲英把自己所作的诗、古文、词埋在坟边,把自己的应试之作包起,留与再来人。并让老妻在左臂写上"文福"二字,以为验证。陈死后托生为季毓英,少年早慧,科举得意。典试福建,散步偶至郊外陈家,颇为熟悉。见陈氏应试之作,不觉大惊,发现自己一切应试之作,皆在其中,且一字不差,明白自己就是再来人。验以左臂,果有"文福"二字。

杨恩寿在科举制度已走到穷途末路的时候,借一则轶事表达了自己对这种选拔人才方式的思考和认识,在批评科举的同时提出了科举之外的理想:

> 老儒特三家村学究耳,非有匡时济世之略,亦非有卓绝千古不可磨灭之文。其啧啧者,不过制科应举,猥琐贴括已耳。……向令超于科第之外,以进于道,则为忠为孝为名臣为硕儒,虽百易其身而不一死其心,非吾道之幸哉。惜老儒所求,如彼所得,

---

[1] 杨潮观《吟风阁杂剧》,中华书局1963年版,第75页。
[2] 杨潮观《吟风阁杂剧》,中华书局1963年版,第75页。

如此适成为老儒耳。[1]

在这里,作者不但在老儒的对面,树立了"为忠为孝为名臣为硕儒"的形象,而且提出了"科第之外"的境界。老儒沉溺于科举,既没有匡时济世之谋略,也没有可以垂留千古的文章,不过是一个腐儒。如果能超脱于科举之外,为忠为孝为名臣为硕儒,一点精诚不泯,才是道之幸,才能垂名千古,才是可羡的。杨恩寿在科第之外提出的理想,虽不外是忠孝名臣硕儒,没有什么新的东西,但他清楚地意识到老儒的追求与梦想,终在时俗之中,倘能超脱其外,便有更高远的天空。

从冯惟敏到杨恩寿,从冯惟敏的失意、向往与犹豫到杨恩寿的无奈与冷淡,这中间的变化有作者个人的因素,也体现了科举制度自身的生命历程。当科举成为文人生活重要的组成部分时,科举考试便在文人的剧本中一再被谈论,成为戏曲创作中的重要题材。

冯惟敏的《僧尼共犯》写僧人明进与尼姑惠朗偷情,被街坊撞破,告到官府。巡捕官吴守常判其还俗成婚。这个剧本实际上反映了冯惟敏思想中尊儒的一面。分析冯惟敏的思想,可以说更多地接受了儒家学说的影响,比如关心民生、重视天伦等等。对于道教,冯惟敏也并不排斥,故而会请道士扶箕,并且在家乡,当人们"咸谋摄问箕仙,而不得道士所在"时,会强他"祷之"[2]。对于佛教,冯惟敏则是既肯定,又有所保留。因有所肯定,所以他与僧人来往,他咏歌:"风前借著高僧衲,不换人间狐白裘。"[3]因有所不满,故散曲中的《嘲僧》、《留僧》均对僧人有所讽刺。在《僧尼共犯》中,冯惟敏同样从儒家思想出发,对佛教进行了批评:"少年难戒色,君子不出家。圣人有

---

[1]《再来人自叙》。《坦园丛稿》,光绪三年序长沙杨氏刊本。
[2] 参见[北正宫端正好]《吕纯阳三界一览》小序。《全明散曲》齐鲁书社 1994 年版,第 2096 页。
[3]《再游招隐寺十首》之五。《海浮山堂诗稿》卷之五。嘉靖四五年刊本。

伦理，佛祖行的差。"[1]他从古先圣贤"男女居室，人之大伦"的观点出发，借僧人的嘴表达了对佛法把"无知众生度脱出家，削发为僧，永不婚配，绝其后嗣"的不满[2]。

僧尼偷情本是至俗之事，然冯惟敏抓住僧尼的身份、寺院的特点，淡化过程、突出感受，以谐谑之笔出之，遂平添声色，有了一份雅趣。比如剧中写惠朗和明进相聚，便借周围的菩萨、神将塑像来借题发挥、插科打诨：

呀。释迦佛。铺眉着眼。当阳佛。手指着咱。把一尊弥勒佛笑倒在他家。四天王火性齐发。八金刚怒发渣沙。抬起金甲。按住琵琶。捻转钢叉。切齿磨牙。挪着柄降魔杵神通大。子待把秃驴头搌了还搌。羞的个达磨面壁东廊下。恼犯了迦蓝护法。赤煎煎红了腮颊[3]

哎。你个行家。不要瞅他。铜铸的菩萨。泥塑的那吒。鬼话的僧迦。瞎帐的佛法。并无争差。尽着撑达。也当了春风一刮。兀的不受用杀。月浸昙花。灯照禅榻。不近喧哗。不受波查。尽通宵喜笑欢洽。不枉了闲过竹院逢僧话。索强如路柳墙花。说来的磨研碓捣都不怕。见放着轮回千转也子索舍死捱他。[4]

语语生动、语语切题。语言的成功弥补了剧本情节推进的拖沓。

冯惟敏的剧本，《不伏老》全剧五折，由末独唱，颇合元剧格范。而《僧尼共犯》虽在长度上坚守四折四套曲，但在唱法上则大大突破了元杂剧的体例：第一折净唱，第二折末唱，第三折末唱、净唱、旦唱，第四折净唱、净旦合唱，在演唱上已是颇为自由。

---

[1] 第一折。《全明杂剧》，台湾鼎文书局1979年初版，第2827页。
[2] 参见第一折。
[3] 第一折[六幺序]。《全明杂剧》，台湾鼎文书局1979年初版，第2831页。
[4] 第一折[幺]。《全明杂剧》，台湾鼎文书局1979年初版，第2832页。

第四节　许潮和汪道昆的短剧

许潮,生卒年不详,嘉靖十三年举人。作有《太和记》,共二十四折。吕天成《曲品》称其"按岁月,选佳事,裁制新异,词调充雅"[1]。今存十七折,即《武陵春》、《兰亭会》、《写风情》、《午日吟》、《南楼月》、《赤壁游》、《龙山宴》、《同甲会》(此八剧收入《盛明杂剧》)、《公孙丑东郭息忿争》、《东方朔割肉遗细君》、《张季鹰因风忆故乡》、《陶处士栗里致交游》、《谢东山雪朝试儿女》(此五种见《群音类选》卷二十三)、《汉相如昼锦归西蜀》、《卫将军元宵会僚友》、《元微之重访蒲东寺》(此三种收入《阳春奏》)、《裴晋公绿野堂祝寿》(收入《乐府红珊》卷一)。由于剧本的每一折都各自独立,各有自己的剧名,即作者是把他们看成一个个自足、完整的剧作来写作的,所以一般把它们视为杂剧。

就现存作品看,许潮剧本的故事全部取材于文人乐道的轶事,或源自经、史,或利用前人名作,如《公孙丑》用《孟子》中的故事,《卫将军》、《兰亭会》、《东方朔》、《南楼月》、《同甲会》、《裴晋公》等用史书中的故事,《武陵春》据《桃花源记》、《赤壁游》用《前赤壁赋》,《龙山宴》、《张季鹰》、《谢东山》参考《世说新语》。

就内容而言,许潮的剧作对游宴雅集,显示出浓厚的兴趣。在现存的十七种剧本里,有十种是以游宴雅集为题材的,比如《午日吟》。这是一个虚构的故事,写重五日严武等访杜甫于草堂,吟赏竟日,看莲舟采莲,龙舟夺锦。剧中虽写到杜甫的"举目有江河之异"[2]、"万里烽烟入鬓愁"[3],但享受欢愉生活的剧中人杜甫,与弃官入蜀、漂

---

[1]《曲品》卷下。吴书荫《曲品校注》,中华书局1990年版,第308页。
[2]《午日吟》[刮地风]。《全明杂剧》,台湾鼎文书局1979年版,第4087页。
[3]《午日吟》之题目正名。《全明杂剧》,台湾鼎文书局1979年版,第4092页。

泊西南的诗人杜甫相比,仍少了深沉的感慨与忧思,多了悠闲与从容。《南楼月》写八月十五中秋节的夜晚,庾府参佐殷浩、褚裒、王述诸人同登南楼赏月,督府庾亮亦来赏月,遂共饮同乐。所谓"使君多暇延参佐,江汉风流万古情"[1]。此外如《裴晋公》,写小春天气,裴度、白居易、刘禹锡等相聚于绿野堂,共庆裴度寿诞。如《同甲会》,写文彦博、程珦、司马旦、席汝言,各年七十八岁,为同甲会,宴集笑语,以乐天年。《裴晋公》、《同甲会》二剧的主人公都是功成身退的文人,剧本表现的重点也都在那一种风流、闲雅的生活。沈士俊评《同甲会》云:"洛社耆英,暮年聚首,是悬车后第一乐事,是千古来第一闲人"[2]。许潮大量写作游赏宴集的剧本,借此表达对风雅的倾慕,渲染一种优雅、诗意的生活。

许潮剧中的人物往往有一种潇洒放达的情怀、有一份才子风流。《兰亭会》据《晋书·王羲之传》敷衍而成,写三月上巳日,王羲之与谢安诸友相会于会稽兰亭。曲水流觞,各说上巳故事,并请王羲之一展才华。王羲之抚琴、弈棋、写字、作画,又为文以记兰亭盛会,众友遂尽欢而散。历史上的王羲之以"骨鲠"、"任率"称,《晋书》本传中,曾写到他去官后的"山水之游"、"弋钓为娱"以及"我卒当以乐死"的自叹。《兰亭会》剧本在表现兰亭盛会时,有意突出的也是王羲之的才华与潇洒。《张季鹰》写张季鹰因秋风而思念家乡的莼羹鲈脍,于是弃官命驾而归。于"水自悠悠人自忙"[3]的沧桑感叹中,写出张季鹰任性放达的形象。《陶处士》中的陶渊明重阳赏菊,有花无酒,即以水代酒。江州太守王弘遣白衣使者送酒至,渊明开怀畅饮;镇东将军檀道济、郡守颜延之造访,同饮言志,渊明先醉,即告二人:"我醉欲眠

---

[1]《南楼月》。《全明杂剧》,台湾鼎文书局 1979 年版,第 4106 页。
[2]《全明杂剧》,台湾鼎文书局 1979 年版,第 4155 页。
[3]《张季鹰因风忆故乡》[驻云飞]。《群音类选》卷二十三,《善本戏曲丛刊》台湾学生书局 1987 年版,第 1212 页。

君且去"。真率超然之气逼人。《赤壁游》写苏轼、黄庭坚等泛舟江上,吊古感慨,亦是"潇洒一番情兴"[1]。

如果说,朱有燉的《仗义疏财》、《香囊怨》诸剧,康海、冯惟敏所写的忘恩负义、科举考试、僧尼奸情等题材,和大众的生活还有千丝万缕的联系,那么许潮对题材的选择则大大强调了杂剧与文人生活的亲密关系。宴饮雅集、潇洒的行为、风雅的生活带有强烈的文人群体色彩,集中反映了当时文人的生活取向和他们的好尚。而对宴饮游赏的爱好、对才华的渴慕、对潇洒率性的认可,也使我们嗅到了晚明文人的放逸。

就剧本的形式分析,许潮剧本的情节结构不甚讲究,几乎没有什么戏剧冲突。剧中常常套用前人的诗文作品,如《兰亭会》写三月上巳,王羲之等于会稽兰亭修禊。剧中便以三支北曲:[北双调新水令]、[驻马听]、[沉醉东风]隐括王羲之的《兰亭序》。《午日吟》写剑南节度使严武访故人杜甫于草堂。于是剧中大量运用杜甫的诗句,仅以剧中杜甫出场时的一段道白为例:

> 日出篱东水,云生舍北泥。竹高鸣翡翠,沙暖舞鹔鸡。吾乃杜甫是也。因安禄山犯长安,携妻子避乱,依严节度使,筑室蜀江之上。今是五月天气,只见清江一曲抱村流,长夏江村事事幽。自去自来梁上燕,相亲相近水中鸥。那更翠筱涓涓净,红蕖苒苒香。故人书信绝,稚子色凄凉。青琐朝班芳梦寐,蓬莱宫阙起悲伤。何时雉尾开宫扇,缓步鸣珂鵷鹭行。[2]

短短数行,便用到《绝句六首》之一、《江村》、《狂夫》等诗作("日出篱东水"四句用《绝句六首》之一;"清江一曲抱村流"四句用《江村》;"翠筱涓涓净"用《狂夫》而去掉每句的前二字)。黄嘉惠评此剧云:"宾白

---

[1] 《赤壁游》[菊花新引]。《全明杂剧》,台湾鼎文书局 1979 年版,第 4114 页。
[2] 《全明杂剧》,台湾鼎文书局 1979 年版,第 4082—4083 页。

纯用诗句,阅之一过,胜读少陵集矣。"再比如《写风情》一剧,刘禹锡赴京,道经扬州,杜司空宴请,名妓如云、赛月奉酒,刘禹锡题诗相赠:"高髻云鬟宫样妆,春风一曲杜韦娘。司空见惯浑闲事,断尽苏州刺使肠。"如云、赛月又各以头一句、末一句作韵,作词劝酒。于是剧本从刘禹锡的绝句又迁延出新的情节。刘禹锡的诗成为剧本情节结构的重要组成部分。运用前人的诗作,在此前的创作中也时时出现,如王九思的《沽酒游春》亦用到杜甫的诗句,但在这些作品中,前人的作品往往只是一种点染,而不像在许潮作品中这样在剧本的展开上占有重要地位。

剧本的曲词,漂亮文雅,如"雨霁风恬秋色晓。菊砌外尚有余娇。赤叶飘飘。白云缥缈。眼底更添清妙。"〔1〕"明月浸江楼。正微云点缀收。玉绳低度银河溜。中原九州。仙源十洲。今宵处处清光透。放眉头。阴晴风雨。能有几中秋。 皎皎银蟾如昼。看扶疏丹桂。影落金瓯。登楼暂缓庙廊忧。传杯且借经纶手。青天碧海。乾坤自由。朱颜绿鬓。韶光若流。今宵宴罢明宵又。今宵宴罢明宵又。"〔2〕前人诗文作品在剧本中地位的上升,语言的雅致,从另一个侧面显示着杂剧剧作向文人群体靠拢的倾向。

另外,剧本中南曲的运用、台上各个角色的分唱、合唱的使用,也体现着南戏对明杂剧在演唱方面的影响。当然许潮对曲牌的运用有时显得混乱,曾永义先生就曾谈到一剧之中移宫换调频繁所带来的冗繁〔3〕。

汪道昆(1525—1593),一名守昆,初字玉卿,改字伯玉。号高阳生、南溟、南明、太涵等。嘉靖二十六年(1547)进士,与张居正同榜。

---

〔1〕《龙山宴》[夜行船]。《全明杂剧》,台湾鼎文书局1979年版,第4136—4137页。

〔2〕《南楼月》[黄莺儿带皂罗袍]。《全明杂剧》台湾鼎文书局1979年版,第4100页。

〔3〕参见曾永义《明杂剧概论》,学海出版社1979年版,第262页。

文学上属复古派。戏剧方面，著有杂剧《大雅堂乐府》。全剧四折，每折演一个故事，各自独立，剧目为《高唐梦》、《洛水悲》、《五湖游》、《远山戏》。创作时间为嘉靖三十九年(1560)，当时，汪道昆为襄阳知府。四剧均以历史上文人乐道的故事为题材：《高唐梦》本事据宋玉《高唐赋序》，演楚襄王与宋玉等同游云梦，因高唐观上云气甚奇，遂向宋玉询问。宋玉告以怀王在高唐梦遇巫山神女之事。襄王听说，神思飞动。是夕亦梦与神女相会。醒后惆怅，命宋玉作赋以记奇遇。《洛水悲》源自曹植的《洛神赋》，演甄后倾心于曹植而不能如愿。死后闻知曹植将经洛水东归，遂托名洛水之神宓妃，于洛水相待。曹植乘车至此，水边散步，见河洲之上有女子如玉天仙子，遣使通问相见。因见宓妃容色颇似甄后，曹植心生伤感，以怀中佩玉相赠，洛神报以明珠，告别而去。曹植忧思难眠，作《洛神赋》。《五湖游》本事据《吴越春秋》，又有虚构。演范蠡佐越王灭吴后，知越王勾践不可共安乐，遂载西施做五湖游。一日泛舟游赏，遇渔翁夫妇渔歌换酒。范蠡于渔歌中有所感悟，叹自己身隐名彰，决意从此做汗漫之游，使世人不知踪迹。《远山戏》本事出自《汉书·张敞传》。写京兆尹张敞上朝，其妻膏沐妆成，娥眉不扫，以待其归。张敞归来，更衣换装，亲以彩笔为妻画眉，然后同登洗妆楼赏春。

　　汪道昆所写的这四个剧本，就题材而言多是戏曲史上一再被改编的故事，比如关于楚襄王与巫山神女的故事，杂剧方面，有元杨讷的《楚襄王会巫娥女》、明王子一的《楚岫云》、车任远的《高唐梦》等；传奇方面有明吕天成的《神女记》、王錂的《春芜记》等。其中除了《春芜记》外，大多已散佚。比如关于张敞画眉，元代高文秀有杂剧《张敞画眉》(已佚)、清代南山逸史有杂剧《京兆眉》、陈培脉有传奇《画眉记》等。然而，汪道昆在写作《大雅堂乐府》时，其对题材的处理方式，颇值得注意。汪道昆常常只是选择故事的一个环节来展开剧情，借此表达一种人生的情趣、一点人生的感受。比如张敞画眉一事，在《汉书》本传中是作为张敞"无威仪"的表现来记录的。在现存的相关剧本中,清南山逸史的《京兆眉》不仅写张敞画眉,还写他忠于职守,京城安宁,因而盗贼怨恨,诬告张敞为妻画眉耽误公事。皇帝亲自询问张敞,不但不加责怪,而且还赐给画眉用具,并加封官职。汪道昆的《远山戏》则集中写画眉一事,借杜门谢客、为妻画眉、一同游赏的片段,表达一种闲情逸致。其他,如《五湖游》抓住与渔翁夫妇的问答展开。渔歌换酒已是清雅不俗,范蠡更因渔歌而进一步逃世避名,由此传达对仕途的一份厌倦。《高唐梦》只写襄王与巫山神女的梦中相会,无狎昵之私,即飘然而逝。《洛水悲》突出甄氏托名宓妃与曹植洛水相见、互赠玉佩、明珠而别。两剧发挥神人相见的一刻,把浪漫之情写得至纯至美。在《高唐梦》和《洛水悲》中,汪道昆对自己的剧作曾作如此表白:"酒阑人倦,厌听繁音。昔贤曾赋高唐,今日翻成下里"[1];"邺下风流遗事,郢中巴里新篇"[2]。此数语亦可看做汪道昆写作《大雅堂乐府》的自白。他因"厌听繁音"而将风流遗事改作为杂剧,以此满足自己的欣赏要求,传达一种文人的雅兴与情调。其中以杂剧为游戏的态度显明。在这一点上,汪道昆与许潮是相通的。

与此相一致,汪道昆剧作的语言雅致,在涉及到文学名作时亦加以引用。比如《洛水悲》剧中便大段套用了曹植《洛神赋》里的句子。

汪道昆剧作的剧本形式也是一个值得关注的话题。他的四个短剧都采用了"末上开场"(即相当于南戏副末开场的一个短短开头),结尾四句题目正名的写法。而且四个短剧有三个用的是南曲,一个用的是北曲。在角色安排上也很注意生旦的对手戏。应该说汪道昆的杂剧在形式上已经很明显地南戏化,杂剧的转变至此已很显明。

许潮、汪道昆的杂剧都采用了一折的篇幅,共同表现出以杂剧为消遣的倾向,在音乐与演唱方面也清晰地显示着南戏的影响。他们的剧作代表了此后杂剧创作的一种重要方向,是杂剧转型的重要一环。

---

[1]《高唐梦》。《全明杂剧》,台湾鼎文书局1979年版,第2851—2852页。
[2]《洛水悲》。《全明杂剧》,台湾鼎文书局1979年版,第2872页。

第七章 徐　渭

　　徐渭在明代文学史上,是一位举足轻重的人物,在文学艺术的多方面取得了杰出的成就,书画诗文俱佳,所作杂剧《四声猿》,则被誉为"天地间一种奇绝文字"[1],是独具特点的明代杂剧的代表作,直接促进了此后杂剧创作的繁荣[2]。

　　徐渭(1521—1593),字文清,更字文长,浙江山阴人。仕途、家庭两不幸,一生坎坷,所谓"古今文人牢骚困苦,未有若先生者也"[3]。徐渭出生百天,父亲亡故。生母是嫡母(父亲的续娶夫人)的丫鬟,嫡母苗宜人虽对徐渭很好,却在他大约十岁时,把他的生母赶出家门。十四岁,苗宜人病逝,徐渭随父亲原配童夫人之子、长兄徐淮生活。二十一岁入赘潘家,徐渭与潘氏感情很深,可在徐渭二十六岁时,潘氏又病故。不但如此,徐渭的两个异母哥哥去世后,因无嗣,徐渭本可继承遗产,却因一场诉讼而"赀悉空"。

　　徐渭的才华在童年时即已著名,曾被视为"先人之庆"、"徐门之光"[4],二十岁考中生员,可是在此后的科举考试中,却一再失利,从二十岁到四十一岁,连续八次都无法成功。后来,徐渭得到胡宗宪的赏识,入胡宗宪幕府,才华得以部分施展。可是胡宗宪因严嵩而倒台,而被捕,并在第二次被捕时,死于狱中。这再度给徐渭的生活投

---

　　[1] 王骥德《曲律》杂论第三十九下。《中国古典戏曲论著集成》四,中国戏剧出版社 1959 年版,第 167 页。
　　[2] 杂剧《歌代啸》,作为徐渭的作品证据不足,故此处不加讨论。
　　[3] 袁宏道《徐文长传》。《徐渭集》,中华书局 1983 年版,第 1343 页。
　　[4]《畸谱》。《徐渭集》,中华书局 1983 年版,第 1325—1326 页。

下阴影。他发狂,多次自杀,又疑心妻子不贞而杀妻,遂下狱,六年后始被营救出来。在贫困中度过余生。

生活的磨难,使徐渭"猜而妒"[1],怀才不遇使他胸中充塞悲愤不平之气。徐渭生前名不出乡里,死后数年才因袁宏道的赞誉而名闻天下。但正是徐渭开启了晚明文学的新风气。"秋潦缩,原泉见,彼愿喧汜溢者须臾耳,安能与文长道修短哉"[2]。

第一节 《四声猿》之创作时间与命名

关于徐渭《四声猿》的创作时间,王骥德的《曲律》说:"先生居与余仅隔一垣,作时每了一剧,辄呼过斋头,朗歌一过,津津意得。余拈所警绝以复,则举大白以醑,赏为知音。中月明度柳翠一剧,系先生早年之笔;木兰、祢衡,得之新创;而女状元则命余更觅一事,以足四声之数。余举杨用修所称黄崇嘏春桃记为对,先生遂以春桃名嘏。"[3] 由此,我们可以知道《四声猿》四剧创作的大致顺序。即《翠乡梦》、《雌木兰》、《狂鼓史》、《女状元》。而关于《四声猿》杂剧创作的更确切的时间,尤其是《翠乡梦》之外的三剧的创作时间,研究界则存在着多种全然不同的意见:或以为作于嘉靖三十四年至三十六年(1555—1557)前后[4],或以为作于万历元年(1573)至七年(1579)之间[5]。据徐朔方先生的考证,《四声猿》杂剧应在嘉靖三十七年

---

[1] 陶望龄《徐文长传》。《徐渭集》,中华书局1983年版,第1340页。
[2] 陶望龄《徐文长传》。《徐渭集》,中华书局1983年版,第1341页。
[3] 王骥德《曲律》杂论第三十九下。《中国古典戏曲论著集成》四,中国戏剧出版社1959年版,第167—168页。
[4] 参见徐仑《徐文长》。上海人民出版社1962年版,第77—78页。
[5] 参见骆玉明《〈四声猿〉写作年代考》。《中国古典文学丛考》第二辑,复旦大学出版社1987年版。

(1558)前已完成[1]。

关于《四声猿》题名的由来,研究界亦有不同的分析。很有代表性的看法是认为猿啼肠断,徐渭借以表达内心的悲哀。明清两代文人多持此说,今人也常表示认同,比如曾永义在他的《明杂剧概论》中即说:"所谓《四声猿》是取义于《水经》'江水注''巴东三峡巫峡长,猿鸣三声泪沾裳。''高猿长啸,属引凄异;空谷传声,哀转久绝。'《雨村曲话》谓'取杜诗听猿实下三声泪而名也。'猿鸣三声已不忍闻,其第四声之凄异哀转,必教人肠断。顾公燮《消夏闲话》谓'猿丧子,啼四声而肠断。文长有感而发焉,皆不得意于时之所为也。'"[2]有的研究者则指出:"猿的意象,在徐渭的心目中是复杂的。猿固能悲伤,猿亦能悟法;听猿者等同身受,体物情者可证禅机。""沿着'心猿'—'本色'—'悟道'的路途,徐渭以他的四个短剧,实际上是用另一种方式宣扬了人之显示本性的合情合理"[3]。

徐渭以《四声猿》命名他的剧本,一方面是以猿声写自己内心的悲愤、不遇的慨叹。另一方面则是借猿声来写自己心中的奇气,借剧本做中夜长啸。徐渭以剧本来写心中的悲愤:"韵有什么正经,诗韵就是命运一般。宗师说他韵好,这韵不叶的也是叶的;宗师说他韵不好,这韵是叶的也是不叶的。运在宗师,不在胡颜,所以说'文章自古无凭据,惟愿朱衣暗点头。'"[4]在《四声猿》的四个剧本中,应该说《狂鼓史》最突出地体现了徐渭内心的悲愤。

《狂鼓史》写曹操是地狱的罪犯,祢衡是将要被上帝征用的修文郎,判官请祢衡和曹操当面,重演旧日骂座的一幕。剧中气概超群、

---

[1] 参见徐朔方《晚明曲家年谱》第二卷之《徐渭年谱》,浙江古籍出版社1993年版,第47—49页。《徐文长逸稿》卷四《倪君某以小象托赋而先以诗,次韵四首》、卷八《倪某别有三绝见遗》,见《徐渭集》,中华书局1983年版,第799—800页,第854页。
[2] 曾永义《明杂剧概论》。学海出版社1979年版,第235—236页。
[3] 戚世隽《明代杂剧研究》,广东高等教育出版社2001年版,第228页,第236页。
[4] 《女状元》第二出。《徐渭集》,中华书局1983年版,第1211页。

才华出众、借狂发愤的祢衡,正是徐渭的化身。祢衡最终被玉帝请去做修文郎,也是怀才不遇的徐渭对自己的一种安慰。科举考试在当时是一个被社会普遍接受的选取人才的方式,反复的失败给徐渭带来的痛苦是显而易见的。"余读书卧龙山之巅,每于风雨晦暝时,辄呼杜甫。嗟乎,唐以诗赋取士,如李杜者不得举进士;元以曲取士,而迄今啧啧于人口如王实甫者,终不得进士之举。然青莲以《清平调》三绝宠遇明皇,实甫见知于花拖而荣耀当世;彼拾遗者一见而辄阻,仅博得早朝诗几首而已,余俱悲歌慷慨,苦不胜述。为录其诗三首,见吾两人之遇,异世同轨,谁谓古今人不相及哉!"[1]同时,在祢衡身上我们还可以看到沈鍊的影子。沈鍊是徐渭的知交,在《畸谱》中,徐渭把他放在了"纪知"一类。沈鍊(1507—1557)性刚直,嫉恶如仇,曾上疏揭露严嵩父子的罪行,被杖责贬官,后又被诬为白莲教处斩。在杀害沈鍊的行为上,严嵩假手杨顺和路楷,与曹操假手黄祖杀祢衡,颇为相近。徐渭说:"而公之死也,诋权奸而不已,致假手于他人,岂非激裸骂于三弄,大有类于挝鼓之祢衡耶?"[2]不但如此,在徐渭的诗中,也曾多次把沈鍊和祢衡联系起来,比如《哀四子诗·沈参军青霞》、《锦衣篇答赠钱君德夫》、《短褐篇送沈子叔成出塞》等。在《狂鼓史》的结尾,徐渭让演员合唱了一支曲子:"自古道胜读十年书,与君一夕话。提醒人多因指驴为马,方信道曼倩诙谐不是要。"[3]以此强调自己的剧作不是游戏,而是另有一番深意的。

徐渭用《四声猿》来表达自己胸中的奇气。《四声猿》就是徐渭的中夜长啸。"徐文长牢骚肮脏士,当其喜怒窘穷,怨恨思慕,酣醉无聊,有动于中,一一于诗文发之。第文规诗律,终不可逸辔旁出,于是

---

[1]《题自书杜拾遗诗后》。《徐渭集》,中华书局1983年版,第1098页。
[2]《与诸士友祭沈君文》。《徐渭集》,中华书局1983年版,第1051页。
[3]《狂鼓史》[尾]。《徐渭集》,中华书局1983年版,第1185页。

调谑亵慢之词,入乐府而始尽"[1]。《四声猿》所包含的四个故事无一不是人间至奇至快之事。祢衡击鼓骂曹,"此乃天下大奇"。[2]《狂鼓史》中祢衡阴间对曹操的清算,更使人扬眉吐气;《翠乡梦》演红莲、柳翠故事。临安府尹柳宣教履任,怪玉通和尚不来庭参,遂命营妓红莲到寺中诱玉通破戒。事后玉通坐化,投胎为柳宣教女儿,为娼妓,名柳翠,玉通和尚的师兄月明和尚度脱柳翠出家。其中,红莲的诱惑、玉通的破戒与投胎、月明和尚的度脱,于轮回中颇有一份奇异的色彩。《雌木兰》写木兰从军事。《女状元》演黄崇嘏女扮男装参加科举考试,状元及第,做官亦颇有才华。老师欲招为婿,不得已说出真相,遂与老师的儿子、新科状元成婚。无论是木兰,还是黄崇嘏,以女子而或驰骋疆场,或夺锦标于科举考试,在当时也是至新异之事。"《渔阳》鼓快吻于九泉,《翠乡》淫毒愤于再世,木兰、春桃以一女子而铭绝塞、标金闺,皆人生至奇至快之事,使世界骇咤震动者也"[3]。徐渭选择这四个故事来创作,正是"借彼异迹,吐我奇气"[4]。

第二节 阳明心学与徐渭的创作思想

明代的哲学思潮的变化大致可概括为由程朱理学到王阳明心学。文学创作则经过了从拟古到求真的变化。拟古即创作中对古人作品的模拟,求真则指对表现内心感受的强调、对真情的追求。明王朝建立之初,政治的稳定、经济的恢复带来了以颂赞为主旨的典雅文学。为了打破文学创作的平庸,前后七子以复古相号召,可同时也表现出模拟古人的弊端。晚明文坛张起的"独抒性灵"的旗帜,就是对

---

[1] 钟人杰《四声猿引》。《徐渭集》,中华书局 1983 年版,第 1356 页。
[2] 《狂鼓史》。《徐渭集》,中华书局 1983 年版,第 1177 页。
[3] 钟人杰《四声猿引》。《徐渭集》,中华书局 1983 年版,第 1356 页。
[4] 澂道人《四声猿引》。《徐渭集》,中华书局 1983 年版,第 1357 页。

拟古的反拨(当然各种文学主张之间是有着互相启发和融合的关系的)。而文学上拟古向求真的变化,与哲学上阳明心学的流行紧密联系。换言之,文学创作中对拟古的反拨,与王阳明学说的流布有很大的关系。明朝开国推尊程朱理学。作为程朱理学的集大成者,朱熹的学说占据统治地位。朱子并不一概排斥或否定人的自然属性及由此产生的感性欲求,把饮食男女视为天理,但其哲学的总的倾向是要求人们用道德理性克制压抑个体情欲。对于情,朱熹谨守《中庸》发而中节之说,认为学者"当存心以养性而节其情"。王阳明认为人心不仅是人身的主宰,而且是宇宙的本体。对于情,王阳明教人循其良知,当喜即喜,当怒则怒,只不著私意即可。从而淡化了朱子的"节",突出了"顺其自然"。阳明后学王畿论学强调不学不虑:"从真性流行,不涉安排,处处平铺,方是天然真规矩。"[1]与此一致,对于创作,王畿亦认为作者的心是最重要的:"言不可以伪为。言之精者为文。若时时打叠心地洁净,不以世间鄙俗尘土入于肺肝,以圣贤之心,发明圣贤之言,自然平正通达,纡徐操纵,沉着痛快,所谓本色文字,尽去陈言,不落些子格数";"若不自信自己天聪明,只管傍人学人,为诡遇之计,譬之优人学孙叔敖,改换头面,非其本色精神"[2]。虽然是从心学的立场谈修养与举业的关系,但对内心的强调、对"傍人学人"的反对,仍充满了启发意义。也是在这篇文章中,王畿还谈到了写作的"天然节奏",表达了一种以自然为本的创作精神:"凡读书在得其精华,不以记诵为工。师其意,不师其辞乃是作文要法。古人作文,全在用虚,纡徐操纵,开阖变化,皆从虚生。行乎所当行,止乎所不得不止。此是天然节奏,古文时文皆然。"[3]这样一种学术

---

[1] 王畿《池阳谩语示丁惟寅》。《王龙溪先生全集》卷十六,道光二年会稽莫氏重刊本。
[2] 王畿《天心题壁》。《王龙溪先生全集》卷之八,道光二年会稽莫氏重刊本。
[3] 王畿《天心题壁》。《王龙溪先生全集》卷之八,道光二年会稽莫氏重刊本。

思想直接开启了文学创作中对真情、个性的追求。

　　徐渭正处在求真代替拟古、阳明心学盛行的关键时期。当时,文学复古之风仍盛,王阳明学说日益流播。徐渭因地域的关系在哲学思想上与王阳明哲学颇多联系。徐渭的家乡是阳明心学的发源地。王阳明是浙江余姚人,曾隐居绍兴的阳明洞;在《为请复新建伯封爵疏》中,徐渭即谈到绍兴府"卿大夫士及故老庶民"对王阳明的肯定与怀念。而对徐渭影响很大的两位老师——王畿、季本,均是王阳明的学生。王畿,号龙溪。其对王阳明的学说多所发明。徐渭曾以曾点和孔子的关系比喻自己和王畿的关系:"龙溪吾师继溪子,点也之狂师所喜,自家溪畔有波澜,不用远寻濂洛水。"[1]季本,在徐渭所作《畸谱》中,被列入"师类"、"纪知"两类中,是一位颇被感戴的师长。徐渭曾为他写过《师长沙公行状》,"先生于渭,悯其志,启其蒙,而悲其直道而不遇,若有取其人者。而诸子又谓渭之为人,颇亦为先生所知也,于先生殁且葬,令渭为之状"[2]。由此不难感受徐渭与季本的亲密关系。

　　与尊崇王学相联系,对于佛、道,徐渭抱持一种开放的态度,认为三教是可以相通的:"三公伊何,宣尼聃叟,谓其旨趣,辕北舟南。以予观之,如首脊尾,应时设教,圆通不泥。谁为绘此,三公一堂,大海成冰,一滴四方。"[3]尤其是对于佛,徐渭认为儒和佛是互补的:"大约佛之精,有学佛者所不知,而吾儒知之。吾儒之粗,有吾儒自不能全,而学佛者反全之者。"[4]对于佛教,正统儒学最常批评的是髡发和出家,对此徐渭亦有自己的看法:"而今之诋佛者,动以吾儒律之,甚至于不究其宗祖之要眇,而责诸其髡缁之末流,则是据今之高冠务

---

〔1〕《继溪篇》。《徐渭集》,中华书局1983年版,第130页。
〔2〕《师长沙公行状》。《徐渭集》,中华书局1983年版,第650页。
〔3〕《三教图赞》。《徐渭集》,中华书局1983年版,第583页。
〔4〕《赠礼师序》。《徐渭集》,中华书局1983年版,第532页。

干禄之徒,而谓尧舜执中以治天下者教之也,其可乎?其或有好之者,则又阴取其精微之说以自用,而阳暴其阙漏,以附党于中正,谓佛遗人伦非常道,将以变天下为可忧。嗟夫,吾儒之所谓常道者,非以其有欲而中节者乎?今有欲者满天下,而求一人之几于中节,不可得也,是其于常道亦甚难矣,况欲求其为非常之道,如佛氏之无欲而无无欲者耶?奈之何忧其变天下也?"[1]这与此前冯惟敏对待佛教的态度有所不同。徐渭对佛教的态度,体现在戏曲方面,可以从理论和创作两方面来着眼。在理论上,徐渭把禅悟引入了戏曲批评:"填词如作唐诗,文既不可,俗又不可,自有一种妙处,要在人领解妙悟,未可言传。"[2]在创作上,《翠乡梦》是一个很好的例子。这是一个流传很久的故事,《西湖游览志》卷十三记载有相关故事,《西湖游览志余》卷二十谈到小说话本中有《红莲》、《柳翠》,《燕居笔记》有《红莲记》,《绣谷春容》有《月明和尚度柳翠传》,《古今小说》有《月明和尚度柳翠》。以徐渭的《翠乡梦》与《古今小说》中的《月明和尚度柳翠》相比较,二者颇接近,但写作的重点不同。小说对柳宣教的吩咐、红莲的行为、柳宣教妻的怀孕、柳翠的落娼都有详细的叙述。月明度柳翠也很费周章,先有法空以化缘为名的说因果,又有月明和尚的三喝,再有水月寺的证明,直至柳翠坐化。徐渭的《翠乡梦》则把重点放在玉通的破戒与圆寂以及月明的点化上。剧中喜用偈语,玉通上场的大段道白似偈似诨,如"南天狮子倒也好堤防,倒有个没影的猢狲不好降。看取西湖能有几多水,老僧可曾一口吸西江"[3]等等。月明上场也是先说法门大意,点化柳翠更全用哑谜相参,机锋相对的手法。从这个剧本,我们可以感受到徐渭对禅宗的熟悉。包括在《狂鼓

---

[1]《逃禅集序》。《徐渭集》,中华书局1983年版,第545页。
[2] 徐渭《南词叙录》。《中国古典戏曲论著集成》三,中国戏剧出版社1959年版,第243页。
[3]《翠乡梦》第一出。《全明杂剧》台湾鼎文书局1979年版,第2507页。

史》中,当祢衡受玉帝召,将要离去的时候,曾请判官"大包容饶了曹瞒罢",理由是"我想眼前业景,尽雨后春花",同样流露着佛教的痕迹。

师从王门,徐渭讲求"良知"。"良知"是没有受到污染之心,即道心、即天理。"心即理也。此心无私欲之蔽,即是天理。不须外面添一分。以此纯乎天理之心,发之事父,便是孝;发之事君,便是忠;发之交友治民,便是信与仁。只在此心去人欲存天理上用功便是"[1];"良知是天理之昭明灵觉处,故良知即是天理"[2];"良知只是一个天理自然明觉发见处,只是一个真诚恻怛,便是他本体"[3];"喜怒哀惧爱恶欲,谓之七情。七者俱是人心合有的,但要认得良知明白"[4]。在《奉赠师季先生序》中,徐渭谈到:"先生论学本新建宗,讲良知者盈海内,人人得而闻也,后生者起,不以良知无不知,而以所知无不良,或有杂于见,起随便之心而概以为天则。先生则作《龙惕书》,……。"[5]强调"良知无不知","所知有不良",注意到不能"起随便之心而概以为天则"。这使我们想起徐渭在《自为墓志铭》中所说的一番话:"渭为人度与义无所关时,辄疏纵不为儒缚,一涉义所否,干耻诉,介秽廉,虽断头不可夺。"[6]也正因此,在其《四声猿》中,徐渭还是很注意对抒情的"度"的把握,在奇情奇事中,仍时时顾及到道德的层面,如写花木兰不忘表扬替父从军的"孝":"自从孩儿木兰去了,一向没个消息。喜得年时王司训的儿子王郎,说木兰替爷行孝,定要定下他为妻。"[7]写木兰、黄崇嘏女扮男装,事业辉煌,但终究还是

---

[1] 王阳明《传习录》上。《王阳明全集》卷一,国学整理社 1937 年版,第 2 页。
[2] 王阳明《传习录》中。《王阳明全集》卷二,国学整理社 1937 年版,第 47 页。
[3] 王阳明《传习录》中。《王阳明全集》卷二,国学整理社 1937 年版,第 55 页。
[4] 王阳明《传习录》下。《王阳明全集》卷三,国学整理社 1937 年版,第 72 页。
[5] 《徐渭集》,中华书局 1983 年版,第 515 页。
[6] 《徐渭集》,中华书局 1983 年版,第 639 页。
[7] 《雌木兰》第二出。《徐渭集》,中华书局 1983 年版,第 1202 页。

让她们回到闺房之中:"小团圆"、"结契缘"[1];"改新郎做嫂入厨房,遣小姑为婆尝羹菜"[2]。

师从王门,徐渭论文崇尚情之真,"古人之诗本乎情,非设以为之者也,是以有诗而无诗人。迨于后世,则有诗人矣,乞诗之目多至不可胜应,而诗之格亦多至不可胜品,然其于诗,类皆本无是情,而设情以为之。夫设情以为之者,其趋在于干诗之名,干诗之名,其势必至于袭诗之格而剿其华词,审如是,则诗之实亡矣,是之谓有诗人而无诗。"[3]在《叶子肃诗序》中,徐渭把作诗"不出于己之所自得,而徒窃于人之所尝言",称为"鸟之为人言"[4]。在《女状元》剧本中,周庠因胡颜"不遮掩着他的真性情,比那等心儿里骄吝么,却口儿里宽大的不同",遂把胡颜取为进士。在《西厢序》中,徐渭提出"本色"、"相色"的概念。本色即正身;相色即替身。反对涂抹做作,婢做夫人。并在文末感慨自己的没有知音:"岂惟剧者,凡作者莫不如此。嗟哉,吾谁与语!众人所忽,余独详,众人所旨,余独唾。嗟哉,吾谁与语!"[5]与这样一种文学主张相联系,徐渭的《四声猿》处处流露着"真性情",表现出"心之所自得"。比如《雌木兰》,剧本据《木兰辞》改编,但在写木兰的豪气和木兰父亲的年迈时颇有自得,能够写出自己的感受和对角色的体会:

休女身拼。缇萦命判。这都是裙钗伴。立地撑天。说什么男儿汉?[6]

军书十卷。书书卷卷把俺爷来填。他年华已老。衰病多

---

[1]《雌木兰》第二出。《徐渭集》,中华书局1983年版,第1206页。
[2]《女状元》第五出。《徐渭集》,中华书局1983年版,第1227页。
[3]《肖甫诗序》。《徐渭集》,中华书局1983年版,第534页。
[4]《徐渭集》,中华书局1983年版,第519页。
[5]《徐渭集》,中华书局1983年版,第1089页。
[6][点绛唇]。《雌木兰》第一出。《全明杂剧》,台湾鼎文书局1979年初版,第2549—2550页。

缠。想当初搭箭追雕穿白羽。今日呵扶藜看雁数青天。呼鸡馂狗。守堡看田。调鹰手软。打兔腰拳。提携咱姊妹。梳掠咱丫鬟。见对镜添妆开口笑。听提刀厮杀把眉攒。长嗟叹道两口儿北邙近也。女孩儿东坦萧然。[1]

也正因为注重"己之所自得",所以在剧本的形式上便也不必斤斤于元杂剧的格式:首先是长度的随情之所至,《狂鼓史》全剧不分折出,《翠乡梦》、《雌木兰》均为两出,《女状元》五出。其次是音律上的自我作祖,《狂鼓史》用[仙吕点绛唇]套、[般涉调耍孩儿]曲和四支煞尾,且在[点绛唇]套中插入一支在北曲谱中未曾出现过的[葫芦草混];《翠乡梦》两出均用双调合套,且曲牌相近,从表现剧情的角度看,大致相同的音乐,正好渲染前生与再世的联系,但从音乐的安排看,却是对传统的一大突破,此前的杂剧剧本中尚未见有如此处理的;《雌木兰》的第二出连用七支[清江引],与朱有燉《神仙会》第四折连用七支[清江引]一致;《女状元》除第二出叠用四支[北江儿水]外,其他各出全用南曲。徐渭的剧本在音律上可以说是随心所欲的。所谓"不轨于法,亦不局于法"[2]。凌廷堪论曲绝句说:"四声猿后古音乖,接踵还魂复紫钗。一自青藤开别派,更谁乐府继诚斋。"[3]这说出了一个事实:徐渭之后元杂剧的创作格式真正被打破,明代杂剧完成了它的蜕变,杂剧创作进入了一个新的时代。

第三节 《狂鼓史》之分析

祢衡与曹操的故事,《世说新语》、《后汉书》等均有记载。《后汉

---

[1] [油葫芦]。《雌木兰》第一出。《全明杂剧》,台湾鼎文书局1979年初版,第2550页。

[2] 《远山堂明曲品剧品校录》,上海出版公司1955年版,第153页。

[3] 凌廷堪《论曲绝句三十二首》之十八。《校礼堂诗集》卷二,《丛书集成续编》册156,台湾新文丰出版公司1989年版,第408页。

书·文苑传下》云：

> 融既爱衡才，数称述于曹操。操欲见之，而衡素相轻疾，自称狂病，不肯往，而数有恣言。操怀忿，而以其才名，不欲杀之。闻衡善击鼓，乃招为鼓史，因大会宾客，阅试音节。诸史过者，皆令脱其故衣，更着岑牟、单绞之服。次至衡，衡方为《渔阳》参挝，蹀𨇠而前，容态有异，声节悲壮，听者莫不慷慨。衡进至操前而止，吏诃之曰："鼓史何不改装，而轻敢进乎？"衡曰："诺"。于是先解衵衣，次释余服，裸身而立，徐取岑牟、单绞而著之，毕，复参挝而去，颜色不怍。操笑曰："本欲辱衡，衡反辱孤。"孔融退而数之曰："正平大雅，固当尔邪？"因宣操区区之意。衡许往。融复见操，说衡狂疾，今求得自谢。操喜，敕门者有客便通，待之极晏。衡乃着布单衣、疏巾，手持三尺棁杖，坐大营门，以杖捶地大骂。[1]

其中写到祢衡的裸体、击鼓，也写到大骂，但裸体、击鼓和大骂不是同时发生的。《世说新语》的"言语"门云：

> 祢衡被魏武谪为鼓吏，正月半试鼓，衡扬枹为《渔阳》掺挝，渊渊有金石声，四坐为之改容。孔融曰："祢衡罪同胥靡，不能发明王之梦。"魏武惭而赦之。[2]

行文之间，只是写到祢衡的被谪为鼓吏，及其鼓声的动人。小说《三国演义》的第二十三回写到"祢正平裸衣骂贼"：

> 来日，操于省厅上大宴宾客，令鼓吏挝鼓。旧吏云："挝鼓必换新衣。"衡穿旧衣而入。遂击鼓为《渔阳三挝》，音节殊妙，渊渊有金石声。坐客听之，莫不慷慨流涕。左右喝曰："何不更衣！"

---

[1]《后汉书·文苑传下》。中华书局 1965 年版，第 2655—2656 页。
[2]《世说新语校笺》。中华书局 1984 年版，第 34—35 页。

衡当面脱下旧破衣服,裸体而立,浑身尽露。坐客皆掩面。衡乃徐徐着裤,颜色不变。操叱曰:"庙堂之上,何太无礼?"衡曰:"欺君罔上乃谓无礼。吾露父母之形,以显清白之体耳!"操曰:"汝为清白,谁为汙浊?"衡曰:"汝不识贤愚,是眼浊也;不读诗书,是口浊也;不纳忠言,是耳浊也;不通古今,是身浊也;不容诸侯,是腹浊也;常怀篡逆,是心浊也!吾乃天下名士,用为鼓吏,是犹阳货轻仲尼,臧仓毁孟子耳!欲成王霸之业,而如此轻人耶?"〔1〕

在这里,裸体、击鼓、骂曹已是同时发生的故事。

徐渭的《狂鼓史》依然采用裸体、击鼓与骂曹的合一,但因是做事后文章,所以对曹操的斥骂便"直捣到铜雀台,分香卖履",骂得也更加痛快淋漓。而故事的移至阴间,不但借助阴间地位的颠倒,见出果报的不爽,而且把观众对祢衡与曹操冲突的关注,更多地转移到祢衡的身上,使祢衡成为绝对的主角,徐渭则借祢衡的形象完成了借他人酒杯浇自己块垒的设计。徐渭欣赏祢衡,愿意以祢衡自比,这一点在徐渭的作品里是明显的。他曾经说"我则祢衡,赋罢陨涕"。〔2〕

剧中的曲词,语气雄越,悲愤畅达:

　　俺本是避乱辞家。遨游许下。登楼罢。回首天涯。不想道屈身躯扒出他们胯。〔3〕

　　他那里开筵下榻。教俺操槌按板把鼓来挝。正好俺借槌来打落。又合着鸣鼓攻他。俺这骂一句句锋芒飞剑戟。俺这鼓一声声霹雳卷风沙。曹操这皮是你身儿上躯壳。这槌是你肘儿下肋巴。这钉孔儿是你心窝里毛窍。这板仗儿是你嘴儿上撩牙。两头蒙总打得你泼皮穿。一时间也酹不尽你亏心大。且从头数起。洗耳

---

〔1〕 毛宗岗评《三国演义》第二十三回。内蒙古人民出版社1981年版,第225—226页。
〔2〕《十白赋·鹦鹉》。《徐渭集》,中华书局1983年版,第48页。
〔3〕 [点绛唇]。《全明杂剧》,台湾鼎文书局1979年版,第2483页。

听咱。[1]

　　哎。我的根芽也没大兜搭。都则为文字儿奇拔。气概儿豪达。拜帖儿长拿。没处儿投纳。绣斧金椛。东阁西华。世不曾挂齿沾牙。唉,那孔北海没来由也,说有些缘法。送在他家。井底虾蟆也一言不洽。怒气相加。早难道投机少话。因此上暗藏刀把我送与黄江夏。又逢着鹦鹉撩咱。彩毫端满纸高声价。竞躬身持觞劝酒。俺掷笔还未了杯茶。[2]

　　你害生灵呵有百万来的还添上七八。杀公卿呵那里查。借廒仓的大斗来斛芝麻。恶心肝生就在刀枪上挂。狠规模描不出丹青的画。狡机关我也拈不尽仓促里骂。曹操。你怎生不再来牵犬上东门。闲听唳鹤华亭壩。却出乖弄丑带锁披枷。[3]

所谓"千古快谈,吾不知其何以入妙,第觉纸上渊渊有金石声"。[4]

　　徐渭论曲,以为"夫曲本取于感发人心,歌之使奴童妇女皆喻,乃为得体";"填词如作唐诗,文既不可,俗又不可,自有一种妙处,要在人领解妙悟,未可言传"。[5]其《狂鼓史》的写作,正体现了他的这一曲学主张,语言明白朴素,即使用典,也是选择一些常见的。

　　就剧本的情节安排而言,此剧亦值得称道。全剧一折,大致可分为两部分,主体部分为祢衡骂曹,由祢衡演唱[仙吕点绛唇]套曲。曲间以鼓声,使情与辞与鼓声相应和,借鼓声烘托悲愤激越的感情。而在这一套曲的中间部分(前面七曲,后面六曲),则插入女乐演唱的三支小令,使全剧于激烈奔放中有一个悠扬轻松的间歇。随之,祢衡

---

[1] [混江龙]。《全明杂剧》,台湾鼎文书局1979年版,第2483—2484页。
[2] [么]。《全明杂剧》,台湾鼎文书局1979年初版,第2492—2493页。
[3] [葫芦草混]。《全明杂剧》,台湾鼎文书局1979年初版,第2495页。
[4] 祁彪佳《远山堂剧品》"妙品"。《中国古典戏曲论著集成》六,中国戏剧出版社1959年版,第141页。
[5] 《南词叙录》。《中国古典戏曲论著集成》三,中国戏剧出版社1959年版,第243页。

再度唱起悲歌,鼓声再度相和。第二部分由鬼使的上场接入,判官命将曹操收监,祢衡因要赴玉帝召而与判官告别。这时曲子转换为[般涉调耍孩儿],加四支煞尾,分别由小生(童)、旦(女)、生(祢衡)、外(判官)各唱一支,最后一曲则为合唱。剧中唱词的安排、曲调的转换与情节的变化颇为吻合。

第八章　隆庆至明末的杂剧创作

第一节　王骥德与吕天成

王骥德,字伯良,号方诸生、秦楼外史。浙江绍兴人。生年不详,卒年为天启三年(1623)。徐朔方《王骥德年谱》推定他可能在嘉靖二十一年(1542)出生,享年八十二岁。

王骥德的家乡是南戏流行的地区,也是一个曲家辈出的地方。王骥德在《曲律》中说"吾越故有词派",这既从一个侧面说明越中曲家的众多,也表达了对越中曲家的认同。就王骥德个人的情况而言,著名杂剧作家徐渭是他的老师,同门史槃、同郡友人叶宪祖、吕天成等在戏曲创作方面也各有成就。这样一种氛围,这样一种师友交游,自然影响到王骥德的兴趣与好尚。而王骥德与沈璟的交往,又使他受到沈璟格律论的影响。

王骥德自称:"余自童年辄有声律之癖。"[1]大约在二十岁时,他曾将祖父的《红叶记》改编为《题红记》传奇,今存。杂剧作品有《男王后》、《离魂》、《救友》等五种,《远山堂明剧品》俱列入"雅品",今仅存《男王后》一种。其所作曲论著作《曲律》,与清初李渔的《闲情偶寄》互相补充,在中国戏曲理论史上占有重要地位。

---

[1]《新校注古本西厢记自序》。《续修四库全书》册1766。上海古籍出版社影印万历四十一年香雪居刻本。

《男王后》四折一楔子,演江南人陈子高,容貌美丽,貌似妇人。偶被临川王陈蒨的部下抓住,献给临川王。临川王最爱南风,一见大喜,令其入宫改换女妆,随之立为王后。临川王之妹玉华公主听说王后是男儿,多方挑逗,终成连理。侍女告密,临川王大怒,本欲令二人自尽,想到正要为妹妹选驸马,遂让二人成婚。剧中陈子高男扮女装为王后,又以女装做驸马,颠倒之中,作者借娱乐以逞才,所谓"发挥他些才情,寄予他些嘲讽"[1]。剧本从一个侧面反映了晚明文人的生活与心态。王阳明心学在嘉靖初被朝廷定为伪学,虽在江南文人中广泛流行,但毕竟没有得到官方的认同。隆庆元年(1567)穆宗降诏赠王阳明新建侯、谥文成。此后,尽管科举考试仍以程朱理学为依据,心学的影响却日益扩大,尤其在万历十二年王阳明从祀孔庙后,更是一发不可收拾。而朝政的腐败、官场的险恶也使文人更注重自我。加之商品经济的发展,尤其是东南一带商品贸易的发展,也促使士人的价值观念发生变化,激情纵欲、追求世俗享受是晚明文人的一大特点。对于性,晚明文人表现出一种大胆、直率的态度。公安三袁之一袁中道直言自己"平生浓习,无过粉黛";张岱后来在回忆自己往昔的生活时,也谈到自己的"好美婢,好娈童"。编《元曲选》的臧晋叔,亦因风流罪过被罢斥:项四郎"挟赀游太学,年少美风标,时吴兴臧顾渚懋循为南监博士,与之狎。同里兵部郎吴涌澜仕诠,亦朝夕过从,欢谑无间。臧早登第负隽声,每入成均署,至悬球子于舆后,或时潜入曲中宴饮。时黄仪庭凤翔为祭酒,闻其事大怒,露章弹之,并及吴兵部,得旨俱外贬。又一年丁亥内计,俱坐不谨罢斥。南中人为之语曰:'诱童亦不妨,但莫近项郎。一坏兵部吴,再废国博臧'"[2]。恋妓、好男色,在当时成为一种风气。"至于习尚成俗,如京中小唱、闽中契弟之外,则得志士人致娈童为厮役,钟情年少狎丽竖若友昆,

---

[1] 《男王后》第四折。《全明杂剧》台湾鼎文书局1979年初版,第3221页。
[2] 《万历野获编》卷二十六"项四郎"。文化艺术出版社1998年版,第725页。

盛于江南而渐染于中原"[1]。体现在创作上,便是《金瓶梅》等作品的产生,并最终导致一个艳情小说创作的高潮。王骥德的《男王后》同样是这样一种放诞生活的产物。剧本在艺术上并无特别可称道之处,音律和谐,以戏为戏,颇有游戏的意味。

吕天成(1580—1618),字勤之,号棘津,别署郁蓝生。浙江余姚人。家中颇有曲学渊源,推崇沈璟,与王骥德为忘年交,生平以《曲品》知名。所作"二三十种"戏曲作品,今仅存《齐东绝倒》一种。身处滥情的时代,吕天成"摹写丽情亵语,尤称绝技"[2]。今天仍然保存下来的《绣榻野史》,据说是他的少年游戏之笔,内容颇为淫秽。他的《二淫记》,沈璟认为"似一幅白描春意图"[3]。然而吕天成也并非全写艳情,《齐东绝倒》便以《孟子》为主要材料来源。《孟子·万章上》云:"咸邱蒙问曰:'语云:盛德之士,君不得而臣,父不得而子。舜南面而立,尧帅诸侯北面而朝之,瞽瞍亦北面而朝之。舜见瞽瞍,其容有蹙。孔子曰:于斯时也,天下殆哉岌岌乎。不识此语诚然乎哉?'孟子曰:否。此非君子之言,齐东野人之语也。"[4]又《孟子·尽心上》载:"桃应问曰:'舜为天子,皋陶为士,瞽瞍杀人,则如之何?'孟子曰:'执之而已矣。''然则,舜不禁与?'曰:'夫舜恶能而禁之,夫有所受之也。''然则,舜如之何?'曰:'舜视弃天下,犹弃敝蹝也。窃负而逃,遵海滨而处,终身䜣然,乐而忘天下。'"[5]吕天成即以此为题材,杂取《史记·五帝本纪》诸书,展开剧情。就《孟子·尽心上》而言,桃应的提问涉及情与法的矛盾。对这一矛盾,孟子设想的方案是让舜背着父

---

[1]《万历野获编》卷二十四"男色之靡"。文化艺术出版社 1998 年版,第 664 页。

[2] 王骥德《曲律》卷四《杂论》第三十九下。《中国古典戏曲论著集成》四,中国戏剧出版社 1959 年版,第 172 页。

[3] 转引自徐朔方《晚明曲家年谱》第二卷《王骥德吕天成年谱》。浙江古籍出版社 1993 年版,第 246 页。

[4]《孟子正义》卷九《万章章句上》。《诸子集成》,上海书店 1991 年影印本。

[5]《孟子正义》卷十三《尽心章句上》。《诸子集成》,上海书店 1991 年影印本。

亲逃跑,不做君主了。这样舜依然完美:不阻拦皋陶是贤君,负父而逃是孝子,弃天下如弊屣淡泊而高尚。但吕天成发现了孟子答案的问题,并进一步设想事情的结局。剧本写皋陶、尧、瞽瞍等朝见舜。皋陶因舜父瞽瞍杀人,请舜裁夺。舜告之:"全父者我之心,执法者尔之职,且自凭你。"[1]皋陶欲捕瞽瞍,瞽瞍躲入宫中。舜易服负瞽瞍逃去海滨。皋陶封刑具,言再不敢杀瞽瞍。象与商均寻到舜,舜表示愿终身海滨,"立帝封功,任他争闹"[2]。娥皇、女英献计让婆婆嚚母去说服舜:舜"极是孝顺的,况是晚娘更加爱敬"[3]。舜果然答应回去。尧与皋陶迎接。当舜归来,皋陶谢罪的时候,舜仍是孝子,但已不是贤君。在这里,吕天成让传说中至孝至圣的舜带着七情六欲回到了人间,把情与法的矛盾,孝的尴尬直接呈现到了读者的面前,并且直接写到权利下的枉法。西湖竹笑居士说"此剧几于谤毁圣贤"[4],确实,吕天成不但没有用神圣之笔来写古之圣贤,甚至以一种玩笑的态度出之,全剧充满戏谑气氛。但谐谑只是问题的一个方面,戏谑的背后是作者对社会问题的思考,谑浪中包含着借古讽今,比如谈到舜囚尧,尧说:"我既德衰,怪他不得,况后代尽有药死前主的。"[5]比如瞽瞍杀人后对舜说:"若你不做帝,我也不敢杀人。"[6]比如商均在舜逃往海滨后说:"我商均一生靠了爹爹,饮的是仪狄旨美的酒。耽的是陈虞美艳的色。用的是伯禹六府的财。使的是共工触山的力。"[7]句句都是对世情的针砭。透过吕天成的剧本,我们

---

[1]《齐东绝倒》第一出。《全明杂剧》台湾鼎文书局 1979 年初版,第 3242 页。

[2]《齐东绝倒》第三出。《全明杂剧》台湾鼎文书局 1979 年初版,第 3267 页。

[3]《齐东绝倒》第四出。《全明杂剧》台湾鼎文书局 1979 年初版,第 3271 页。

[4]《齐东绝倒》西湖竹笑居士评。《全明杂剧》台湾鼎文书局 1979 年初版,第 3227 页。

[5]《齐东绝倒》第一出。《全明杂剧》台湾鼎文书局 1979 年初版,第 3231 页。

[6]《齐东绝倒》第二出。《全明杂剧》台湾鼎文书局 1979 年初版,第 3246 页。

[7]《齐东绝倒》第三出。《全明杂剧》台湾鼎文书局 1979 年初版,第 3252 页。

读到了晚明人思维的活跃与敏锐,读到了他们精神上的放松。这种放松使他们在创作上向传统的禁区挑战,他们似乎是没有禁忌的。

换一个角度,作者把一个复杂、古奥的题材处理得如此亲切轻松,也显示了作者驾驭材料的能力。剧本在形式上基本采用传奇的体制:开场末念西江月一阕并九言四句;结尾用六言四句下场诗;全剧四出,俱用南北合套,生唱北曲,他人唱南曲。剧本的语言风趣幽默,用典亦生动自然。无论是作为思考的媒介,还是作为游戏的工具,吕天成的《齐东绝倒》都是成功的。

第二节 王 衡

王衡(1561—1609),字辰玉,自号缑山。江苏太仓人。他的剧作在当时即颇为时人称道:"近年独王辰玉太史衡所作《真傀儡》、《没奈何》诸剧,大得金元蒜酪本色,可称一时独步。"[1]今存杂剧三种:《郁轮袍》、《真傀儡》、《没奈何》。另据陈继儒《太平清话》,王衡还有一本杂剧,名《裴湛和合》[2],已佚。

王衡为万历朝宰相王锡爵的独子,与陈继儒等为挚友,"衡生平多忤寡合,年二十而交兄,又一年交仲醇,始知天下有朋友"[3]。仲醇,为陈继儒字。作为挚友,陈继儒对王衡的人生有颇为中肯的评价:

> 分辰玉之才,自可荫映数辈,而不幸生于相门,为门第所掩,又为数十年功名所缚。若朝廷超格用人,如唐宋故事,决能吐去鸡肋,何遽不为李赞皇、韩持国。又使主宾蓽门,布衣终老,非下

---

[1] 沈德符《万历野获编》卷二十五"杂剧"。文化艺术出版社1998年版,第693页。
[2] 陈继儒《太平清话》卷一:"而辰玉《郁轮袍》,及《裴湛和合》二曲,的当行家。"《丛书集成新编》册88,台湾新文丰出版公司1985年版,第327页。
[3] 王衡《祭徐长孺》。《缑山先生集》卷二十,明万历四四年序刊本。

帘读《易》,则闭户著书,其制作度不止是,而志竟不遂,命也奈何。[1]

所谓"不幸生于相门,为门第所掩",徐朔方先生以为"这个'掩'字不仅是'掩盖',实际上也有'限制'甚或'妨碍'的意思"[2]。所论甚当,然似应以"掩盖"之意为主,意指人皆以其所得为家庭因素所致。"为数十年功名所缚"——王衡虽早有才名,但参加科举考试的路却并不平坦。万历十六年(1588)参加顺天府乡试,获第一名,可不久礼部郎中高桂弹劾这次考试有舞弊行为,涉及王衡,遂复试。王衡复试通过,被准予会试,却没有参加。此后,万历二十年赴礼部试,未终场而退出,万历二十六年赴试未中,直至万历二十九年(1601),终于以第二名赐进士及第。王衡,"其志欲通古今学,将以忠孝大节自见于世"[3];而身为宰相的独子,家庭亦对其寄予厚望。其祖母临逝前,"顾见孙衡在前,连连呼秀才者三,盖伤其未遇也。自外一无所言,侧身微笑而暝"[4]。其母病重,王衡不欲赴试,"母纳登科录于袖,强遣之"[5]。加之乡试被劾的"至丑至辱"[6],王衡更要以功名证明自己,故几十年为功名所缚。"辰玉自以宰相之子,当通达古今治体,讲求经世要务,又奋欲以制科自见,穷日夜之力于斯二者,而以其余力为诗"[7]。而一旦考中,因父亲的官场经历而深有所悟的王衡,马上

---

[1] 陈继儒《王太史辰玉集叙》。《缑山先生集》,明万历四四年序刊本。
[2] 徐朔方《王衡年谱》。《晚明曲家年谱》第一卷,浙江古籍出版社1993年版,第351页。
[3] 唐时升《诗序》。《缑山先生集》,明万历四四年序刊本。
[4] 王锡爵《诰封一品太夫人先母吴氏行状》。《王文肃公文集》(明万历王时敏刻本)卷十一。《四库禁毁书丛刊》集部册7,北京出版社2000年版,第267页。
[5] 王衡《诰封一品夫人先母朱氏行实》。《缑山先生集》卷十四。明万历四四年序刊本。
[6] 王衡《屠赤水仪部》云:"若不肖则被以至丑之名,至辱之行"。《缑山先生集》卷二十二。明万历四四年序刊本。
[7] 钱谦益《列朝诗集小传》丁集。上海古籍出版社1959年版,第625页。

便请求归养了。

王衡以戏曲创作为游戏,"辰玉诗沉雄鲜爽,学韩杜;……游戏而为乐府诗余,即宋元当行家无以过也"[1]。这是他的好友陈继儒的评论,但这游戏之笔,恰正写出他心底的真情。他的剧作和他的生活紧密相连。

《郁轮袍》,徐朔方先生认为可能作于万历十八年(1590),王衡三十岁时,也即被弹劾科场作弊、被迫复试的第二年。[2]据薛用弱的《集异记》,唐代大诗人王维在岐王的安排下,以《郁轮袍》曲博得九公主的欣赏,"遂作解头,而一举登第"[3]。王衡的杂剧则写岐王请王维扮作乐工,随他为九公主上寿。王维不肯。王推冒名顶替王维见九公主,弹《郁轮袍》曲,骗取九公主青睐,许以状元。但考试结果,王维以真才实学取得第一名。宴席上,王推拿出九公主的字纸诬陷王维。王维被去了袍带。岐王赶到,认出假王维,于是复请王维穿上袍带。王维拒绝,弃官回辋川,与好友裴迪同游。剧中的王维以真才实学考得第一,却被人诬陷作弊,与王衡的经历正相类似。而剧中的裴迪则是陈继儒的化身,"其《郁轮袍》中裴迪呼儒童菩萨者,戏指余耳"[4]。王衡和陈继儒曾以王维和裴迪的友谊相勉励,并曾相约归隐。"丙戌,余掷青衫,辰玉从京邸寓书云,非久相从为杨许碧落之游矣。余答云,杨许且置,辋川王裴,吾两人故有成言。子勉之矣。"[5]在剧本中,王衡借王维的嘴,倾诉了自己心中的郁闷:"王维诗是大大

---

[1] 陈继儒《王太史辰玉集叙》。《缑山先生集》,明万历四四年序刊本。
[2] 参见徐朔方《王衡年谱》。《晚明曲家年谱》第一卷,浙江古籍出版社 1993 年版,第 353 页。
[3] 《集异记》卷二。《丛书集成新编》册 82,台湾新文丰出版公司 1985 年版,第 120 页。
[4] 陈继儒《太平清话》卷一。儒童菩萨在剧中是裴迪的前身。《丛书集成新编》册 88,台湾新文丰出版公司 1985 年版,第 327 页。
[5] 陈继儒《王太史辰玉集叙》。《缑山先生集》,明万历四四年序刊本。

一个对证,难道叫得做文理不通,倩人代考的来。"[1]并表达了自己对科举考试的思考,具有反思的色彩。

与冯惟敏不同,王衡从否定的一面评价了科举考试的公正性、写到士子的担心:

> 搏得到云生两翅。都不过三分钱二分命一分诗。只是那祆神索食。借一个孔子为诗。消不得大功劳。才带这黑貂蝉。真贤良。才穿这白鹭丝。读残书。干鳖鳖饿杀北窗萤。走便门。稳当当受用王门瑟。有什么锋头利钝。舌底雄雌。[2]

> 怕的是半白半黑主司的眼睛。忽青忽黄纱帽的面孔。秀才家在他面前撷不得斤,播不得两,高不就,低不凑。这个难哩。[3]

他写赶考士子的悲哀:

> 两泪老长安。万里争云栈。忙忙陪嫁客。几度嫁衣斑。灯尽油干。灯尽油干。刚把名儿贩。都来命有权。点着头鬼也朱衣。反着面人都白眼。[4]

写当时士子对科考的普遍心理:

> 自古那人跨下能兴汉。矮檐前。少不得头湾。则这破蚕书冷似无烟炭。赊雁塔远似望夫山。便休道长宵不旦。死心熬。终得个鲇鱼上竹竿。兄弟也只是你风波不惯。人我相干。[5]

---

[1]《郁轮袍》第六折。《全明杂剧》台湾鼎文书局 1979 年初版,第 3075 页。

[2]《郁轮袍》第一折[混江龙]。《全明杂剧》台湾鼎文书局 1979 年初版,第 3032 页。

[3]《郁轮袍》第一折。《全明杂剧》台湾鼎文书局 1979 年初版,第 3033 页。

[4]《郁轮袍》第四折[一枝花]。《全明杂剧》台湾鼎文书局 1979 年初版,第 3057 页。

[5]《郁轮袍》第四折[哭皇天]。《全明杂剧》台湾鼎文书局 1979 年初版,第 3063—3064 页。

便是这鸡口儿争些好看。这鸡肋儿有甚肥甘。只为我和尚每下山缘。秀才每家常饭。逐队随班。怎敢图闲。[1]

经历科场的风波,剧中的王维终于看透功名的虚幻,所谓"都不过影子里白云梯"。故在真相大白的时刻弃官而去,与裴迪在辋川相聚了。而王维的选择也正是日后王衡的选择。

在剧本的结尾,王衡借文殊大士之口对只重科目表达了不满,提出了不由科目、不立文字,干出名宰相事业的理想:"如今世人重的是科目,科目以外便不似人一般看承。我要二位数百年后再化身做一个不由科目,不立文字,干出名宰相事业的,与世上有气的男子,立个法门,势利的小人放条宽路。"[2]对世人的追名逐利表示否定,欲以王维、裴迪为世人做个榜样:"末劫争名夺利心太重,损人益己心太多。你二人发愿在世,遇而不遇,与天下文人墨士做个榜例,不要输气在衣冠文墨死套子中。"[3]意欲在科举考试之外,实现人生的价值。

《真傀儡》和《没奈何》都是人生的叹息。《真傀儡》演宋平章政事杜衍致仕闲居,某日村中演傀儡戏,杜衍入内与乡民同看剧。内官奉皇帝给杜衍的口敕、圣谕来到,杜衍穿起傀儡衣服谢恩。据《曲海总目提要》卷七:

宋朱彧可谈云:世传杜祁公罢相归乡里,不事冠带。一日在河南府客次,道帽深衣,坐席末。会府尹坐衙,皂不识其故相,有运勾至,年少贵游子弟怪祁公不起揖,厉声曰:足下前任甚处?祁公曰:同中书门下平章事。刘宾客嘉话录:大司徒杜公在维扬,也尝召宾幕闲话:我致政之后,必买一小驷八九千者,饱食讫

---

[1]《郁轮袍》第四折[乌夜啼]。《全明杂剧》台湾鼎文书局1979年初版,第3064页。

[2]《郁轮袍》第七折。《全明杂剧》台湾鼎文书局1979年初版,第3087页。

[3]《郁轮袍》第七折。《全明杂剧》台湾鼎文书局1979年初版,第3086页。

而跨之,著一粗布襕衫,入市看盘铃傀儡足矣。又曰:郭令公位极之际,尝虑祸及,此大臣之危事也。司徒深旨,不在傀儡,盖自污耳。司徒公后致仕,果行前志。谏官上疏言三公不合入市。公曰:吾计中矣。计者,即自污耳。[1]

则王衡的《真傀儡》应是合唐杜佑、宋杜衍事而成。

在《郁轮袍》剧中王衡已对世风提出了批评:"如今末劫浇薄,世上人只为功名一事,颠倒倒颠的,瞎眼人强做离朱,堂下人翻居堂上,不知误了多少英雄豪杰。那英雄豪杰也是那般撩牙斗角,难出头时强出头,不知坏了多少佛性。"[2]《真傀儡》一剧则以杜衍的形象,以杜衍的混迹市廛、随缘而过、避世逃名,对社会提出针砭和嘲讽,感叹世事的冷暖,为世人写照。比如剧中描写赵大爷、商员外的无知、狂妄、摆谱:"我两人在此,以后休要放闲杂人来,怕他没规没矩,不当好看。"[3]"咳。他有几床笏。恁般官样。这有几船茶。便会风光。[净丑指众介]你众人下些,不要没规矩。[众]不敢。[末]这须是野鸥席上。又不比鹭序鹓行。我一向只道宦途上难处。谁知道这狠人心到处炎凉。[净看末介]阿呀。到忘了你。你不富不贵,又不是会友,闯进来也要坐。[丑]适才既收了他的会钱,做个方便,放他在台角儿捱捱罢。老儿,勾了你了。[末]多谢多谢。一任你牛表沙三自逞强。折末尽我官人们气莽。"[4]

《真傀儡》写做宰相的难处,感触良深,"非经历一过,不能道只字":"我想那做宰相的,坐在是非窝里,多少做得说不得的事,不知经几番磨炼过来,除非是醉眠三万六千场,才做得二十四考头厅

---

[1] 《曲海总目提要》卷七,天津古籍书店1992年版,第300页。
[2] 《郁轮袍》第七折。《全明杂剧》台湾鼎文书局1979年初版,第3086页。
[3] 《全明杂剧》台湾鼎文书局1979年初版,第3141页。
[4] [沉醉东风]。《全明杂剧》台湾鼎文书局1979年初版,第3144—3145页。

相。"[1]黄嘉惠评此剧云:"阅此觉不独争名于朝者可发一噱。即退休林下讲学谈禅都无是处。"[2]同时,王衡也借这个剧本对父亲王锡爵表达了一份期望。据《明史》本传,王锡爵"性刚负气",王衡在《上父书》中曾说:"昔范忠文致仕,无贵贱,概以野服相见,概不报谢,而史册以为美谈。今一日见一人,则一日不乐,一处见一人,则一处不安,视之如毒猛,不可向迩也。亦过矣。"又说:"惟父亲自归田以来,毫无所寄。窃谓今日非另换一副肺肠,另开一篇局面,易忧以乐不可。"[3]于是在《真傀儡》中借古人杜衍影射父亲,在美好的祝愿中写出自己的规劝。[4]

人生如傀儡戏,人如傀儡。赵大爷、商员外看戏是一场傀儡戏,杜衍穿傀儡之衣谢恩,相服不过是傀儡衣。王衡借杜衍穿傀儡衣的情节,把现实人生和傀儡戏等同起来,由此表达自己对社会的冷峻观察、对人生的超然姿态。

《没奈何》,有日本内阁文库藏《明人杂剧三种》本,陈与郊《义犬记》中插演此剧。写弥勒佛化作葫芦先生,在街头卖卦,没奈何问卦。借二人的问答把世上诸事如经商、相面、秀才、官员、讲学先生、九卿三阁老等等,一一否定。"世上没有个得意人,没有个得意事"[5]。最后没奈何随弥勒佛跳入葫芦里,得到解脱。此剧可以看做是作者对人生的思考,也可以看做他内心苦闷、悲哀的流露,其中不乏王衡对父亲官宦生涯的总结,真诚而沉痛。

作为宰相之子,王衡未入仕途已饱看众生相,而自己的科举考试经历更加深了他对人生的体会。王衡的三个剧本无一不体现着他对

---

[1] [十八拍]及眉批。《全明杂剧》台湾鼎文书局1979年初版,第3147页。
[2] 《真傀儡》眉批。《全明杂剧》台湾鼎文书局1979年初版,第3139—3140页。
[3] 王衡《上父书》。《缑山先生集》卷二十七,明万历四四年序刊本。
[4] 关于此剧与王衡父亲的关系,参见徐朔方《王衡年谱》。《晚明曲家年谱》第一卷,浙江古籍出版社1993年版,第354—355页。
[5] 《义犬记》第一出。《全明杂剧》台湾鼎文书局1979年初版,第3961页。

世事的洞察、他对人生的思考、他的感慨。其间的探索与浩叹,凸显出明代杂剧的文人色彩,以及借杂剧寓意的创作追求。

王衡杂剧的语言保持了元剧的风味。比如:"那壁厢百种针锤。道我斋头酸馅瓮中虀。这壁厢齐声赞美。又道我眼能说话手能飞。忌我的船头波浪拍天来。爱我的空中楼阁随人起。谁是非。耳边言。一向溪头洗。"[1]比如:"这底是洒落君臣契。底多少飞腾战伐功。当夜里九微灯影深深弄。千门鱼钥沉沉动。惊的这嫂夫人唤醒鸳鸯梦。则他丞相府共撮水晶盐也。强如读书堂捱彻酸虀瓮。"[2]比如我们前面引到的许多曲白。但雕刻的痕迹亦时时可见:"身入闹蜂衙。文章救不得。脚踏鲍鱼肆。心事信不及。曲直。牛斗还如蚁。裴迪。我如今方让你。"[3]"则我再不逞笔锋造下弥天罪。闷葫芦包藏白黑。布衣直上至公堂。绯袍不废头陀偈。管教人高低不上黄金垮。冷暖难生白玉墀。冷淡了乔科第。兄弟也我替你磨穿墨踵。你为人莫守杨岐"[4]。

《没奈何》剧本的语言精警,但用典稍多:

> [丑]呸。我说在水底下去了。我如今向上些说。我要做前呼后拥,吓鬼惊神,取货不追赃,杀人不偿命的一个官员如何?[生]不好,不好。低处望高处,夸人还要求人。大虫欺小虫,赔钱又须赔气。世间无不重的担子,无不过的烟头。且莫说闲话,你起早苦么?等客倦么?打躬腰痛么?奉承人忸怩么?[丑]便是件件难哩。[5]
>
> [丑]咳。官有多般官,这个却是小官,向人咽喉下取气的,见得如此

---

[1]《郁轮袍》第六折[驻马听]。《全明杂剧》台湾鼎文书局 1979 年初版,第 3070—3071 页。

[2]《真傀儡》[寄生草]。《全明杂剧》台湾鼎文书局 1979 年初版,第 3150 页。

[3]《郁轮袍》第六折[得胜令]。《全明杂剧》台湾鼎文书局 1979 年初版,第 3077 页。

[4]《郁轮袍》第七折[耍孩儿]。《全明杂剧》台湾鼎文书局 1979 年初版,第 3089—3090 页。

[5]《义犬记》第一出。《全明杂剧》台湾鼎文书局 1979 年初版,第 3952—3953 页。

兜搭。若得九卿三阁老,热撮撮的做一做,却不好哩。[生]更难,更难。我见如今的九卿舌头牵绊,便是扒不动的大虫。阁老肚里酸咸,正是说不出的哑子。顶尖上惊惊怕怕,不知捱了多少风霜。老人家急急巴巴,不知熬过几多寒暑。普天下的利害,偏我做当头阵的枪刀。千万口的是非,偏我做个大教场的躲子。日日提起心做,合着眼想,有甚好处。这的是看得饱。却原来坐着危。软麻绳缚住南阳臂。狠喽啰揭起平津被。却又早一封书定下周公罪。如今东山老要脱紫罗襕。还胜似冀州驹要解盐车辔。〔1〕

正像孟称舜所说:"王辰玉抢元被谤,作此自况。其词无元人之雄爽,亦无今人之浅俗。隽句甚多,嫩句时有。此剧于今时固称拱璧。其声价小减者,以其语语雕刻,必欲入妙也。"〔2〕此言虽针对《郁轮袍》而言,但对王衡的戏曲创作,也有一定的概括性。

王衡剧作的长度伸缩自如,已不复四折之旧;演唱形式则出入元人,有所借鉴,有所变化。《郁轮袍》全剧七折,其中第二、第五折只用宾白。其他五折由末(王维)、生(曹昆仑)两人唱北曲。《真傀儡》一折,以正末扮杜衍唱北曲,插入耍傀儡所唱的清江引、满江红、寄生草,众人唱的清江引。《没奈何》全剧一折,九支曲子,以白为主。其九支曲子基本由生(弥勒佛)唱,只有最后一曲做"内唱科",不易判断演唱者。

关于王衡的剧作,沈德符曾大赞其得金元本色,但同时也谈到"王初作《郁轮袍》乃多至七折,其《真傀儡》诸剧,又只以一大折了之,似隔一尘"〔3〕。言外之意,觉形式上的变化是一个缺憾,但实际上,这形式上的自由才是明杂剧的特点。

---

〔1〕《义犬记》第一出。《全明杂剧》台湾鼎文书局1979年初版,第3954—3955页。

〔2〕《郁轮袍》第一折眉批。《全明杂剧》台湾鼎文书局1979年初版,第3029—3030页。

〔3〕沈德符《万历野获编》卷二十五"杂剧"。文化艺术出版社1998年版,第693页。

第三节 徐复祚

徐复祚(1560—1627以后),字阳初,江苏常熟人。祖父徐栻先后任江西、浙江巡抚,官至南京工部尚书,未赴任而被弹劾罢官。家境富有,但祖父去世后家人之间关系紧张,为争夺财产而骨肉相残。就科举考试而言,徐复祚自己参加秋试,曾被人指控行贿作弊,经多次审讯,才以无罪了结。[1]徐复祚的戏曲作品有《红梨记》等四种传奇和《一文钱》杂剧。其《一文钱》杂剧,全剧六出,前五出为南曲,最后一出用北曲。《远山堂明剧品》列入"逸品",以为"此剧南曲较胜北曲,白更胜于曲;至构局之灵变,已至不可思议"[2]。

剧写富人吝啬故事。卢至巨富,妻儿老小却日日冻馁。阿兰节会,卢至想到或可撞见朋友,吃他一碗省下自家的,遂出去走走。路上拾到一文钱。众乞儿相约游玩,共享乞得之物,饮酒行酒令,嘲笑卢至不如自己。卢至听得,决定将刚拾到的一文钱拿来享受。买了芝麻,躲到山顶去吃。帝释化作僧人,欲点化卢至,向其募化银子。卢至不与。僧与酒饮,卢至醉卧。僧人化作卢至,至其家散其家财。卢至醒来,归家被当作悭鬼逐出。卢至奏闻国王,释迦佛广布神通,令宫门上人坚不许入,遂求救于释迦。释迦命众徒弟幻作十来个卢至。卢至终于省悟,与妻同登西方极乐世界。本事出自佛经《卢至长者因缘经》。"至事本出内典,籍系西方,非内地人也"[3]。据王应奎《柳南随笔》,徐复祚写此剧是为讽刺族人中的一个吝啬者:

> 予所居徐市,在县东五十里,徐大司空栻聚族处也。前明之季,其族有二人,并擅高赀。而一最豪奢,为太学钦寰,予前既叙

---

〔1〕徐复祚生平参见徐朔方《徐复祚年谱》,见《晚明曲家年谱》第一卷。
〔2〕祁彪佳《远山堂明曲品剧品校录》。上海出版公司1955年版,第189页。
〔3〕《曲海总目提要》卷十二,天津古籍书店1992年影印本,第514页。

其事矣。而一最恠啬，则为诸生启新。其书室与灶，仅隔一垣。常以缗系脂，悬于当灶，而缗之操纵则于书室中。每菽乳下釜，则执爨者呼曰：腐下釜矣。乃以缗放下。才著釜，闻油爆声，即又收缗起，恐其过用也。为子延师，而供膳甚菲。村中四五月间，人多食蛙者，然必从市中买之。启新以蟾诸类蛙，而阶下颇夥。即命童子取以供师。每午膳师所食者，止荤素二品。一日加豆腻一味。豆腻者，以面和豆共煮者也。师既食毕，疑而问其童子曰：今日午膳，何于常品之外，忽加豆腻？童子笑曰：此豆乃犬所窃啖者，既而复吐于地。主人惜之，故取以为食。师以其秽，为之吐呕不止。所畜雨具，有革履三只，一留城，一留乡，一随身带之，盖防人借用也。尝命篮舆山游，自北至西，诸名胜遍历。舆夫力倦，且苦腹馁。启新出所携莲子与舆夫各一，曰：聊以止饥。舆夫微笑，盖笑其所与之少也。而启新误以为舆夫得莲子故喜，即曰：汝辈真小人，顷者色甚苦，得一莲便笑矣。又尝以试事至白门，居逆旅月余，而所记日用簿，每日止腐一文，菜一文。同学魏叔子冲见之，为谐语曰：君不特费纸，并费笔墨矣。何不总记云：自某日至某日，每日买腐菜各一文乎？启新方以为然，初不知其谑己也。其可笑多类此。其族人阳初为作《一文钱》传奇以诮之。所谓卢止员外者，盖即指启新也。[1]

在现存的戏曲作品中，此前写守财奴的剧本有元刊杂剧《看钱奴》，剧写贾弘义归怨上天，希求富贵。圣帝命增福神借与贾二十年富贵。贾弘义掘得窨藏而富。周荣祖因家私消乏，往曹州曹南镇探亲。探亲不着，无奈将孩子长寿卖给贾弘义为子。但写过文书后，贾弘义竟不肯给钱。二十年后，周荣祖夫妇到东岳庙还愿，被也是来还愿的贾弘义之子欺打。周荣祖还过愿，重来曹州曹南打听孩子的下

---

[1]《柳南随笔》卷二。《丛书集成新编》册89，台湾新文丰出版公司1985年版，第194页。

落,知贾弘义已死,父子相认,发现儿子就是在东岳庙打自己的人。周荣祖欲告官,其子用银子求免。周荣祖认出银子上是周家祖公的名字。贾弘义不过是为周家管了二十年金资。剧中对为富不仁者有深刻的揭露与批评:"今只有钱学不的哥哥五湖四海,更他也受用不的千年万载。你个勒揸穷民狠员外,或有典缎疋,或是当锦钗,恨不的加一价放解"[1];"恨不的十两钞先除了折钱三百,那里肯周急心重义疏财"[2]。与元刊杂剧《看钱奴》表达沉痛的社会批判不同,徐复祚的《一文钱》只是讽刺卢至的吝啬,渲染他的爱钱如命,"天下最难得的是钱财,钱财入手岂宜浪费"[3]。剧本对贪心不足的卢至的刻画,体现的是明杂剧的戏谑之笔。同时,与《看钱奴》的只谈报应不同,《一文钱》通过帝释对卢至的点化、帝释与释迦的大段宣讲,使剧本带上浓厚的佛教色彩,显示出佛教对晚明文人的影响。

徐复祚论曲注重本色、音律,推崇沈璟,其《一文钱》杂剧,虽宫调重复,但无论曲辞,还是宾白均能体现其本色的主张:

> 我一生钱癖在膏肓。阿堵须教绕卧床。便称柴数米亦何妨。那饥寒小事何足讲。可不道惜粪如金家始昌。[4]

即使是帝释的唱辞,也同样的平易:

> 好笑你心儿窄小。就三千铜臭直得分毫。这皮囊脓袋就黄金万万。那曾铸得坚牢。怕阎罗限满没躲闪。永饿鄷都岂恕饶。那时就金高北斗。何处堪逃。[5]

---

[1] 《看钱奴》[倘秀才]。《元刊杂剧三十种新校》,兰州大学出版社 1988 年版,第 104 页。
[2] 《看钱奴》[滚绣球]。《元刊杂剧三十种新校》,兰州大学出版社 1988 年版,第 104 页。
[3] 第一出。《全明杂剧》台湾鼎文书局 1979 年初版,第 3478 页。
[4] 第一出[懒画眉]。《全明杂剧》台湾鼎文书局 1979 年初版,第 3482—3483 页。
[5] 第三出[八声甘州]。《全明杂剧》台湾鼎文书局 1979 年初版,第 3502—3503 页。

至于宾白,更是生动、形象,滑稽幽默:

> [生笑上]原来一起乞儿,起初说我许多富贵,后来却说我不如他。其实小子虽有家私,孔方是我命根,一些也不曾受用,怪他们说不得。也罢,方才拾得一文钱,把来撒漫罢。省得被人嘲笑。[取钱看介]好钱好钱。天下有这样人,钱财在手,不小心照顾,容得他掉在街上。若是小子掉了这一文钱,梦里也睡不去。[又看钱笑介]不是你不小心,还是我有造化。[1]

> [沉吟介]我这国法,人间凡有不平事,便去奏闻国王。如今只索去奏闻。只是旧规,奏事人须贡献好物。我家中被强盗占去,虽还有几窖银子,藏在城外野坟里,妻子都不知道,料想未动。只是怎拼得现的博赊的。也罢。我有十足白氎布儿,外面虽则好看,却也不值甚钱,将去哄他一哄。只是不受我的便好。也罢,减一半拿五尺去罢。快去快去。[2]

第四节　沈自徵

沈自徵(1591—1641),字君庸,江苏吴江人,沈璟之侄。著有杂剧《霸亭秋》、《簪花髻》、《鞭歌妓》,合称"渔阳三弄"。沈自徵亦因此被称为渔阳先生。沈自徵是明代杂剧史上一位颇有成就的作者,他的三篇杂剧,在祁彪佳的《远山堂明剧品》中均被列入"妙品";卓人月更以沈自徵和孟称舜为当时"北曲之最"[3]。

沈自徵,国子监生,负才任侠,好兵家言。天启末入京师,遂历游西北边塞,对山川形势,了如指掌。居京师十年,为诸大臣筹划兵事,

---

[1] 第二出。《全明杂剧》台湾鼎文书局1979年初版,第3492页。
[2] 第五出。《全明杂剧》台湾鼎文书局1979年初版,第3525—3526页。
[3] 卓人月《孟子塞残唐再创杂剧小引》。《卓珂月先生全集十六卷》,明崇祯传经堂刻本,《蟾台集》卷二,页七十四。

皆中机宜,名声大振。归乡以囊中所积数千金,在苏州构筑园亭,买良田千亩,又散数百金给宗族故交。不久,想到母亲早逝,未能尽一日养,又将所置房舍田亩,全部献给寺庙,替母亲求冥福。自己则茅屋躬耕,以至终老。

《鞭歌妓》不分折出。写张建封怀才不遇,流落江湖,尚书裴宽邀至船上,设宴共饮。又将一船金帛、奴婢赠与张建封。张建封受之,以主人身份招待裴尚书,并鞭打出言不逊的歌妓。剧中落拓不羁、愤世嫉俗的张建封即作者自己的写照。剧本以细酸扮张建封唱北曲。曲辞写得洒脱、慷慨:

莽清秋一夜满天涯。搅长空几行如画。惊飚驱断雁。古木敛昏鸦。细雨篱花。西风市酒旗挂。[1]

只落得四海无家。因此上每日登临叹落霞。兀的五湖那搭。问秋来何处有蘋花。映离愁递远戍。一曲暮天笳。诉兴亡。风唧留几叶疏林话。可怜他旧江山摆满在斜阳下。[2]

既不沙。试看么。怎顽愚的倒把长筹拔。到如今手拍胸脯自悔咱。悔不向天公给一个痴呆假。大古里笼杀鹦鹉。饥杀绦鹰。饱杀蜘蛛。闹杀鸣蛙。索甚么问天来占卦。[3]

《簪花髻》不分折出。写杨慎贬在滇南时,醉后作双丫髻簪花、游行城市故事。杨慎,大学士杨廷和子。正德六年(1511)辛未科状元及第,授翰林院修撰。嘉靖初年,杨廷和为首辅,因议大礼不合,致仕归。杨慎亦两上议大礼疏,率群臣撼奉天门大哭,一再被廷杖,谪戍云南泸州永昌卫三十余年。杨慎在云南,嘉靖皇帝仍不能释怀,每问杨慎如何,阁臣以老病对,怒稍解。杨慎听说,更加自放。曾大醉粉红傅面,梳双丫髻,插花,在妓女的簇拥下游行街市。人们为得到他

---

[1] [双调新水令]。《全明杂剧》台湾鼎文书局 1979 年初版,第 4351 页。
[2] [驻马听]。《全明杂剧》台湾鼎文书局 1979 年初版,第 4351—4352 页。
[3] [拨不断]。《全明杂剧》台湾鼎文书局 1979 年初版,第 4358 页。

的诗文,用精白绫做衣,送给妓女穿着。杨慎酒醉后,在白衫上挥写。这白衫又被人买回去装潢成卷。杨慎曾与人言:"老颠欲裂风景,聊以耗壮心,遣余年耳。"[1]对此,沈自徵在他的《题五兄祝发像诗序》中,发过一番感慨:

> 昔杨用修在滇南,尝作双丫髻簪花,门人舁之,诸妓捧觞,游行城市,了不为怍。有客于王元美座举此曰:"此公故自污耳。"王曰:"不然,一措大裹赭衣,何所不可?特以壮心不堪牢落,故磨耗之耳。"嗟呼!读书至此,每拊膺欲绝,当浮白一斗,呕血数升,愤而后止。[2]

可见杨慎的怀才不遇、落拓无奈对沈自徵内心的触动。据《沈文学传》,沈自徵在京师的生活亦颇为放诞:

> 其寓月迁日改,友访之,或见其名媛丽姬数十环侍,极绮罗珍错;或见其独卧败席,灶上惟盐虀数茎;又或见其峨冠大盖,三公九卿前席请教;又或见其呼卢唱筹,穷市井谚詈以为欢;终莫定其何如人。[3]

《簪花髻》一剧是以杨慎自比,抒写自己内心的痛苦,更是与杨慎惺惺相惜。同时,也惟有沈自徵的豪迈可写杨慎的放浪。剧本以末扮杨慎独唱北曲,淋漓抒写杨慎的佯狂:

> 你教我世上事多要知。这杯中物少要吃。翠柳也,我道来举世皆醉,只俺杨升庵不醉也。(旦)不醉,只撒酒风来。(末)他盖世里撒的是醒酒风。行眠立醉。翠柳也,我又道来,普天下只杨升庵吃酒,更没一

---

〔1〕参见《曲海总目提要》卷八。天津古籍书店 1992 年影印本,第 321—322 页。
〔2〕转引自曾永义《明杂剧概论》第五章"后期杂剧"。台湾学海出版社 1979 年版,第 296 页。
〔3〕邹漪《沈文学传》。《启祯野乘》一集卷六,《四库禁毁书丛刊》史部册 40,北京出版社 2000 年版,第 476—477 页。

个人吃酒也。(旦)没人吃,只他擎着杯,都斟的醋吃哩。(末)他知那酒是甚么滋味,都算做闷葫芦装酒瓶罍。我一会家愁来呵,恨不将洞庭湖下着醉。一会家闷来呵,要把鹦鹉洲发了醅。那千古来圣贤讲着什么哩。咭咭聒聒好絮得俺不耐烦也。我欲将聒是非圣贤酒洗。两丸日月没人推着,您朝东暮西忙什么来,欲待将搬兴废日月来糟蚀。(旦)学士,古人那个也像您吃酒么。(末)古人没有吃酒,只尧舜是吃酒的也。岂不闻唐虞揖让三杯酒。到赛过了汤武征诛一局棋,醉了呵便宜。〔1〕

我欲摘那酒星儿怀揣搭戏。拍得那酒池儿波飞浪起。翠柳也,不可小觑了酒者。小可的,解不得其中意也。(旦)我晓得。三升糠二升米一勺水。水头长了醋滴滴有何意,袜带断了草绳系。(末)大古里中酒谓之中圣,休猜做米汁糠皮。中藏着圣人意。(旦)你每日间醉生梦死的。(末)死呵,死做了陶家器。(旦)你不见酒瓮上布也烂了。(末)烂呵,烂做了瓮头泥。这是俺醉翁乐矣。〔2〕

被这社翁雨洗涤得吟情细。少女风撩衠将诗句摧。趱逼得我浩荡襟怀。江山秀气。古昔悲愁。一刻儿都愤懑成堆。我欲借峰峦作笔。把大地为绢。写不尽我寄慨淋漓。〔做写向旦满身介〕翠柳也。谁道虬枝百尺。却被你偷影入清池。〔3〕

《霸亭秋》不分折出。写杜默落第,痛哭于项王庙,泥人亦为之落泪。本事见《山堂肆考》:和州士人杜默,累举不成名。因过乌江入谒项王庙。时正被酒霑醉,才炷香拜讫,径升偶坐,据神颈,拊其首而恸。大声语曰:大王有相亏者。英雄如大王,而不能得天下。文章如杜默,而进取不得官。语毕又大恸,泪如迸泉。庙祝畏其获罪,扶掖以出,秉烛检视神像垂泪亦未已。〔4〕《曲海总目提要》认为"盖自徵

---

〔1〕[滚绣球]。《全明杂剧》台湾鼎文书局 1979 年初版,第 4378—4379 页。
〔2〕[倘秀才]。《全明杂剧》台湾鼎文书局 1979 年初版,第 4379—4380 页。
〔3〕[三煞]。《全明杂剧》台湾鼎文书局 1979 年初版,第 4394 页。
〔4〕此据《曲海总目提要》卷八。天津古籍书店 1992 年影印本,第 323 页。

下第后所作也"[1],剧中杜默正是作者自喻。

项羽在司马迁作《史记》后,在文人心中即始终是一个值得同情的失败的英雄。杜默科举下第,落魄而回,乌江亭项王庙里,面对项羽的塑像,想到"文武二道不同,然呼吸风云之气,其理则一",按捺不住,直诉自己心中的悲愤。与《簪花髻》相同,《霸亭秋》依然以末扮杜默独唱北曲。曲辞在《簪花髻》、《鞭歌妓》的淋漓、大气之外,更流露出浓浓的愤激之情:

> 投至得文场比较。都不用贾生文马卿赋。衙一味屈原骚。见如今鲲鹏掩翅。斥鷃摩霄。枭争鸾食。鹊让鸠巢。隋珠黯色。鱼目光摇。驽骀伏轭。老骥长号。捐弃周鼎。而宝康瓠。哑邹生谈天馆争头鼓脑。鬐毛施明光宫炫服称妖。野水渡、春波拍拍。无媒径、荒草萧萧。题名记是一篇募修雁塔。泥金缄是一纸抄化题桥。猛听得胪传声。彤墀头齐唱白铜鞮。近新来浪桃花。禹门关收纳鸦青钞。出落得一个个鲜衣怒马。簇仗鸣镳。[2]

> 到如今采芝的则不如去采樵。种瓜的则不如去种苗。啜泉的则不如啜糟。如今总有那晋阮籍,软兀剌醉死在步兵厨。汉相如眼迷厮盹倒在临邛道。一个个都屈首蓬蒿。[3]

> 大王你与我睁开那重瞳子。一句句阅着。高抬起扛鼎手。一段段评驳。大王也可甚里文高中不高。我道一篇篇部伍萧萧。局阵迢迢。也当得诗里射雕。文队嫖姚。御短处,如乌江道短兵肉薄。使长处,如雎水上席卷壅涛。纤丽如帐底虞腰。慷慨如垓下歌豪。一桩桩怎见得输与时髦。大王有言,此天亡我,非战之罪也。真叫做天数难逃。我与大王恨不生同其时。倘向中朝。蓦地相遭。系马垂条。呼酒烹羔。和筑声高。把臂论交。文不君骄。武不臣

---

[1] 《曲海总目提要》卷八。天津古籍书店 1992 年影印本,第 323 页。
[2] [混江龙]。《全明杂剧》台湾鼎文书局 1979 年初版,第 4406—4407 页。
[3] [那咤令]。《全明杂剧》台湾鼎文书局 1979 年初版,第 4409—4410 页。

嘲。旗鼓双高。半不相饶。奈何以大王之英雄不得为天子,以杜默之才学不得作状元。[叹介]正是我未成名君未嫁,可能俱是不如人。恁不去问道临朝,我不去玉珮纡腰。一般的铩羽垂髾。灰灭烟消。子向这古庙荒郊。眼冷相瞧。坐对着牧竖归樵。夜雨江潮。魈啸猿号。暮暮朝朝。[放声大哭介][泥神亦长嘘流泪介][徕惊醒亦哭嚷闹介](末)泪雨嚎洶。痛恨情苗。塞满烟霄。说向谁曹。[泥神嘘介](末)则咱两人心相晓。[1]

剧本以主体写杜默对泥神的倾诉,以庙祝和徕为旁观者,不断从旁关照,比如当杜默愤愤诉说时,写"徕睡介";比如前面引到的杜默大哭时,"徕惊醒亦哭嚷闹介";比如剧本结束处,杜默不愿离去时,徕的一再催促,等等。处处映衬,时时跳出,既由此写出杜默内心的孤独、不能被人理解的悲哀,也以局外人的身份,写出当局者迷。同时也使剧作于悲愤中又多一层嘲谑的色彩。

沈自徵之后,清初的嵇永仁、张韬分别采用同一本事,创作了杂剧《杜秀才痛哭泥神庙》(续离骚之二)和《杜秀才痛哭霸亭庙》(续四声猿之一)。嵇永仁(1627—1676)无锡人,吴县生员。范承谟任福建总督,嵇永仁在幕中。耿精忠叛清,范承谟、嵇永仁均被捕入狱。范被害,嵇自杀。《泥神庙》即作于狱中。在剧本里,杜默总结项羽的功过,以自己为项羽的知己,感叹自己没有知己,感慨自己与项羽一样不遇:

> 大王大王宇宙之间亏负你我两人了。英雄如大王而不能成霸业,文章如杜默而进取不得一官。岂不可哀,岂不可伤。小生呵乞儿般没蛇弄。大王呵土神样杀鸡供。小生呵靠笔砚代耕农。大王呵兴波浪管梢工。小生呵盼青云黑漆朦。大王呵傍乌江晚烟封。小生呵万千苦半生穷。大王呵七十战一场空。小生呵饥驱得脚西东。大王

---

[1] [青歌儿]。《全明杂剧》台湾鼎文书局1979年初版,第4417—4419页。

呵妆饰得庙崇隆。呀却不道两无功。〔1〕

张韬,其生平当在顺治康熙之际。所作《霸亭庙》写杜默由自己科考的不遇,想到项羽的英雄而不得天下,叹命穷数穷。最后在神像前焚掉文章,"把老头巾早摔开,烂丝绦来撒下,破蓝衫都抛送。赶甚么南宫射策忙,想甚么慈壏题命迥。早收纶卷蓬,扯碎了绛帐马融经,吹灭了青黎刘向火,唤醒了彩笔江淹梦"〔2〕。

在题材处理上,清人的这两本杂剧比沈自徵的《霸亭秋》更直接和正面,表现为严肃的抒情剧。《泥神庙》与《山堂肆考》最接近,在杜默的大段诉说后,由庙祝登场,以杜默为忤慢神灵,扶杜下场;鬼判问项王为何流泪。《霸亭庙》则唯写杜默面对项羽的倾诉,没有其他人登场。剧终时,杜默自言:"说话之间不觉天明,趁早赶路去罢",于是拜别下场。这样的处理方法,固然突出了杜默的感慨,但也没有了沈自徵剧作的戏谑、游戏的色彩,没有了由此而来的丰富内涵。

分析沈自徵的"渔阳三弄",无论是张建封、杨慎,还是杜默,无论是放浪不羁,还是怀才不遇,心灵的躁动中体现的是对个性、自我的关注与追求。沈自徵的剧作篇幅虽然短小,却淋漓激越,不但在明人杂剧中,即使在中国杂剧史上亦堪称佳作。

第五节 孟称舜与卓人月

一、孟称舜与卓人月之比较

孟称舜(1599—1684?)〔3〕与卓人月(1606—1636?)〔4〕同为明

---

〔1〕《清人杂剧初集》第二册。1931年郑振铎印行。
〔2〕《清人杂剧初集》第六册。1931年郑振铎印行。
〔3〕此据徐朔方《晚明曲家年谱》第二卷之《孟称舜行实系年》。浙江古籍出版社1993年版。
〔4〕此据朱颖辉《孟称舜新考》,《戏曲研究》第六辑,文化艺术出版社1982年。

末著名作家,在曲论和戏曲创作方面均有引人注目的成绩。二人同为越中作家,孟称舜(字子塞)浙江会稽(今绍兴)人,卓人月(字珂月)浙江仁和(今杭州)人。孟称舜"屡举不第",入清后,被举为贡生,曾为松阳县学训导;卓珂月亦科场不顺,"为时义而不易售"[1],逝世前一年为贡生。二人关系密切,孟称舜为卓珂月的《古今词统》作序,卓珂月为孟称舜的杂剧作序,且两人的文学观点也颇为接近,所谓"予友卓珂月,生平持说,多与予合"[2]。二人均强调文学创作中的"情"的作用:

> 盖词与诗、曲,体格虽异,而同本于作者之情。[3]
>
> 三百篇亡而后有骚赋,骚赋难入乐而后有古乐府,古乐府不入俗而后以唐绝句为乐府,绝句少委蛇而后有词,词不快北耳,而后有北曲,北曲不谐南耳,而后有南曲。凡皆同工而异制,共源而分流。其同焉共焉者情,而其异焉分焉者时。[4]
>
> 余谓情之所近,其诗最真。[5]

并由此认为词不应因委曲或雄肆而分高下,孟称舜更将这一认识推及于戏曲,对戏曲风格提出了自己的意见。

在明代曲坛,对南北曲的比较是一个重要的论题。然而在谈到南北曲的差异时,人们却大多从地域出发,认为北雄爽而南婉丽。著

---

[1] 曾弗人《蕊渊蟾台二集序》,《卓珂月先生全集十六卷》,明崇祯传经堂刻本,曾序一。

[2] 孟称舜《古今词统序》。《古今词统》[明]卓人月汇选 徐士俊参评 谷辉之校点,辽宁教育出版社2000年版。

[3] 孟称舜《古今词统序》。《古今词统》[明]卓人月汇选 徐士俊参评 谷辉之校点,辽宁教育出版社2000年版。

[4] 卓珂月《盛明杂剧二集序》。《卓珂月先生全集十六卷》,明崇祯传经堂刻本,《蟾台集》卷二。

[5] 卓珂月《徐卓晤歌引》。《卓珂月先生全集十六卷》,明崇祯传经堂刻本,《蟾台集》卷二。

名的曲论家如王世贞、王骥德等都持这种观点:"北主劲切雄丽,南主清峭柔远"[1];"南北二调,天若限之。北之沈雄,南之柔婉,可画地而知也"[2]。他如徐复祚、张琦、徐渭、魏良辅等均主此说。在这样的背景下,孟称舜采用"雄爽"和"婉丽"的概念,从创作实际出发,对戏曲的风格划分,提出了自己的见解,对当时流行的、北不如南、偏重婉丽的意见提出了批评:"诗三百篇,国风雅颂,其端正静好与妍丽逸宕,兴之各有其人,奏之各有其地,安可以优劣分乎?"[3]"夫南之与北,气骨虽异,然雄爽婉丽,二者之中亦皆有之"[4]。他认为雄爽与婉丽,作为不同的风格,是没有高下之分的。反对笼统地以雄爽和婉丽来概括南北地域不同的戏曲风格。正是基于这一观点,孟称舜将元明杂剧分为婉丽与雄爽两类,将其《古今名剧合选》据"杨柳岸晓风残月"(柳永[雨淋铃])和"一樽还酹江月"(苏轼[念奴娇])之意,分别取名为《柳枝集》和《酹江集》。

雄爽与婉丽作为两种相对应的风格,具有截然不同的特点。我们知道,文学作品的风格主要通过语言表现的特点呈现出来。孟称舜在《古今名剧合选》的评点中,紧紧抓住了这一点。他对雄爽与婉丽的表述,往往是从作品的语言表现、情感表达入手的。因为孟称舜"以辞足达情者为最",所以无论是对婉丽,还是对雄爽,都提出了"尽情"的要求,只不过它们应是两种不同的"尽情"——一是"惆怅得尽情",一是"痛快尽情"。语言方面,对婉丽之作,他要求"字字淹润,语语婉隽";赞扬"怨而不怒"。对雄爽之作,则要求"语语爽健","语语沉郁顿挫","语语雄快";强调气势,肯定"苍凉慷慨"、"繁弦促调,词

---

[1] 王世贞《曲藻序》。《中国古典戏曲论著集成》四,中国戏剧出版社 1959 年版,第 25 页。

[2] 王骥德《曲律》杂论第三十九上。《中国古典戏曲论著集成》四,中国戏剧出版社 1959 年版,第 146 页。

[3] 孟称舜《古今名剧合选序》。《古本戏曲丛刊四集》。

[4] 孟称舜《古今名剧合选序》。《古本戏曲丛刊四集》。

调快爽"。

卓珂月在戏曲理论方面的突出贡献,主要体现在有关悲剧的一些论述,代表性著述就是他的《新西厢序》。悲剧和喜剧是两种不同的戏剧类型,是西方戏剧理论中两个重要的概念。悲剧主要表现主人公所从事的事业由于恶势力的迫害及本身的过错而导致失败,甚至个人毁灭。喜剧则一般以讽刺或嘲笑丑恶落后现象,肯定美好、进步的现实或理想为其主要内容。喜剧的构成依靠夸张的手法、巧妙的结构、诙谐的台词及对喜剧性格的刻画,并以此引人发出不同含义的笑。喜剧冲突的解决一般比较轻快,往往以代表特定时代的进步力量的主人公的胜利或如愿以偿作为结局。在西方戏剧史上,随着时间的推移,悲剧与喜剧的内容和形态均不断发生变化。在中国古代的曲论中,明中叶以后,人们已开始讨论有关悲剧的话题,但从没有提出"悲剧"这一概念。在相关论述中,卓人月的意见颇为引人注目:

> 夫剧以风世,风莫大乎使人超然于悲欢而泊然于生死。生与欢,天之所以鸠人也;悲与死,天之所以玉人也。第如世之所演,当悲而犹不忘欢,处死而犹不忘生,是悲与死亦不足以玉人矣,又何风焉?又何风焉?崔莺莺之事以悲终,霍小玉之事以死终,小说中如此者不可胜计。乃何以王实甫、汤若士之慧业,而犹不能脱传奇之窠臼耶?余读其传而慨然动世外之想,读其剧而靡焉兴俗内之怀,其为风与否,可知也。[1]

在这里,卓人月实际已触及到了戏曲对人精神的净化作用。戏曲是具有教育作用的,而这种教育作用的最高境界,就是由悲与死使人超脱于悲欢生死。他对当时戏曲创作状况的不满与批评,正表现着他

---

[1] 卓人月《新西厢序》。《卓珂月先生全集十六卷》,明崇祯传经堂刻本,《蟾台集》卷二。

对戏曲创作的新的追求。

此外,孟称舜与卓珂月两人在对前辈剧作家的评价上也稍有不同。孟称舜推崇关汉卿、马致远、王实甫、汤显祖诸人,但更赞赏郑光祖。《古今名剧合选·柳枝集》中孟称舜评点《倩女离魂》云:"此剧余所极喜";"酸楚哀怨,令人肠断,昔时《西厢记》,近日《牡丹亭》,皆为传情绝调。兼之者其此剧乎。《牡丹亭》格调原祖此,读者当自见也"(楔子眉批)。"即人远天涯近意,然《西厢》无此淋漓"(第一折[油葫芦]眉批)。"此数枝怳怳惚惚夜行光景,胜过《会真》惊梦一折"(第二折[小桃红]眉批)。评点《翰林风月》云:"余选元剧以《倩女离魂》压卷,此亦未肯居次。"(第一折眉批)对于越中的前辈作家徐渭,孟称舜亦有所批评。《古今名剧合选·酹江集》收入徐渭《渔阳三弄》、《替父从军》二剧,虽赞扬《渔阳三弄》"此剧语语雄快,俨然如生"(第一折眉批);赞扬《替父从军》"雄词老笔,追躅元人,袁中郎评云苍凉慷慨,此语极当"(第一折眉批)。但仍然颇有微词:"文长四声猿于词曲家为创调,固当别存此一种。然最妙者《弥衡》、《木兰》两剧耳。《翠乡梦》系早年笔,微有嫩处,而《女状元》晚成,又多率句。曾见其改本,多有所更定,至《女状元》云当悉改,近无心绪故止。是知作者亦未尽惬,与予所见殆略同也。"(《渔阳三弄》第一折眉批)"徐自评云:四句现成话,彼此辘轳反复。而人忽之,少欠识者。袁中郎亦极可此两枝。然吾越后来油腔俗调,则皆文长做俑,吾终无取乎尔"(《替父从军》第二折[清江引]眉批)。

卓珂月在他的《孟子塞〈残唐再创〉杂剧小引》中曾对元明两代的剧作家有一个概括的评价:"北如马、白、关、郑,南如荆、刘、拜、杀,无论矣。入我明来,填词者比比,大才大情之人则大愆大谬之所集也。汤若士徐文长两君子,其不免乎减一分才情则减一分愆谬。张伯起、梁伯龙、梅禹金斯诚第二流之佳者。乃若弹驳愆谬,不遗锱铢,而无才无情,诸丑毕见如臧顾渚者,可胜笑哉。……求之近日,则袁凫公之《珍珠衫》、《西楼梦》、《窦娥冤》、《鹔鹴裘》,陈广野之《麒麟罽》、《灵宝刀》、《鹦鹉洲》、《樱桃梦》,斯为南曲之最。沈君庸之《霸亭秋》、《鞭歌妓》、《簪花髻》,孟子塞之《花前笑》、《桃源访》、《眼儿媚》,斯为北曲之最,余平时定论盖如此。"[1]虽没有细致的说明,但对马、白、关、郑及汤、徐的推重仍是明显的。

作为剧作家,孟称舜和卓人月均有剧本保存下来(孟称舜的杂剧均作于明末)。剧本对于他们两人来讲,既是抒情写怀的工具,也是游戏、逞才的手段。而这种创作态度在当时是很有代表性的。关于这一点,有不少材料可以从旁证明。卓人月谈孟称舜的《残唐再创》说:

> 今冬遘兔公、子塞于西湖,则兔公复示我《玉符》南剧,子塞复示我《残唐再创》北剧,要皆感愤时事而立言者。兔公之作直陈崔魏事,而子塞则假借黄巢田令孜一案,刺讥当世。……至若酿祸之权珰,倡乱之书生,两俱磔裂于片楮之中。使人读之,忽焉瞥嘘,忽焉号呶,忽焉缠绵而悱恻,则又极其才情之所之矣。[2]

卓珂月的好友徐士俊在为《盛明杂剧》作序时,谈到明代的戏曲创作,认为:

> 今之所谓南者,皆风流自赏者之所为也。今之所谓北者,皆牢骚骯髒不得于时者之所为也。文长之晓峡猿声暨不佞之夕阳影语,此何等心事,宁漫付之李龟年及阿蛮辈,草草演习,供绮宴酒阑所憨跳。他若康对山、汪南溟、梁伯龙、王辰玉诸君子,胸中各有磊磊者,故借长啸以发舒其不平,应自不可磨灭。

孟称舜的剧作今天保存下来的有杂剧五种:《桃源三访》、《花前

---

〔1〕《卓珂月先生全集十六卷》,明崇祯传经堂刻本,《蟾台集》卷二。

〔2〕卓珂月《孟子塞残唐再创杂剧小引》,《卓珂月先生全集十六卷》,明崇祯传经堂刻本,《蟾台集》卷二。

一笑》、《眼儿媚》、《残唐再创》、《死里逃生》;传奇三部:《娇红记》、《贞文记》、《二胥记》。卓珂月今存的戏剧作品只有一部杂剧,即改编自孟称舜《花前一笑》的《花舫缘》。他的剧本《新西厢》,据其父对《新西厢序》的眉批,似乎并没有完成[1]。

孟称舜与卓珂月剧作惟一可比的作品即是有关唐伯虎的《花前一笑》和《花舫缘》。此即后来流传广泛的"唐伯虎点秋香故事"。本事见《泾林杂记》。孟称舜的《花前一笑》,写唐伯虎为娶一笑留情的沈公佐的养女,不惜做沈公佐之子的佣书。卓珂月认为"易奴为佣书,易婢为养女","反失英雄本色",于是作《花舫缘》,仍改为唐伯虎卖身为奴,终娶得一笑留情的婢女。

孟、卓二人同样关注才高零落的唐寅,同样赞赏唐寅的风流才情,他们同样在剧中表达沦落的感叹:

> 梗迹萍踪。魂化了三生石上梦尘劳。喧哄。恰花开一霎树头红。文章何处哭秋风。时乖贫鬼相嘲弄。恶风波千万种。猛可里空把韶光送。[2]

> 廿载磨砻。薄命刘蕡心自懂。五穷搬弄。无缘李广数难封。抱奇文独自哭秋风。枕残书几遍掺春梦。春正永。今日个愁怀央及东君送。[3]

> 我想起半生遭际,真堪叹惋也。[沉醉东风]对佳景花娇柳宠。况良朋酒戋诗筒。猛提起命有权。才无用。说甚么笔尖儿

---

[1] 卓珂月之父莲旬在《新西厢序》的眉批中云:"此曲若成,翻尽诸名家窠臼,自有词曲以来第一奇事"。《卓珂月先生全集十六卷》,明崇祯传经堂刻本,《蟾台集》卷二。

[2] 孟称舜《花前一笑》第一折[驻马听]。《全明杂剧》,台湾鼎文书局1979年初版,第9册,第5310页。

[3] 卓珂月《花舫缘》第一出[驻马听]。《全明杂剧》,台湾鼎文书局1979年初版,第9册,第5462—5463页。

花蕊峥嵘。睡梦里飞来蛟与龙。赤凤凰喉间自涌"〔1〕。

但在对这同一题材的创作中仍表现出不同的侧重点。孟称舜更关注的是唐伯虎不遇后的自放于诗酒风流,"[祝]子畏,似你这旷世逸才,虽则数载飘零,却也出没的三春花鸟,嘲笑的五湖风月,这受用亦不减也。[生]酒不尽三月泪花红。叫不醒五夜漏声钟。说甚么云暝秋江上。且受用足花香草店中。樽空。把诗句闲调弄。途穷。趁风波无定踪"〔2〕。"满饮瑶觥。纵狂歌酒气浓。博不得玉堂上锦绣君恩重。且领取五湖边风月闲人共。说甚么江州司马。泪洒秋风。"〔3〕卓珂月则更强调人生的"哀乐依倚"〔4〕。唐伯虎虽高才沦落,但却免去了从政之苦:"[文]子畏,莫太伤怀。你虽则数载漂零,可也出没的三春花鸟,嘲笑的五湖风月。比那坐政事堂的受用得多也。[末]二兄说得是。[搅筝琶]吾何痛。且尽此杯中。拼做个地上顽仙人间衰凤。闲看旧树逞新容。可还似旧日吴侬妖宠。试遥望灵岩荒草丛。一吊娃宫。"〔5〕虽然朋友的劝慰中,只增加了"比坐政事堂的"数字,但表达的意思已有一些不同,卓珂月突出了与仕途的对比,更偏重失与得的互补。不但如此,卓珂月还进一步表现唐伯虎笑傲中亦有闲愁,他卖身为奴,费尽心机以期相见,几遍忧煎,始能成功。

---

〔1〕 卓珂月《花舫缘》第一出。《全明杂剧》,台湾鼎文书局1979年初版,第9册,第5464页。

〔2〕 孟称舜《花前一笑》第一折[得胜令]。《全明杂剧》,台湾鼎文书局1979年初版,第9册,第5311页。

〔3〕 孟称舜《花前一笑》第一折[殿前欢]。《全明杂剧》,台湾鼎文书局1979年初版,第9册,第5313页。

〔4〕 卓珂月《花舫缘春波影二剧序》。《卓珂月先生全集十六卷》,明崇祯传经堂刻本,《蟾台集》卷二。

〔5〕 卓珂月《花舫缘》第一出。《全明杂剧》,台湾鼎文书局1979年初版,第9册,第5464—5465页。

所谓"解元故笑傲,亦不免暂费闲愁"[1]。在这个剧本中,卓珂月由唐伯虎的风流韵事,不但写出自身不遇的感慨,而且表达了他对人生死生悲欢的认识。

二、孟称舜的《桃源三访》

孟称舜的杂剧作品,就风格来说,有的婉丽,有的雄爽。《桃源三访》(《盛明杂剧》此剧题名为《桃花人面》[2])可以视为其婉丽风格的代表作。

《桃源三访》剧本据唐孟棨《本事诗》中的崔护谒浆故事敷演而成。崔护清明独游,酒渴扣门求饮,与门中女子两下留情。来岁清明,崔护往寻女子不遇,题诗门上而去。后数日再至,闻门内有哭声。扣门问之,老父言其女已为崔护而死。崔请入哭之,女复活,遂成婚姻。这是《本事诗》中的故事。这个故事充满了巧合:崔护谒浆偶逢女子,是一个巧合。清明再访,家中无人,是二度巧合。女子伤心而死,崔护恰好三度来访,是又一个巧合。如此这般的巧合,正满足了戏剧的需要,故而这个脍炙人口的故事一再被改编为剧本,比如元代的白朴、尚仲贤就各有一本"崔护谒浆",明人传奇中,如《题门记》、《桃花庄》,亦演此事,可惜的是这些剧本都没有流传下来。

孟称舜《桃源三访》的剧情与《本事诗》中的故事基本一致,变化主要在三个地方:一是崔护由"举进士下第",变成了"一举进士""在

---

[1] 卓珂月《花舫缘春波影二剧序》。《卓珂月先生全集十六卷》,明崇祯传经堂刻本,《蟾台集》卷二。

[2] 《盛明杂剧》本《桃花人面》与孟称舜编辑的《新镌古今名剧柳枝集》所收《桃源三访》多有不同,曾永义《明杂剧概论》第一章"总论"对此有详细总结,如开场《柳枝集》本用楔子,由旦扮叶蓁儿唱[赏花时]及[幺]。《盛明杂剧》本则由末念[鹧鸪天]一阕,接四句七言即《柳枝集》本的"正目"。此外,两个版本的曲牌、曲词亦有许多差异。陈洪绶评点《柳枝集》中的《桃源三访》说:"桃源诸剧,旧有刻本,盛传于世。评者皆谓当与实甫汉卿并驾。此本出子塞手自改,较视前本,更为精当,与强改王维旧画图者自不同也。"肯定了《桃源三访》作为孟称舜自改本的价值。这里,我们以《柳枝集》本《桃源三访》为讨论、分析的对象。

长安候选";二是女主角有了名字,叫叶蓁儿;三是崔护在清明与叶蓁儿邂逅后,不是"绝不复至",来岁清明"忽思之,情不可抑,迳往寻之",而是"为因家中有事,回到博陵一年光景。无日无夜魂灵儿不在他身上"。三处改变,从孟称舜的角度,都是为使这个爱情故事变得更加完美。崔护不是落第举子,而是中了进士,而崔护对这段感情也颇为真诚,铭心刻骨。全剧五折,大段的抒情独唱构成了剧本的主体,充分发挥思念之情。在表现上以细腻、优美、感伤见长。

剧本对男女主人公的感情重笔描摹,力求曲尽其情。一方面注意对感情的多角度、多侧面的展现,比如第三折写崔护清明重来,在门外徘徊,即体会崔护的心情,以多个层次展开描写:欲扣门而犹豫、等待的坐立不安、欲行又止的不忍离去,直至题诗后扫兴而归。于是,崔护作为相思者的形象得到全面的刻画,他的内心感受也得到全方位的揭示。另一方面则是曲词刻画的细腻与深入。

> 俺可也捱不过恁凄凉一年春梦境。又怎禁虚值了两度冷清明。照花枝一般孤另。转花溪万种幽情。几番家目断天涯。盼不见薄倖刘生。重向溪头来问津。这些时梦扰魂惊。枉则是灯前流粉泪。水上觅残英。[1]

这是叶蓁儿的一段唱词。把心情细细地剖开,娓娓地道来。一年的伤心与期待,用"凄凉一年春梦境",用"虚值了两度冷清明"来概括,用"凄凉"、"春梦"、"虚值"、"冷"来形容。概括之后是逐一地写自己的孤单、自己的伤感、自己的盼望。"盼不见薄倖刘生。重向溪头来问津"。南朝宋刘义庆《幽明录》载:东汉刘晨阮肇到天台山采药迷路,被两个仙女邀至家中。半年后回家,亲旧零落,无复相识,子孙已过七代。故事中谈到桃树。当刘、阮二人饥馁殆亡时,见山上有桃

---

[1] 第四折[商调集贤宾]。《全明杂剧》,台湾鼎文书局1979年版,第5224—5225页。

树,食桃而饥止。明王子一有《误入桃源》杂剧,搬演刘晨阮肇天台山采药遇仙事。当刘晨阮肇再次入山访寻桃源洞不得时,曾有"桃花流水依然在,不见当时劝酒人"的诗句;太白指路时,也曾言"那桃花开处兀的不是洞门"。孟称舜在这里以一个为人熟知的、与桃花相关的典故,以刘晨比喻崔护,以刘晨的重寻桃源洞,比喻崔护的再访。然刘晨重访,却不见崔护再来。典故的运用使感情透过相关的形象间接发散,在抒情时因此平添一份含蓄与悠扬。接下来,曲子再回归到概括性的抒情:"这些时梦扰魂惊。枉则是灯前流粉泪。水上觅残英。"写自己心绪的不宁,寻寻觅觅,梦扰魂惊,泪水涟涟。虽然是总体性的描述,但每一句自述,都延伸着曲子开始时所提出的"凄凉"。

《桃源三访》的曲辞是优美的,孟称舜用他的笔为观众、为读者勾勒出美丽的画面:

> 行过了数里红香锦翠围。又则见花攒绣短篱。绿杨影里画帘垂。阶儿上软茸茸草展莎茵细。砌儿边锦菲菲花点香钿碎。野亭幽清梦长。乱云深望眼迷。这一所小村庄隔断了红尘世。俺待做避秦人与他同住武陵溪。[1]

崔护踏青来到郊外,"行过了数里红香锦翠围",是写一路上的斑斓景致。"又则见花攒绣短篱。绿杨影里画帘垂。阶儿上软茸茸草展莎茵细。砌儿边锦菲菲花点香钿碎"。走过灿烂的春色,看到开满鲜花的短篱,绿杨影中画帘低垂,阶上是软软细碎的草,边上点缀着如宝钿般的小小花朵。孟称舜以工致的笔描写着美丽多彩的画面,一座如画的庄园。"野亭幽清梦长。乱云深望眼迷",幽静的、朴拙的亭子、翻卷的云彩,萧疏的风景点染出郊野的气氛,衬托着小小庄园的如花似锦。"这一所小村庄隔断了红尘世。俺待做避秦人与他同住武陵溪",这是崔护对眼前美丽景致的感想。他感觉这所在仿佛是

---

〔1〕 第一折[油葫芦]。《全明杂剧》鼎文书局 1979 年版,第 5195—5196 页。

一个世外桃源,未见主人先已有留恋之意。

而这一份优美,在《桃源三访》中不仅来自工丽的语言,也来自平实的语言:

> 盼佳期似望梅止渴。则索恨无憀熏香独坐。坐到空庭日影矬。叶红和泪染。虫语怨情多。好一凄惶的我。[1]

这是叶蓁儿与崔护清明初次相遇后,在秋天的思念。与前面那支[油葫芦]曲相比,这支[倘秀才]文字朴实,几乎毫无修饰地倾诉着内心的感受:虚幻的佳期、不能肯定的感情,无奈、无聊、伤心、怀疑。纤细柔美的情感,在直白的语言中直接呈现出来,并使全曲表现出一种柔美的风格。曲中稍带文采的句子是"叶红和泪染。虫语怨情多"。"叶红和泪染",化用了《西厢记》"长亭送别"中的名句:"晓来谁染霜林醉,总是离人泪。""虫语怨情多"亦与前人作品有密切的关系,比如马致远《汉宫秋》第三折的名曲[梅花酒]有"夜生凉,泣寒螀;泣寒螀,绿纱窗"的曲句。《西厢记》第四本第四折的[落梅花]有"旅馆欹单枕,秋蛩鸣四野"的句子。柳永的《雨霖铃》词也说"寒蝉凄切"。"叶红和泪染。虫语怨情多",这语言本身并谈不上雕琢,但其背后所拥有的情感积累,却强化了句子本身的力量。这种对前人名作名句的化用,使读者或观众在浮想联翩中,更深刻地体会人物的感情,增加了作品的抒情含量。

孟称舜评论戏曲的婉丽之作,要求"惆怅得尽情"、"字字淹润"、"语语婉隽",《桃源三访》正体现了他的这一理论主张。

---

[1] 第二折[倘秀才]。《全明杂剧》,台湾鼎文书局1979年版,第5207页。

下 篇
南戏与传奇的创作

第一章　南戏与传奇创作综述

第一节　南戏产生的时间与地点

南戏是中国最早成熟的戏曲形式。是北宋末叶至明嘉靖末期，由最初的"温州杂剧"流布长江中下游和东南沿海各地、繁衍而成的、性质相类的民间艺术的总称。又名"戏文"。因它主要用南曲演唱，为了区别元代兴起的北曲杂剧，后人称它为"南曲戏文"，简称"南戏文"、"南曲"、"南戏"；由于南戏最早起源于浙江温州，元之前曾将所有戏剧杂伎表演形式称为"杂剧"，故早期南戏流传外地，被称作"温州杂剧"或"永嘉杂剧"（东晋置永嘉郡，隋时以永宁县改名永嘉县（今温州市），为永嘉郡治所）。南戏在长期的流布过程和文献记载中，又有"永嘉戏曲"、"温浙戏文"、"鹘伶声嗽"、"戏曲"、"南词"、"传奇"、"院本"等不同名称。[1]

关于南戏产生的时间，主要有两种意见，一是明人祝允明《猥谈》的记载：

> 南戏出于宣和之后，南渡之际，谓之"温州杂剧"。余见旧牒，其时有赵闳夫榜禁，颇述名目，如《赵贞女蔡二郎》等，亦不甚多。[2]

---

[1] 孙崇涛《南戏》。《南戏论丛》，中华书局2001年版，第71页。
[2] 《说郛续》卷46。《说郛》，清顺治四年刻本。

一是徐渭《南词叙录》里提到的看法：

> 南戏始于宋光宗朝，永嘉人所作《赵贞女》、《王魁》二种实首之，故刘后村有"死后是非谁管得，满村听唱《蔡中郎》"之句。[1]

宣和为 1119—1125 年，光宗朝为 1190—1194 年，两说相差几七十年。两种意见在现代的研究界继续发挥影响，比如张庚的《戏曲通史》即主张"南戏是在北宋末叶的南方兴起的"；游国恩的《中国文学史》则认为，"徐渭说'南戏始于宋光宗'是比较接近实际的"。但也有的学者依据古人的材料进一步提出自己的看法。钱南扬认为始于光宗朝一说不合实际，理由有三：其一，戏文的原始面目，应该是纯为民歌小曲。现在试看《南词叙录》所谓"实首之"的二种戏文，《赵贞女》虽只字无存，而《王魁》却还有佚曲十八支流传下来，在曲调方面既非民歌小曲，曲辞方面也非畸农市女的口语，决不是戏文的原始面目。倘然《王魁》戏文果出于宋光宗朝，戏文的产生应远在宋光宗以前。否则，戏文一开头，突然会有像《王魁》那样成熟的作品出现，这是不可思议的事。其二，赵闳夫做官可能在宋光宗朝。但是，一个剧种在其萌芽阶段，是不会为统治阶级所注意，并遭到禁止的，只有在他们发展壮大之后，才会出现被禁的情况。而一个剧种从产生到较为成熟至少需要几十年的时间。其三，张镃在海盐的年代，至迟应在宁宗嘉泰（1201—1204）以前，因为此后他参加了政治活动，不是"作园亭自恣"的时候了；或许更早一些，竟在宋光宗朝，倒是可能的。据《紫桃轩杂缀》所言张镃与海盐腔的关系，倘然戏文发生于宋光宗朝，其时还在村坊小戏阶段，还没有流传到外埠的条件，无法发展成为海盐腔。[2]并进而据《猥谈》的记载推论南戏的产生"应远在宣和之前"[3]。至于祝允明和徐渭的不同

---

[1]《南词叙录》，《中国古典戏曲论著集成》三，中国戏剧出版社 1959 年版，第 239 页。

[2] 参见钱南扬《戏文概论》，上海古籍出版社 1981 年版，第 22—24 页。

[3] 钱南扬《戏文概论》，上海古籍出版社 1981 年版，第 25 页。

意见,钱南扬认为:"两说相去约70年,正是南戏由原始形态的村坊小戏逐渐成长演变为较为完整的戏曲形式的过程"[1]。

关于南戏产生的地点,一般认为是温州。当然,随着各地与南戏有关材料的陆续发现,也有一些研究者提出南戏产生的多点性,认为南戏的产生不限于温州一地,而是散布在闽浙沿海一带的许多点上。比如徐朔方提出:南戏不产生于温州,而是兴起于东南各省(包括温州在内)的民间[2]。赵日和《福建南戏简论》一文认为福建南戏"是同温州南戏几乎同时绽开的并蒂之花"[3]。

宋元南戏作品流传下来的很少。据钱南扬《戏文概论》:作品名目见之记录的,共有238本,其中流传者(包括保持原貌与经过明人修改的)17本。此外,广东潮州明墓出土的明宣德写本《刘希必金钗记》,是宋元戏文《刘文龙菱花镜》旧本的改编,仍较多保留旧本的面目。严格地说,传世的宋元戏文,除收录于《永乐大典》的《张协状元》、《宦门子弟错立身》、《小孙屠》三种较多保留原始面目外,多数已经过明人不同程度的修改。

第二节 元代南戏的发展及与北剧的比较

关于元代南戏的隆衰,历史上有两种看法,一是先盛后衰,《草木子》云:"其后元朝,南戏尚盛行。及当乱,北院本特盛,南戏遂绝。"[4]一是先衰后盛,《南词叙录》云:"元初,北方杂剧流入南徼,一时靡然向风,宋辞遂绝,而南戏亦衰。顺帝朝,忽又亲南而疏北,作

---

[1] 钱南扬《宋元南戏》,《中国大百科全书·戏曲曲艺卷》,中国大百科全书出版社1983年版,第366页。

[2] 参看徐朔方《从早期传本论证南戏的创作和成书》、《南戏的艺术特征和它的流行地区》,《徐朔方集》第一卷,浙江古籍出版社1993年版。

[3] 《戏曲艺术》1984年第1、2期。

[4] 中华书局1959年版,第83页。

者蝟兴。"[1] 近代以来戏曲研究获得长足的发展,南戏在元代的状况一再被人论及,王国维曾提出南戏、杂剧并行的观点;钱南扬也曾明确写道:"自南宋初至元末,始终在民间流行不衰。"[2] 这里"盛衰说"和"并行说"实际上体现了不同的观察角度。"盛衰说"是从文人的角度来观察的,"并行说"则是一种俯视的、全面的描述。

南戏在讲唱文学高度发展的基础上,融合代言性表演而形成,但其戏剧冲突的组织、戏剧人物的塑造等均尚待改进。与元杂剧的创作主体有所不同,宋元南戏,尤其是早期南戏的作者,大多是真正的书会才人,他们读书不多,文化修养不高,创作剧本只是一种谋生手段。由于南戏作者注重的是剧本是否符合观众的欣赏口味,因而也就决定了南戏与北剧在诸多方面的不同。

首先,在剧作的内容上,因为南戏作者的创作目的就是为了娱人,为了吸引观众,所以南戏作品往往叙事性强,抒情性弱,而且南戏作者在剧中所表达的"情",也不是作者个人的"情",而是下层民众所共有的"情"。作家个人的主体意识在剧中表达的不强烈,在剧作的主要人物身上,很难看出作者本人的影子。而北剧作家,对他们来说,编写剧本既是娱人,也是自娱,因而北杂剧的故事情节相对比较简单,剧本的抒情多于叙事,剧中的人物形象,除了正色外,一般也比较单薄。同时剧本中作家的主体意识也比较强烈,在剧中人物身上,我们常常可以看到作者本人的认识与感慨。

其次,在语言上,南戏的曲文宾白,多口语俗语,俚俗无文采。而北剧的语言则表现出较高的文学性,以至王国维要赞叹"元剧最佳之处,不在其思想结构,而在其文章"。

再次,南北剧作者在身份上的差异,也带来音乐曲律上的差异。

---

[1] 《南词叙录》。《中国古典戏曲论著集成》三,中国戏剧出版社1959年版,第239页。

[2] 钱南扬《戏文概论》,上海古籍出版社1981年版,第37页。

南戏作者因为文学与艺术修养的限制,对宫调、平仄四声、韵律等没有专门的研究,其所用曲调为"宋人词益以里巷歌谣",其中多为顺口可歌的民间歌谣,它所用的词调一般也是在民间流传,未经文人改造律化过的,因此南戏没有严格的曲律,且受方言的影响,用韵混乱。而北剧作家熟悉声律韵律,在撰写剧本时重视曲律,在宫调、用韵方面均有其规范。[1]

"士大夫罕有留意者"的状况,使南戏在文学性上无法与北杂剧抗衡。南戏自身艺术品格的幼稚,使它不能获得文人阶层的认可与参与,因而也无法得到进一步的发展、提高,进而成为戏剧的主流。直到元一统后,伴随南戏、北剧的交流,这种情况才得以改变。

元灭南宋后,随着北方政治、军事力量的南移,随着文人的南下,北杂剧也迅速进入南方的城市,并形成以杭州为中心的创作群体。杂剧紧凑的形式、高度的文学性,使"语多尘下"的南戏,在相形见绌之下,在城市的舞台上,暂时退居二线。然而,作为南戏产生基础的传统文化的深厚蕴积、南戏自身形式的灵活、对北剧的借鉴、移植,以及杂剧作家对南戏创作的介入[2],使南戏的面貌发生大的改观,使南戏最终战胜北剧,成为剧坛的主流。元末明初,高明改早期南戏《赵贞女》为《琵琶记》,南戏创作出现一个新的高潮。

第三节 明代南戏向传奇的转化

伴随着南戏的发展,文学史和戏曲史上著名的传奇体裁最终在明代脱颖而出,取得了辉煌的成就。

---

[1] 有关南戏与北剧的差异,参见俞为民《论宋元南北戏曲之异》,《南京大学学报》2001年第1期。

[2] 《录鬼簿》卷下:"萧德祥……以医为业,号复斋。凡古文俱隐括为南曲,街市盛行。又有南曲戏文等。"《录鬼簿(外四种)》,上海古籍出版社1978年4月版,第90页。

谈论南戏向传奇的转化,首先就涉及到"南戏"与"传奇"的界说,一般认为传奇由南戏发展而来。关于明代南戏与传奇的发展演化,研究者的意见则有不小的分歧,或以嘉、隆之交为传奇的真正形成(孙崇涛《明人改本戏文通论》,收入《南戏论丛》,中华书局 2001 年出版);或以成化至正德年间为传奇的开端,明初至成化、正德年间则为南戏向传奇的演进期(徐扶明与孙崇涛信,《南戏论丛》之《关于"南戏"与"传奇"的界说》附录;郭英德《明清传奇史》也从成化谈起,认为传奇兴起于成化至万历年间)。

这里我们将以嘉靖为界,论述明代南戏向传奇的转化,即从明初至嘉靖为南戏向传奇的转化期;从隆庆至明亡为传奇创作的繁盛期。所以这样划分,主要有几方面的原因:从哲学思想来看,王阳明学说在明代对文学创作,包括戏曲创作有重要的影响。而王阳明学说在隆庆年间初步得到朝廷的承认(嘉靖时心学虽在江南士人中广为流行,但嘉靖初被朝廷定为伪学后一直没有平反)后,其影响更为巨大。就戏曲创作自身而言,传奇的形式体制由此完备;传奇作者,在隆庆以后呈现活跃的状态。在演出方面,家班的演出是明代戏曲演出的重要一环,而家班的特盛也在万历至明末阶段。

从明初到嘉靖,是南戏向传奇的转化期。在宋元南戏的基础上,从明初到嘉靖,南戏进一步发展,各种声腔剧种在民间纷纷兴起。成书于嘉靖年间(嘉靖三十五年,公元 1556 年)的《南词叙录》称:

> 今唱家称弋阳腔,则出于江西,两京、湖南、闽、广用之;称余姚腔者,出于会稽,常、润、池、太、扬、徐用之;称海盐腔者,嘉、湖、温、台用之。惟昆山腔止行于吴中,流丽悠远,出乎三腔之上,……。[1]

---

[1]《南词叙录》。《中国古典戏曲论著集成》三,中国戏剧出版社 1959 年版,第 242 页。

海盐腔因形成于浙江海盐而得名,大约产生于元末。入明后,逐渐盛行。嘉、隆间人何元朗在他的《四友斋丛说》中,即曾谈到海盐腔的流行:"近日多尚海盐南曲,士夫禀心房之精,从婉娈之习者,风靡如一,甚者北土亦移而耽之,更数世后,北曲亦失传矣。"[1]余姚腔因形成于浙江余姚而得名,渊源待考。弋阳腔产生于江西弋阳,至迟在元代后期已经出现。二者在民间都有着广泛的影响。据《南词叙录》,当时余姚腔已从浙江流传到江苏省和安徽省南部等地。弋阳腔较余姚腔更为通俗,是活跃于民间的一个重要声腔,从明初到嘉靖,北京、南京、江西、安徽、福建、广东、湖南、云南、贵州等地都已有其足迹。伴随着声腔的流传,剧本亦不断产生,这种剧本不同声腔是可以改调而歌的。也就是说,一个剧本可以被不同的声腔演出。

把"南戏"与"传奇"不看做名词的转换,而谈论南戏向传奇的演化,是因为南戏与传奇之间确实存在一些差异。

一般来讲,南戏剧本主要由艺人和书会才人来完成,它的演出对象主要是乡村、城坊的民众。南戏的题材较多表现家庭伦理和婚姻问题。南戏剧本的体制不很规范,语言朴素俚俗,在音乐和表演上也带有较大的随意性。传奇剧本的创作主体是文人,它即是为舞台演出而作,同时也有大量作品是作为个人抒情言志逞才的手段而创作的。它既演奏于民间戏台,也搬演于文人的雅座之上。在内容上,传奇表现出对现实、历史的关切,对作者个性、情感的张扬。同时,传奇剧本在体制上也表现出规范化的特点。在脚色扮演方面,亦较宋元、明初的南戏有所突破。南戏基本使用"生旦净丑外末贴"的七种脚色体制,传奇则从"生旦为主"中,分化出"小生"、"小旦"之类。[2]

总之,在元末明初的高明将《赵贞女》改写为《琵琶记》后,南戏剧

---

[1] 何良俊(元朗)《曲论》。《中国古典戏曲论著集成》四,中国戏剧出版社1959年版,第6页。

[2] 参见孙崇涛《南戏论丛》,中华书局2001年版,第128—130页。

本开始了一个逐步向文人创作转化、写作日益规范化的时期。随着南曲在民间的日益流行,越来越多的文人染指南曲创作。他们在南戏的基础上,从整理、改编已有戏文入手,吸取北曲杂剧的优点,最终确立了传奇体制。同时他们也以自己的写作使传奇剧本的语言越来越文雅,在多方面显示出浓厚的文人审美趣味。

第四节　传奇创作的繁盛

经过前一时期剧作家们的努力,隆庆以后的传奇创作,进入了一个蓬勃发展的时期。传奇剧本的体制已然确定:首先剧本不再标题目:南戏剧本在开始处常以韵语四句来总结剧情,最后一句则包含剧名,比如"李琼梅设计丽春园,孙必贵相会成夫妇,朱邦杰识法明犯法,造盆吊没兴小孙屠",这是"永乐大典戏文三种"《小孙屠》的题目,最后一句包含剧名。传奇剧本则不再用题目,而将题目变成了副末开场后的四句下场诗。其次是剧本的"分出标目"。宋元戏文剧本是不分出或折的,1957年广东潮安西溪墓葬出土的明宣德六七年间(1431—1432)写本《刘希必金钗记》戏文,分成六十七出,是现在所能见到的最早的分出剧本,但尚未标目。而1967年发现的明成化间(1465—1487)北京永顺堂书坊刻本《白兔记》戏文,仍然不分出,可见此时剧本分出还未形成定例。此后,嘉靖二十六年(1547)刻本李开先《林冲宝剑记》和嘉靖二十七年(1548)苏州坊刻巾箱本《琵琶记》则皆分出,然尚无出目。嘉靖三十二年(1553)刻本戏曲选集《风月锦囊》所收剧本散出,已多有标目。说明此时对剧本分出标目已渐成风气。现存最早的分出标目的完整剧本,是嘉靖四十五年丙寅(1566)刻本《荔镜记》,分五十五出,每出有整齐的四字目。再次是"分卷"。宋元戏文本不分卷,分卷体例的出现和定型大约也在嘉靖年间,如李开先《宝剑记》、嘉靖苏州刻本《琵琶记》、嘉靖刻本《荔镜记》等,皆已分卷。第四是每出后的四句下场诗被普遍采用。[1] 同时,剧作者对音乐格律日益重视。南戏的格律原本相当自由,所谓"本无宫调,亦罕节奏"[2];其用韵也颇为随意。但万历以后,传奇创作渐渐讲究韵律的严谨。此外,传奇较南戏的角色体制亦有所发展。

这一时期文人士大夫纷纷参加传奇剧本的写作,作家作品数量众多,"曲海词山,于今为烈"[3]。仅以吕天成的《曲品》为例,在其所收录的二百余种南戏、传奇作品中,绝大部分都属于这一时期。在层出不穷的作品中,优秀的、富于影响的作品一再出现。如汪廷讷、叶宪祖、顾大典、徐复祚、许自昌、冯梦龙、范文若、吴炳、孟称舜、阮大铖诸作家;如《绣襦记》、《玉簪记》、《红梅记》、《狮吼记》、《鸾鎞记》、《青衫记》、《红梨记》、《水浒记》、《双雄记》、《万事足》、《花筵赚》、《梦花酣》、《鸳鸯棒》、《西楼记》、《绿牡丹》、《疗妒羹》、《西园记》、《娇红记》、《春灯谜》、《燕子笺》诸作品。其中汤显祖和沈璟更是在戏曲史上占有重要地位的作家。汤显祖的"临川四梦"代表了明传奇写作的最高成就,其对真情、至情的歌颂,曲折的情节,优美的语言,深深影响着后来的戏曲作者。沈璟对声律的重视、对本色的提倡,得到当时及身后不少剧作家的响应,形成了中国戏曲史上第一个真正意义上的流派——吴江派。

也是在这一时期,传奇创作的理论研究——无论是曲谱的写作,如沈璟的《南九宫十三调曲谱》,还是作品的著录、品评,如吕天成的《曲品》、祁彪佳的《远山堂曲品》,还是理论著述,如王骥德的《曲律》,均取得了很大的进展。

隆庆以后,传奇剧本不但确立了自己的形式体制,而且迎来了创作的繁盛期。

---

[1] 参见郭英德《明清传奇史》,江苏古籍出版社1999年版,第53—55页。
[2] 徐渭《南词叙录》。《中国古典戏曲论著集成》三,中国戏剧出版社1959年版,第240页。
[3] 沈宠绥《度曲须知》上卷"曲运隆衰"。《中国古典戏曲论著集成》五,中国戏剧出版社1959年版,第198页。

第二章　宋元南戏的创作

第一节　从《张协状元》到《宦门子弟错立身》、《小孙屠》

现存的《张协状元》剧本,研究界一般认为产生在宋代,但对具体年代却意见不一。有人认为"它是一本南宋中期的戏文"[1]。因《张协状元》剧首明确说明是九山书会根据流传的旧本改编而成,故其时间似不可能在宋光宗朝以前。而《宦门子弟错立身》和《小孙屠》则应为元人的创作[2]。从《张协状元》到《错立身》到《小孙屠》,由于南戏与北剧的日益融合、由于文人作家的逐步参与,剧本无论在艺术表现上,还是在内容主题方面都发生了不少变化。

在内容方面。爱情婚姻家庭是南戏剧本的重要主题,但对这一主题的表现,在南宋和在元代却有着不同的侧重点。在南宋时期,婚变负心是人们关注的话题。关于这一现象的产生根源,它与宋代科

---

[1] 孙崇涛《宋元南戏简论》,《南戏论丛》,中华书局2001年版,第81页。
[2] 关于"永乐大典戏文三种"的时代,钱南扬先生在其《永乐大典戏文三种校注前言》中说:"这三本戏文,《张协状元》时代最早,盖是戏文初期的作品,……其次是《错立身》,……当出宋人手无疑,……盖作于金亡之后,宋亡之前这段时间之内。其次是《小孙屠》。"中华书局1979年版,第1—2页。廖奔、刘彦君《中国戏曲发展史》第二卷云:"宋元戏文今天见到存本的一共有十七种,……在这十七种里,除《张协状元》是宋代作品以外,其他大约都是元人创作。"山西教育出版社2000年版,第358—359页。

举状况的关系,很多学者已经做出了阐述。虽然唐宋两代都实行科举取士制度,但两者的情况却有很大的不同。唐代科举考试诸科目中,进士科最受推重,每次录取一二十人,最多时一榜不超过五十人。而宋代每次录取的人数是上百人,最多曾达四五百人。不但如此,唐代考中进士只是有了出身,若要得到官职,还须通过吏部的选试。宋代只要通过了考试,马上就可以做官。所谓"我贵我荣君莫羡,十年前是一书生",所谓"朝为田舍郎,暮登天子堂"就是这种社会现象的反映。通过科举考试改换了身份的士子,马上成为官员们择婿的对象,由于双方都想通过婚姻进一步巩固自己的政治地位,于是抛弃糟糠之妻,重结连理,便成为当时一个引人注目的问题,也成为紧紧贴近民众的南戏的表现对象。早期南戏如《王魁负桂英》、《赵贞女蔡二郎》均表现文人负心题材。

《张协状元》也是一本负心剧。剧本写书生张协上京应试,路遇劫匪,不但钱财被抢去,而且被打得满身是血。借宿古庙,得到贫女的照顾,遂与贫女结为夫妻。贫女为张协筹得考试的路费。张协考中状元,宰相王德用想招他为女婿,被拒绝,王德用之女胜花抑郁而死。贫女进京寻夫,被张协赶出,乞讨而归。王德用为报复张协,得知张协授梓州金判,便请求出判梓州,做了张的上司。张协上任路上,路过五鸡山,刀劈贫女,幸未丧命,被经过此地的王德用收为义女,一同前往任所。王到梓州后,张参谒,王拒不见。最后张协请谭节使调停,仍把义女嫁给张协,夫妻团圆。

元灭南宋,南北统一以后,南戏中表现爱情婚姻的剧作,在关注点上发生了明显的变化,对坚贞爱情的正面肯定、对士子形象的颂扬成为创作的中心。《宦门子弟错立身》写豪门出身的延寿马与戏剧演员王金榜的爱情故事。金朝河南府完颜同知的儿子延寿马,爱上了东平散乐王金榜,瞒着父亲招王金榜来书房私会。结果被父亲发现。其父大怒,立即将王金榜一家驱逐出境,把延寿马禁闭起来,命狗儿都管监视。狗儿都管可怜延寿马,放他跑掉。延寿马历尽艰辛,终于找到了王金榜,加入他们的剧团。完颜同知奉旨为河南采访,来到某地,偶尔招剧团演戏解闷,与儿、媳相遇。完颜同知不得不承认既成事实,于是一家团圆。剧中的男主角延寿马就是以读书士子的身份登场的:

> [粉蝶儿]积世簪缨,家传宦门之裔,更那堪富豪之后。看诗书,观史记,无心雅丽。乐升平,无非四时佳致。
>
> (白)自家一生豪放,半世疏狂。翰苑文章,万斛珠玑停腕下;词林风月,一丛花锦聚胸中。神仪似霁月清风,雅貌如碧梧翠竹。拈花摘草,风流不让柳耆卿;咏月嘲风,文赋敢欺杜陵老。自家延寿马的便是。[1]
>
> 老夫见任西京河南府完颜同知。家中有一子延寿马,每日教他攻书。[2]

在剧本里,延寿马为了爱情,不惜与父亲决裂,放弃自己舒适的生活,追随所爱的人加入戏班:

> [乐安神]一从当日,心中指望燕莺期。功名不恋待何如?拼却和伊抛故里。不图身富贵,不去苦攻书,但只教两眉舒。
>
> [六么序]一意随它去,情愿为路岐。管甚么抹土擦灰,折莫擂鼓吹笛,点拗收拾。更温习几本杂剧,问甚么妆孤扮末诸般会,更那堪会跳索扑旗。只得同欢共乐同鸳被,冲州撞府,求衣觅食。
>
> [尾声]我和你同心意,愿得百岁镇相随,尽老今生不暂

---

[1] 钱南扬《永乐大典戏文三种校注》,《宦门子弟错立身》第二出,中华书局1979年版,第221页。

[2] 钱南扬《永乐大典戏文三种校注》,《宦门子弟错立身》第三出,中华书局1979年版,第226页。

离。[1]

引起这种变化的主要原因,一是元代科举考试的长期停开,使"脱下布衣换紫袍"仅仅成为回忆,负心题材被关注的土壤不复存在;一是创作过程中文人因素的渗透。《错立身》是南戏北剧交流的产物,它由金代院本被改编为元杂剧,又由元杂剧再改编为南戏[2],在某种意义上,它已不仅仅是南戏书会才人的创作,而是包含了浓浓的文人意识,肯定了文人对爱情的追求。

《小孙屠》的创作一般认为晚于《错立身》。剧写开封不得志的文人孙必达,上有老母,下有兄弟必贵。一日游春,遇到卖酒的妓女李琼梅,一见倾心,为她脱籍,并娶她为妻。必贵劝其勿娶妓女,不听。必达终日饮酒,常在醉乡,夫妻感情不好。琼梅的旧相识、开封府令史朱邦杰遂乘机而入。一日,孙母与必贵一起去东岳还乡愿,必达送母弟上路,次日方回。李琼梅与朱令史乘机杀死婢女梅香,割去首级,扮成琼梅,而将真琼梅藏起,朱则告发必达杀妻。必达被下狱,屈打成招。孙母还愿后死去,必贵携带骸骨回家,方知哥哥被下狱。后必贵为救哥哥,又被朱令史陷害,作为杀人正犯捉拿,盆吊而死。必达去收尸,必贵苏醒,二人回家途中巧遇琼梅,真相大白。遂将李琼梅、朱邦杰扭到包公处,李、朱二人被凌迟处死。剧本表现的重点在家庭伦理、兄弟之情。这和元杂剧创作晚期对道德伦理的关注表现出一致性。

在艺术表现方面,从《张协状元》到《错立身》到《小孙屠》亦显现着一系列的变化。首先,从《张协状元》到《错立身》和《小孙屠》,无谓的插科打诨明显减少。其次,《张协状元》的曲词更俚俗,而《错立身》、《小孙屠》的曲词语言更诗化,比如《张协状元》中张协路途跋涉

---

[1] 钱南扬《永乐大典戏文三种校注》,《宦门子弟错立身》第三出,中华书局1979年版,第232页。

[2] 参见廖奔《宋元戏曲文物与民俗》,文化艺术出版社1989年版,第384页。

时的唱词云:

[望远行]乡关渐远,剑阁峥嵘巅险。不惯行程,愁闷怎消遣!时听峭壁猿啼,何日得归帝辇?步云衢称人心愿[1]。

[七娘子]朔风四野云垂地,向长空六花飞坠。独上高山,全无力气,奔名奔利直如是[2]。

《错立身》中写王金榜一家跋涉的唱词则是:

[八声甘州]子规两三声,劝道不如归去,羁旅伤情。花残莺老,虚度几多芳春。家乡万里,烟水万重,奈隔断鳞鸿无处寻。一身,似雪里杨花飞轻。

[同前换头]艰辛,登山渡水,见夕阳西下,玉兔东生。牧童吹笛,惊动暮鸦投林。残霞散绮,新月渐明,望隐隐奇峰锁暮云。泠泠,见溪水围绕孤村。

[解三酲]奈行程路途劳顿,到黄昏转添愁闷。山回路僻人绝影,不觉长叹两三声。望断天涯无故人,便做铁打心肠珠泪倾。只伤着,蝇头微利,蜗角虚名[3]。

《小孙屠》中孙必达踏春时唱道:

[锦衣香]傍柳边莺飞,度小桥,临绿水。一簇魏紫姚黄,竞舒罗绮。海棠枝上染胭脂,是谁家院宇?燕子来去,引青春浪子,小苍头斗草携垒。看双双秋千架起,粉墙阴笑声鼎沸[4]。

---

[1] 钱南扬《永乐大典戏文三种校注》,《张协状元》第七出,中华书局1979年版,第40页。

[2] 钱南扬《永乐大典戏文三种校注》,《张协状元》第九出,中华书局1979年版,第49页。

[3] 钱南扬《永乐大典戏文三种校注》,《错立身》第九出,中华书局1979年版,第239页。

[4] 钱南扬《永乐大典戏文三种校注》,《小孙屠》第二出,中华书局1979年版,第261—262页。

孙必贵与母亲还愿路上的唱词是：

[望远行]离了故乡,跋涉崎岖劳攘。水宿风餐,旅况怎消遣?那日方离家乡,回首家乡怎想?且缓步徐徐行上。

[四犯腊梅花]高山叠叠途路长,何时得到东岳殿,赛还心愿一炉香也?人寂寂,奴悽惶,相随只有儿共娘。奔波在旅邸,满眼是山花夹岸傍。路上逢花酒,自徜徉,一程管教分作两程行。

[同前]暮宿村店朝又往,宽心放怀休惆怅,拜还心愿一炉香也。身康健,回故乡,朝行暮止儿共娘。一心愿得学,拜舞彩衣堂上[1]。

相比之下,《错立身》的唱词最为优雅,这可能与它改编自杂剧有关。《小孙屠》比《张协状元》稍有文采。而《小孙屠》剧中的南北合套,更向世人昭示着南戏与北剧的融合,体现着南戏在音乐上的变化。

此外,就剧本的形象塑造而言,《张协状元》对人物的塑造尚不够清晰,而《小孙屠》中的人物便已鲜明、丰满的多了,尤其是李琼梅的形象刻画更值得肯定。《小孙屠》的作者是从"水性从来怎由己"[2]出发,来理解塑造李琼梅的形象的。她虽然追求爱情幸福,但是终究本性难移,重踏烟花老路。作者成功地刻画了李琼梅作为一个从良妓女,她内心的复杂变化。在剧本的前八出中,作者着重表现的是李琼梅对真诚爱情的渴望,和对风尘生涯的厌倦:"自怜生来薄命,一身误落风尘。多想前缘悭福分,今世夫妻少至诚,何时得称心?"[3]"懒能临掠乌云鬓,慵点绛唇。对谩当垆效文君,何时遇得知音?一

---

〔1〕 钱南扬《永乐大典戏文三种校注》,《小孙屠》第十二出,中华书局1979年版,第303—304页。

〔2〕 钱南扬《永乐大典戏文三种校注》,《小孙屠》第八出,中华书局1979年版,第281页。

〔3〕 钱南扬《永乐大典戏文三种校注》,《小孙屠》第三出,中华书局1979年版,第265页。

片至诚心,奈何天也不由人。"[1]她叹息自己薄命,误落风尘之中。她学文君当垆卖酒,希望能遇到一个意中人,帮助自己脱离苦海,过上正常人的生活。这两段曲词通过对她内心情感的抒写,表达出一种希望和追求、悲观和焦急相交织的心境。她焦急地询问:"何时得称心?""何时得遇知音?"她绝望地喟叹:"奈何天也不由人。"李琼梅是带着憧憬从良的。她决非在从良之初便想到要背叛自己的丈夫,要杀人。"奴自小良人女,谢君家提携到这里。不弃取甘为箕帚,只愿尽老连理。和你,共谐百岁直到底,更无二心三意"[2]。这便是她的心声,其中既有对孙必达的感激,也有对未来生活的希望。她是希望与孙必达和谐百岁的,这也强调了作者"不由己"的思想。当孙必贵以烟花妓女从来水性为由,对她表示怀疑时,李琼梅委屈地替自己辩护:"叔叔好不傍道理,奴元是好人儿女。坠落烟花怎由己?将奴骂泪珠偷滴。"[3]这里,尽管作者是将孙必贵作为一个有识见的人物来描写,但却也从一个侧面说明了妓女从良的不易。第九出是全剧中很重要的一环,是全剧的一个转折点,也是李琼梅形象塑造中不可或缺的一笔。正是在这出戏中,由李琼梅对自己内心感受的倾诉,才使观众进一步认识到这一人物的复杂性、悲剧性。李琼梅在这出戏中屈服于邪恶,走上了毁灭的道路,完成了她的"水性"的形象。第九出的前半部分主要是李琼梅的抒情独唱。李琼梅嫁给孙必达以后,孙必达每天沉湎于酒,"沉醉如泥",使李琼梅终日独处。作者较为细致地刻画了李琼梅此时失望的心情,富于层次:

[梁州令]一对鸳凤共宴乐,恨连日抛弹。这冤家莫竟信习

---

[1] 钱南扬《永乐大典戏文三种校注》,《小孙屠》第三出,中华书局1979年版,第266页。

[2] 钱南扬《永乐大典戏文三种校注》,《小孙屠》第八出,中华书局1979年版,第281页。

[3] 钱南扬《永乐大典戏文三种校注》,《小孙屠》第八出,中华书局1979年版,第281页。

唆,把奴家,恩和爱,尽奚落。

[梧桐树]思量闷上心,人去无踪影。悄似随风柳絮无凭准,却与旧日心不应。误我良宵寂寞守孤灯,数尽更筹夜长人初静,教人恨杀活短命。[1]

她怨孙必达的"连日抛弹",对于孙必达的行踪无定感到深深的失望。她甚至有些后悔,唱出了"误我良宵寂寞守孤灯"的曲句,这确实是一种危险的情绪,为以后与朱邦杰的鬼混做下了铺垫。《小孙屠》的作者在李琼梅的抒情独唱中安排了孙必达酒醉回家,归家便睡的细节,从而更进一步加深了李的失望,也向观众形象地说明了使李失望的现实,使李琼梅的大段抒情具有了现实的基础。戏剧的动作应是构成剧情的一个有机部分,并能够推动剧情向前发展。孙必达的"睡"的动作便是这样一种动作,它既是剧情的组成部分,也是推动剧情开展的因素。正是由于孙必达的这一行动,才更触发了李琼梅的感慨,引出了一大段抒情独唱。作者在这里采用南北合套的形式来表现李琼梅此时怨恨与自怜相交织的心情。她首先是怨孙必达的"每日上小楼沽美酒","吃酒沉醉扶归","教奴自守孤帏"。接着又自怜自己的长夜无眠,只影孤凄。而后又是对孙必达的不攻书和"朝朝不至""担阁了少年夫妻"的指责。进而表达自己幻想破灭后对现实的失望,在失望中更夹杂着对自己的怜惜:"念奴娇媚,奴风韵,奴佔俙,谁和我手同携。"[2]在难以排解的愁闷中,她大声发问:"谁同鸳燕期?谁展鸳鸯被?谁双斟鹦鹉觞?谁匹配鸾凤对?"[3]在这一连串的反问中,李琼梅的心境已发生了变化,自怜为不满所代替,句句透露着

---

[1] 钱南扬《永乐大典戏文三种校注》,《小孙屠》第九出,中华书局1979年版,第284—285页。

[2] [南曲犯衮]。钱南扬《永乐大典戏文三种校注》,《小孙屠》第九出,中华书局1979年版,第286页。

[3] [北曲雁儿落]。钱南扬《永乐大典戏文三种校注》,《小孙屠》第九出,中华书局1979年版,第286页。

怨望。正是在这种极度失望的情况下,朱邦杰出现了。李琼梅不能拒绝朱的引诱,最终走上了老路,并且因奸情而杀人,自身也在案情大白后被杀。李琼梅的一生确乎是一场悲剧,而这场悲剧在她一出场时便开始了。

当代言体表演与讲唱文学融合为南戏时,作为一种戏剧,南戏在艺术上还有待于完善。《张协状元》剧本便体现了这一点,说唱的痕迹、随时随地的插科打诨,使剧本稍嫌粗糙。它更多的时候是为戏剧史研究、为南戏研究提供史料。而《错立身》、《小孙屠》则体现了南戏在元一统后的发展,透露着文人在南戏变化中的作用。

第二节 四大南戏

"四大南戏"指《荆钗记》、《白兔记》、《拜月亭》、《杀狗记》,简称"荆、刘、拜、杀"。这是元末明初南戏的代表作,也是在明清两代的戏曲舞台上一直非常活跃的四个剧本。"元明以来,相传院本上乘,皆曰荆刘拜杀","乐府家推此数种,以为高压群流"[1]。

《荆钗记》,作者为谁,至今众说不一,一般以为是元末柯丹邱所作。《南词叙录·宋元旧篇》著录作《王十朋荆钗记》。现存版本中以明嘉靖姑苏叶氏刻本《影钞新刻原本王状元荆钗记》较接近古本。《拜月亭》,相传为元人施惠作。《永乐大典目录》题为《王瑞兰闺怨拜月亭》,《南词叙录》作《蒋世隆拜月亭》,今存版本中以世德堂本《新刊重订出相坿释标注拜月亭记》较接近古本。《白兔记》,永嘉书会才人编。《南词叙录》做《刘知远白兔记》,今存本中以出土成化本最为接近元代《白兔记》面貌。《杀狗记》,相传为元末明初人徐㫤所作。《永乐大典目录》作《杨德贤妇杀狗劝夫》,《南词叙录》作《杀狗劝夫》。全本今唯存明末汲古阁本,但可能以《风月锦囊》摘汇本更近原貌。

---

[1]《曲海总目提要》卷四。天津古籍书店1992年版,第139页。

"四大南戏"中的三个剧本都有传说中的作者,虽不能确指,但传说中作者的存在,正强调着文人在写定过程中的作用。而这些剧本在内容和形式上也体现了南戏发展、变化的脚步。

《荆钗记》、《拜月亭》均反映士人的爱情与婚姻,但在创作主旨上却与宋代南戏《王魁》、《赵贞女》、《张协状元》等表现出根本的不同。与《王魁》、《赵贞女》、《张协状元》等剧谴责文人的负心不同,《荆钗记》和《拜月亭》都肯定了文人在科场得意后对爱情的坚贞,赞扬了他们的高尚情操。

《王状元荆钗记》写书生王十朋和财主孙汝权均向钱玉莲求婚。钱玉莲看重王十朋的才华,选择了王十朋的荆钗。婚后,王十朋离家去参加科举考试,并得了状元。却因拒绝万俟丞相的招赘,被派到烟瘴之地潮州去做官。而他写给玉莲的家书,又被孙汝权改为休书。于是继母逼迫玉莲改嫁,玉莲不从,投江自尽,为福建安抚钱载和所救。王十朋听到玉莲的死讯,誓不再娶。最后二人在钱安抚舟中因荆钗而相认,夫妇团圆。

据《紫桃轩杂缀》和《瓯江逸志》的记载,王十朋的故事本是一个与"王魁"、"赵贞女"一样的负心故事:王十朋抛弃钱玉莲,钱玉莲自杀。但我们今天看到的本子已全然是一个忠贞爱情的颂歌了。

《拜月亭》据元关汉卿《闺怨佳人拜月亭》杂剧改编而成。剧写金之左丞相陀满海牙因主战而遭灭门之祸。其子陀满兴福为书生蒋世隆所救,结为兄弟。敌军入侵,逃难途中,世隆和妹妹瑞莲失散,与尚书王镇之女瑞兰邂逅,结为夫妻。瑞莲则被王夫人收为义女。后来,出使回来的王镇在旅店遇到瑞兰,不愿女儿与穷书生为妻,强行将女儿带走。又遇夫人和瑞莲,王镇一家团圆。瑞兰思念丈夫,焚香拜月,被瑞莲发现,方知彼此是姑嫂。朝廷开科取士,蒋世隆、陀满兴福分别考取文武状元,王镇奉旨招婿,夫妻兄妹团圆。

很明显,这两个剧本对爱情的表现,在思想倾向上与《错立身》是一致的。

《杀狗记》写孙华受人挑拨,将兄弟孙荣赶出家门。孙华妻杨氏为了劝告丈夫,杀狗后扮成人的尸体,放在门外。孙华酒醉归来,大惊,急请狐朋狗友帮忙,可所谓的朋友,不但不帮忙,还向官府告状。只有他的兄弟孙荣帮助埋尸,并主动承担杀人罪名。真相大白后,兄弟和好如初。剧本宣扬孝悌观念,其主旨与《小孙屠》接近,表现出对家庭关系、家庭伦理的关注。《白兔记》写刘知远由流浪汉而成为皇帝的故事,属于在民间颇受欢迎的发迹变泰题材。

就内容而言,"荆、刘、拜、杀"四个剧本既贴近民间,又显示出文人对南戏写作的渗透。

"荆、刘、拜、杀"四大南戏在情节安排、人物塑造、语言等方面取得了诸多的成绩,对后来的南戏、传奇创作影响深远。这里,我们仅以《拜月亭》为例,稍作分析。《拜月亭》全剧的情节结构颇为复杂,剧情围绕蒋世隆与王瑞兰,陀满兴福与蒋瑞莲两组人物展开,以蒋世隆与王瑞兰的聚散为主要矛盾,陀满兴福和蒋瑞莲的悲欢穿插其间。随着剧中矛盾冲突的发展,情节几度转换,几条线索分分合合,繁而不乱。剧本的开始,蒋世隆与妹妹瑞莲、陀满兴福、王瑞兰分别构成三条线索;乱离中,瑞兰、世隆组成一条线索,瑞兰母与瑞莲构成一条线索,陀满兴福为一条线索;瑞兰被迫离开世隆后,剧情基本由两条线索推进,一是瑞兰与瑞莲,一是世隆与陀满兴福,最终两两团圆。以多组人物、多重线索来组织剧情,是日后南戏、传奇创作中重要的结构方式,《拜月亭》的成功,为剧作者提供了富有参考价值的经验。

南戏《拜月亭》虽由关汉卿的杂剧改编而来,但在人物塑造上仍有自己的独到之处。比如第二十五出"世隆成亲",这是一段南戏独有的情节。瑞兰与世隆虽一路结伴逃难,却并未结婚。直到战事平息,蒋世隆才在小酒店里开始了他的求婚。他一再劝瑞兰饮酒,他要店主打扫一间房,铺着一张床,他反复以言语打动瑞兰,但瑞兰则一再拒绝、推脱:

耽烦受恼岂容易,共伊得见今朝。有分忧愁,无缘恩爱,何时了?(旦)他那长吁短叹,我心自晓。(生白)正要娘子晓得。(旦唱)有甚真情深奥?理法所制,人非土木,待说也难道。[1]

(旦白)慌慌逃难离京畿,此情惟有老天知。半路偶逢君问妹,中途一路得提携。指望送奴归故里,谁知逼我做夫妻。你是读书君子行正道,休惹傍人说是非。(生)此等言语谁向说?不记当初相会时,同行亲许我佳期。今日伴羞推不肯,不记旷野念毛诗?(旦)我没有说甚么。(生)"窈窕淑女,君子好逑,"不是你说?(旦)彼时当要说的。(生)你当要,我当真。[2]

剧中瑞兰的婉拒与回避,写出了女主人公的羞涩;蒋世隆的执著展示着他的深情与热烈。两位主人公的性格因此得到更丰富的表现。再比如"瑞兰拜月"一出,瑞莲走后,关汉卿的杂剧直接写瑞兰的烧香祝愿,南戏则在此处增加了瑞兰拜月,发觉有人影相照,转身寻找,瑞莲躲开的细节。由这个细节突出瑞兰内心的紧张,透过她的小心翼翼,写出她的深情、无奈与不自由。人物塑造的细致与生动,是《拜月亭》的一大成就,也是南戏艺术进步的重要表现。

南戏《拜月亭》的语言平易自然:

三更漏转,寒雁声嘹呖。半明灭灯火归昧,寻思他这般沉疾,这般狼狈。相逢到今,到今吉凶未知。冷落空房,饮食谁调理?床儿怎生,怎生独自个睡。[3]

这是瑞兰离开世隆,随父亲来到驿站,夜不成寐时的唱词。没有刻意的装饰,也没有鄙俗的气息。"三更漏转,寒雁声嘹呖。半明灭灯火归昧"。更漏声、深夜大雁的叫声、闪烁、昏暗的灯光,淡淡几笔,勾勒

---

[1] [绛都春]。《全元戏曲》第九卷,人民文学出版社1999年版,第493页。
[2] 《全元戏曲》第九卷,人民文学出版社1999年版,第495页。
[3] 第二十九出"驿中相会"[销金帐]。《全元戏曲》第九卷,人民文学出版社1999年版,第510页。

着凄凉、孤寂的氛围。其中忧郁的色彩,使直白的语言平添诗意。而漏声、雁鸣、孤灯也由眼前的景致,委曲道出瑞兰的心境。接下来是直诉心中所想:"寻思他这般沉疾,这般狼狈。相逢到今,到今吉凶未知。冷落空房,饮食谁调理?床儿怎生,怎生独自个睡。"是感慨,是担心,是悬想,是牵挂,平易中体贴人情,道出瑞兰心中的思念与痛苦。

南戏《拜月亭》剧本曲词的平易宛转、自然天成,赢得了后人的由衷赞叹。在明代,关于《拜月亭》、《琵琶记》的孰优孰劣曾有一番争论。而推崇《拜月亭》的理由之一,就是语言的平易:"余谓其(《拜月亭》)高出于《琵琶记》远甚。盖其才藻虽不及高,然终是当行。……他如《走雨》、《错认》、《上路》、馆驿中相逢数折,彼此问答,皆不须宾白,而叙说情事,宛转详尽,全不费词,可谓妙绝。"[1]吕天成《曲品》把《拜月亭》和《琵琶记》均列入"神品",并认为"元人词手,制为南词天然本色之句,往往见宝,遂开临川玉茗之派"[2]。

应该说,"荆、刘、拜、杀"四大南戏的成功,与《琵琶记》一起,提高了南戏在曲坛的地位,彰显着南曲创作的生命力。

第三节 高明的《琵琶记》

高明,字则诚,号菜根道人,温州永嘉人。今人推断其弟高旸生于至大元年(1308),故高明的生年或距此不远。卒年则有至正十九

---

[1] 何良俊《曲论》。《中国古典戏曲论著集成》四,中国戏剧出版社1959年版,第12页。

[2] 吴书荫《曲品校注》。中华书局1990年版,第165页。

年(1359)说〔1〕和明初说〔2〕。高明至正四年(1344)中乡试,次年中进士,此时他已四十岁左右。中举后多次出任地方小官。约在至正十六年(1356)后隐居于宁波栎社,以词曲自娱,《琵琶记》可能就是这时创作的。

《琵琶记》由宋代南戏《赵贞女》改编而来。《赵贞女》剧本已佚,由于年代久远,我们今天已很难把握《赵贞女》故事的全貌,惟有通过古人的记载,并在此基础上对照近世地方戏的唱词,才能了解到《赵贞女》故事的大致轮廓。《南词叙录》说古南戏《赵贞女蔡二郎》"即旧伯喈弃亲背妇,为暴雷震死"的故事。在《京剧汇编》第二集的地方戏《小上坟》中有一段唱词简单叙述了"赵贞女"的情节:

> 正走之间泪满腮,想起了古人蔡伯喈:他上京城去赶考,赶考一去不回来。一双爹娘冻饿死,五娘抱土垒坟台。坟台垒起三尺土,从空降下琵琶来。身背琵琶描容像,一心上京找夫郎。找到京城不相认,哭坏了贤妻女裙钗。贤惠五娘遭马践,到后来五雷殛顶蔡伯喈。

高明的《琵琶记》基本保持了故事原来的情节,但从新的主题出发,改变了蔡伯喈的形象和作品的结局。《琵琶记》写蔡伯喈新婚不久,就在父亲的要求下,参加了科举考试,并一举考中状元。牛丞相执意招他为婿,蔡伯喈辞婚、辞官均不获准,不得已入赘相府,滞留京师。这时家中遭遇旱灾,赵五娘虽勉力支撑,但伯喈父母还是相继死去。赵五娘罗裙包土安葬公婆后,身背琵琶,一路乞讨,进京寻夫。在牛小姐的帮助下,五娘得与伯喈团聚。最后,伯喈一夫二妇回家祭扫,满

---

〔1〕 如:湛之(傅璇琮)《高明的卒年》。《文史》第一辑,1962年。黄仕忠《高则诚卒年考辨》。《文献》1987年第3期。

〔2〕 如:侯百朋《高明不卒于元至正十九年》。《文史》,第18期,1982年。钱南扬《〈琵琶记〉作者高明传》。《汉上宦文存》,上海文艺出版社1980年版。金宁芬《高明卒年考辨》。《中国古典文学论丛》第1辑,1984年等。

门旌表。

在《琵琶记》现存版本中,清陆贻典抄本、明嘉靖间刊行的巾箱本、《风月锦囊》摘汇本等,比较接近原貌。

《琵琶记》在中国戏剧史上一向被视为"词曲之祖",对明代的戏剧发展有诸多的影响。一方面,高明在他的创作中明确提出了"不关风化体,纵好也徒然"的创作思想,强调作品的社会教育作用,努力尝试把戏剧这种"小道"提升到教育工具的地位。另一方面,他以他的文学修养,提高了南戏的文学品位,"用清丽之词,一洗作者之陋,于是村坊小伎,进与古法部相参,卓乎不可及已"[1]。"高则诚氏赤帜一时,以后南词渐广,二家鼎峙"[2]。高明以他的创作改变了南戏的粗糙与简陋,使南戏得以与杂剧、与文学史上的其他文学样式并驾齐驱,使南戏由民间进入到文人的书房。以此为标志,南戏创作迈入到一个新的阶段。作为创作的范本,《琵琶记》的曲辞,一再为曲谱所收录,为人们写作剧本提供了参考。剧中蔡伯喈牛府奢华生活与赵五娘乡下凄苦生活的成功对比、穿插,确立了双线结构在后来的南戏、传奇创作中的地位,几乎成为南戏及传奇创作的基本结撰方式。

在内容方面,《琵琶记》亦表现出与以往作品的很大不同。虽然仍以家庭婚姻为题材,但《琵琶记》不再是对文人负心的批判,不再是对文人忠贞爱情的歌颂,而是通过蔡伯喈的故事引发了人们对文人"婚"与"仕"的道德反思,表达了文人心中一种普遍的人生困惑。在《琵琶记》中,高明重新塑造了蔡伯喈的形象,使他从弃亲背妇变成了怀亲念妇。在高明的笔下,蔡伯喈是一个软弱动摇的、不能决定自己命运的文人。他不愿离开父母妻子去赴试,但在父亲蔡公的要求下,

---

[1] 徐渭《南词叙录》。《中国古典戏曲论著集成》三,中国戏剧出版社 1959 年版,第 239 页。

[2] 张琦《衡曲麈谈》。《中国古典戏曲论著集成》四,中国戏剧出版社 1959 年版,第 269 页。

他服从了;考中状元,朝廷不许归省,牛丞相逼婚,蔡伯喈辞官辞婚均被拒绝,面对强权,他又服从了。一次又一次的妥协、服从,不但给亲人带来无尽的苦难,蔡伯喈本人也因此陷入深深的痛苦。《琵琶记》剧本对蔡伯喈形象的这种改变,一方面当然是为了表现贤孝,但另一方面也使剧本具有了更深刻的意义。如果说宋南戏《赵贞女》从伦理的角度探讨了蔡家悲剧的原因,《琵琶记》则突破伦理的范围,进而对世俗追求的功名利禄、对朝廷的威权,提出了批评与思考。剧本的结尾,虽然是满门旌表,但正如赵五娘所说"饿死的瘦容难做肥",这旌表是用父母的生命、妻子的苦难换来的虚名,我们从中读到的是忠与孝的矛盾,是功名利禄的虚幻。

第三章　南戏向传奇转化期的创作

第一节　《五伦全备记》和《香囊记》

明初的剧作家笼罩在《琵琶记》的光环之下。这既由于《琵琶记》所取得的艺术成就，也由于朱元璋对《琵琶记》的褒扬："时有以《琵琶记》进呈者，高皇笑曰：'五经、四书，布、帛、菽、粟也，家家皆有；高明《琵琶记》如山珍、海错，贵富家不可无。'……由是日令优人进演。"[1] 在这种情况下，对《琵琶记》的追摹成为剧本创作中的一个引人注目的现象。《琵琶记》对道德风化的重视、《琵琶记》的情节安排，一再获得文人的认可。《五伦全备记》和《香囊记》可以看做是这种现象的代表作。

《五伦全备记》二十九出，作者丘濬（1421—1495）[2]，景泰五年（1454）进士，历任国子祭酒、礼部尚书、太子太保兼文渊阁大学士。《五伦全备记》借伍伦全和伍伦备一家忠孝节义的故事，宣扬伦理道德。剧本接受《琵琶记》的影响，注重戏剧的教化作用："若于伦理无关紧，纵是新奇不足传。"[3] 在情节上亦采用了"逼试"、"老母在家生病且遇荒年，媳妇尽孝"、"儿子在娘死后回家守制"等与《琵琶记》

---

[1] 徐渭《南词叙录》，《中国古典戏曲论著集成》三，中国戏剧出版社1959年版，第240页。

[2] 关于《五伦全备记》的作者，现研究者有不同的看法，参见孙崇涛《关于奎章阁藏本〈五伦全备记〉》，《南戏论丛》，中华书局2001年版。

[3] 第一出"副末开场"[鹧鸪天]。《古本戏曲丛刊初集》。

相似的安排。可谓从主旨到情节均表现出《琵琶记》的痕迹。

当然,《五伦全备记》也和《琵琶记》存在很多的不同,比如"逼试"以后,《五伦全备记》是写伍伦全、伍伦备兄弟俩分别考得状元、榜眼,拒接丞相家的丝鞭,回家完婚。没有"辞婚不准"、"辞官不准",朝廷的形象是完美的,伍伦全、伍伦备的道德精神,也由此得到展现。剧本的结尾安排全家亲友得道成仙,榜样的力量告诉观众努力的方向。

由于把教化问题放在了剧本创作的首位,《五伦全备记》的故事情节只是为忠孝主题服务的工具,剧本沦为道德的载体。戏剧性、矛盾冲突的组织、人物的个性,这样一些戏剧成功与否的要素,在《五伦全备记》中,统统淹没在了道德的诉求中。剧本中常大段宣讲道德,比如第四出施父教育女儿时,对三从四德的详细解说;第十七出大段的关于为官的道德见解、宣读"教民榜"等等。不但如此,《五伦全备记》剧本还对《琵琶记》触及到的仕与孝的问题,从道德的角度做出了明确的解答。剧本的第七出,当孩子们不愿离开母亲去参加科举考试时,母亲提到了"孝子始终"和"大小孝"的问题。"身体发肤受之父母,不敢毁伤,孝之始也。立身行道,扬名于后世,以显父母,孝之终也";"养口体是小孝,养心志是大孝"。母亲对孩子们说:"你只管去,得你兄弟成名,我早间见了,晚便死也罢。你不见古人说:子在面前,须无离忧,亲心不乐。子在京师,虽有离忧,亲心快乐。"《琵琶记》中的无奈与痛苦,在这里全部被道德化解。鉴于大量的戏剧作品专说风情,"非惟不足以感化人心,到反被他败坏了风俗。间或有一两件关系风化,亦只是专说一件事,其间不免驳襍不纯"[1]。剧本对道德问题进行了广泛的表述,如何为母、如何为兄弟、如何为妻、为媳、为妾、如何为官、如何对待朋友等等,均在剧本中借情节加以说明。

剧本的作者充分认识到戏剧这种艺术形式的感动人心的力量,"若是今世南北歌曲,虽是街市子弟、田里农夫,人人都晓得唱念。其

---

[1]《五伦全备记》第一出"副末开场"。《古本戏曲丛刊初集》第四函。

在今日,亦如古诗之在古时,其言语既易知,其感人尤易入。近世以来做成南北戏文,用人搬演,虽非古礼,然人人观看,皆能通晓,尤易感动人心,使人手舞足蹈,亦不自觉"[1],故而在写作剧本的时候,很注意对道白和科诨的使用,所谓"白多唱少,非干不会把腔填,要得看的,个个易知易见;不免插科打诨,妆成乔态狂言,戏场无笑不成欢,用此竦人观看"[2]。其对戏剧教育作用和戏剧特点的认识,颇让人想到近代的杂剧传奇作者。

《香囊记》四十二出,作者邵灿,生员。剧本写张九成与贞娘是新婚夫妇。在母亲的要求下,张九成与弟弟一同离家参加科举考试。张九成中了状元,但因触怒权臣,被选为督府参谋,与岳飞一同领兵北伐;随之,又被差往朔漠,候问二帝。遂与家人失去联系。贞娘于艰难中照顾婆婆,后来在逃难时与婆婆失散。赵公子欲强娶贞娘为妻,贞娘告到新任观察使处,而新任观察使正是张九成。

就创作主旨而言,《香囊记》同样努力发挥纲常伦理:"传奇莫作寻常看,识义由来可立身。"[3]在一剧之中全面歌颂了"孝友忠贞节义"等多种道德诉求。

在情节结构上,《香囊记》亦颇受《琵琶记》影响。《琵琶记》写父亲逼试,《香囊记》写母亲逼试;《琵琶记》写儿子离家后,家中遭遇饥馑,《香囊记》亦写儿子离家后,家中遭遇饥馑。而语言的书面化,更开后世骈俪派的先声。使南戏剧本凸现出文人的趣味。

丘濬和邵灿皆以士大夫(丘濬更以大学士的身份)而参与到南戏剧本的写作中,在明初重视风化的背景下,在《琵琶记》的影响下,继续发挥高明"不关风化体,纵好也徒然"的创作精神,为南戏剧本带来说教的气息,同时也使剧本由此凸现出文人的色彩,体现出文人对现

---

[1]《五伦全备记》第一出"副末开场"。《古本戏曲丛刊初集》第四函。
[2]《五伦全备记》第一出"副末开场"[西江月]。《古本戏曲丛刊初集》第四函。
[3]《香囊记》第一出"家门"。《六十种曲》,中华书局,1958年版。

实的关注与文人的社会责任感。

第二节 《宝剑记》、《浣纱记》、《鸣凤记》

《宝剑记》剧本的写定者是李开先[1]。李开先(1502—1568),字伯华,号中麓,章丘(今属山东)人。嘉靖七年(1528),以山东乡试第二名及第,第二年考中进士,从此进入仕途,先后在户部、吏部任职。嘉靖十九年(1540)任正四品的提督四夷馆太常寺少卿。因不能阿谀权贵,为首辅夏言所恶。嘉靖二十年(1541),九庙火灾,上疏乞休,遂被免官。李开先壮年回归故里,一直不能再度起用,闲居终老。在乡居的日子里,李开先与山、水、书、棋为伴,征歌度曲,创作了大量的文学作品。

李开先在少年时代即对金元曲颇有兴致:

> 予少时综理文翰之余,颇究心金元词曲,凡《中原》、《燕山》、《琼林》、《务头》四韵书,《太和正音》、《词话》、《录鬼》、《十谱格》、《渔隐》、《太平》、《阳春白雪》、《诗酒余音》二十四散套;张可久、马致远、乔梦符、查德卿等八百三十二名家;《芙蓉》、《双题》、《多月》、《倩女》等千七百五十余杂剧,靡不辨其品类,识其当行。音调合否,字面生熟,举目如辨素苍,开口如数一二。甚至歌者才一发声,则按而止之曰:"开端有误,不必歌竟矣!"坐客无不屈伏。时或强缀一篇,虽中板拍,殊无定声,以此钩致虚名,然非有神解顿悟之妙,好之笃而久,是以知之真而作之不差耳。[2]

为官以后,忙于公务,李开先冷淡了自己的这一爱好,所谓:"叨窃科

---

[1] 雪蓑渔者《宝剑记序》云:"予游东国,只闻歌之者多,而章丘尤甚,无亦章人为之耶?或曰:'坦窝始之,兰谷继之,山泉翁正之,中麓子成之也。'然哉?非哉?"《李开先集》,中华书局1959年版,第749页。

[2] 《南北插科词序》。《李开先集》,中华书局1959年版,第320页。

第,厕名郎曹,征逐流尘,兢兢了公务之不暇,于是弃置不为。"[1]罢官以后,李开先重拾旧好,一些重要的戏剧作品,如《改定元贤传奇》、《一笑散》、《宝剑记》等均创作于这一时期。

《改定元贤传奇》是李开先为了让世人了解元曲,与门人张自慎等一起从千余本杂剧中选择、订正而成的元杂剧集[2]。共十六种,今存六种,即:《梧桐雨》、《陈抟高卧》、《青衫泪》、《扬州梦》、《两世姻缘》、《误入桃源》。明代,关于元杂剧的集子刊印有好几种,如《息机子古今杂剧选》、《正续古名家杂剧》、《顾曲斋元人杂剧选》、《元曲选》、《古今名剧合选柳枝集》、《古今名剧合选酹江集》等等。《改定元贤传奇》在现存明刊元杂剧集中是最早的。

《一笑散》为院本集,共六种,今存两种:《园林午梦》和《打哑禅》。作品虽以玩笑出之,但却颇有寓意,正像作者所说:"但望更索诸言外,是则为幸不浅耳。"[3]"一笑散"本为药名,据明宁献王所撰医学书《活人心》卷下"玉笈二十六方":"一笑散""治风虫牙疼痛不可忍,此药神效"。[4]李开先把他的院本集命名为《一笑散》,意在以此治疗人生的苦痛,忘却尘俗:"轮转心常不动,争长竞短何用。拨开尘世闲愁,试听园林午梦"[5];"万事到头都是梦,浮名何用恼吟怀"[6]。

――――――――――

[1]《南北插科词序》。《李开先集》,中华书局1959年版,第320页。

[2]《改定元贤传奇序》:"欲世之人得见元词,并知元词之所以得名也,乃尽发所藏千余本,付之门人诚庵张自慎选取,止得五十种,力又不能全刻,就中又精选十六种,删繁归约,改韵正音,调有不协,句有不稳,白有不切及太泛者,悉订正之,且有代作者,因名其刻,为《改定元贤传奇》。"(《李开先集》,中华书局1959年版,第316页)《改定元贤传奇后序》:"同时编改者,更有高笔峰、弭少庵、张畏独三词客,而始终之者,乃诚庵也。譬诸修书,有总裁、有纂修;试场,有考试、有同考,而予则忝为总裁与考试官云。"(《李开先集》,中华书局1959年版,第317页)

[3]《园林午梦院本跋语》。《李开先集》,中华书局1959年版,第861页。

[4]《新刊京本活人心下卷》。《北京大学图书馆馆藏善本医书》册4,中医古籍出版社1987年版,第69页。

[5]《园林午梦》。《李开先集》,中华书局1959年版,第858页。

[6]《园林午梦》。《李开先集》,中华书局1959年版,第860页。

"世事颠倒每如此,眼前琐碎不堪观"[1]。

《宝剑记》完成于嘉靖二十六年(1547),全剧52出。故事取材于小说《水浒传》,演林冲被逼上梁山的故事。然剧本所写林冲故事与小说所述不尽相同,最引人注目的不同是关于林冲受迫害的原因。林冲与高俅等人的冲突,不是因为高衙内图谋其妻,而是因为林冲反对高俅等祸国殃民的奸臣。民众乐道的衙内的荒淫,转换成了士大夫所关注的忠奸斗争。一个原本充满市井味道的草莽英雄故事,在李开先的笔下,敷演成了士大夫的歌唱。

作为一名积极入世的文人,李开先即使在罢官后,仍对世事苍生充满关切:"贪风日渐长,民生日以蹙。如君得百人,内卿外作牧。九有无干戈,四时闻丝竹。作享太平春,吾衰心亦足。"[2] "千里起尘埃,惊传虏骑来。御难如水覆,势急似山摧。河北全烽火,京东半劫灰。门前听信息,一日几徘徊。"[3] 他批评权臣:"纳贿招权夏公谨,言,被诛。贪婪何止万文侯。安。"[4] "外侮内奸为弊久,谋臣何以作常经?食贪熊掌金盘美,贿爱鸦翎宝钞青。馈饷长愁穷内地,弱兵岂可敌胡庭?不胜供役民劳瘁,摇动长空少定星。"[5] 他写自己的壮志:"渭水权垂钓,王门耻曳裾。潜蛟神物耳,头角有时舒。"[6] "故人信断双鱼远,太史书来一雁通。读罢床前看宝剑,冲霄犹自气成虹。"[7] "龙泉时自拂,尚有气如虹。"[8] 同时,他也难掩自己抱负

---

[1]《打哑禅》。《李开先集》,中华书局1959年版,第867页。
[2]《赠王南岷》。《李开先集》,中华书局1959年版,第14页。
[3]《候房信》其一。《李开先集》,中华书局1959年版,第106页。
[4]《国朝辅弼歌止论已逝者》。《李开先集》,中华书局1959年版,第23页。
[5]《田间四时行乐诗次韵一百首间有言及武事者亦安不忘危之意云》之九十七。《李开先集》,中华书局1959年版,第168页。
[6]《自壮》。《李开先集》,中华书局1959年版,第56页。
[7]《崔东洲亚卿寄到中麓草堂诗如韵成二首自咏兼谢东洲云》。《李开先集》,中华书局1959年版,第133页。
[8]《自嘲》。《李开先集》,中华书局1959年版,第208页。

不得实现、英雄无用武之地的感叹："逝水光阴留不住,掀天事业杳难期。抚膺自壮丹心在,照镜惊看两鬓衰。一瘁一荣常事尔,莫因残菊重伤悲。"[1]"舞剑雄豪尚在,照灯形影相怜。"[2]"雄心犹是少年心,弃置谁怜岁月深。决肉忽惊一齿落,衰容不但二毛侵。"[3]

这一份对现实政治的热情,便是李开先《宝剑记》的写作基础。李开先借林冲的故事,表达自己对现实政治的不满,抒写自己的痛苦与感慨。《宝剑记》熔铸了作者的感情与怀抱,借忠奸斗争写出自己的悲愤与叹息。"晓风吹雨战新荷,可惜明珠迸碎。闲启宝匣看古剑,紫电照人晴碧。僭榻妖狸,渡河胡马,眼见的太平非昔。空怀忠义气,为君等闲流涕。"[4]"休说。报主丹衷,除邪谏草,空怀意气忠节。志落奸谋,危巢且守鸠拙。英烈。三十功名尘与土,仗宝剑空弹明月。凭栏处潇潇风雨,都因愁结。"[5]这是对国事的关切,是事业无从成就的愤懑。"豪游兴已阑。想当年粗戆,曾陈直谏,声闻朝野,因此上触忤权奸。帘前流影真要惜,世上浮名总是闲。何须虑,且放宽,此行休道不生还。心犹壮,鬓已斑,剑光还射斗牛寒。"[6]这是对往事的回忆,是人生短暂的感慨,是猛志常在的表白。而剧中对奸臣趋附身荣、触忤身危、妒贤亲小的指责,则使人想到当时曾颇有权势的首辅夏言:"起官夫造水池,与儿孙买地基,苦求谋都只为一身之计。纵奸贪那里管越瘦秦肥?趋附的身即荣,触忤的命必危。妒贤才,喜亲小辈,只想着复私仇公道全亏。你将那九重天子浑瞒昧,致令的四海生民总乱离,更不道天网恢恢。"[7]夏言(1482—1548),嘉

---

[1] 《残菊歌》。《李开先集》,中华书局1959年版,第18页。
[2] 《自赞》。《李开先集》,中华书局1959年版,第35页。
[3] 《叹老》。《李开先集》,中华书局1959年版,第246页。
[4] 第四出[酹江月]。《李开先集》,中华书局1959年版,第756页。
[5] 第八出[高阳台]。《李开先集》,中华书局1959年版,第766页。
[6] 第二十一出[甘州歌]。《李开先集》,中华书局1959年版,第790页。
[7] 第五十出[滚绣球]。《李开先集》,中华书局1959年版,第843—844页。

靖十五年(1536)任武英殿大学士,旋为首辅。嘉靖二十一年为严嵩排挤去官,二十四年召还,因支持曾铣收复河套,于二十七年被杀。关于夏言,《明史》本传(列传第八十四)在肯定其成绩的同时,也谈到他的"志骄气溢",如"言由是气遂骄,郎中张元孝、李遂与小忤,即奏谪之",二十四年召还后,"言以废弃久,务张权。……其他所谴逐不尽当,朝士厌目"。李开先自己即因触忤夏言被斥,其内心的痛苦与不平恰透过林冲的故事传递给读者。

在乡居的日子里,面对有志难酬的现实,李开先努力地把握闲居的乐趣,歌唱挫折后的练达:"松柏伏磐石,侧出终凌云。隼虽暂塌翅,回旋薄苍旻。回旋吾不能,侧出苦无因。既非后凋材,鸟雀与同群。壮志已焉矣,耕钓藏其身。"[1]"仕途曾旅进,勇退见平生。倘遂云霄志,难移丘壑情。纳凉临北牖,避热卧西清。且了身边事,不干世上名"[2]。这种因政治坎坷而生的感慨,在《宝剑记》中亦得到表现。在第三十五出,林冲因杀陆谦、傅安被朝廷追缉,公孙胜报信与林冲后,决定弃官归隐。这时,作者用了整整一出的篇幅大段抒写隐逸之乐:"躲离了豹尾鹓班,拜辞了凤楼鸾殿,跳出了虎窟龙潭。遥指白云巅,扬鞭跨蹇,回首方知退晚。"[3]"堪爱处绿水青山,竹篱草舍茅庵。看瓜枣,养桑蚕。汲清流,向涧泉。休笑我庄家汉,吃几箸消停饭。"[4]"到春来杏花满园,到夏来荷风扑面,秋菊冬梅都堪羡。抵多少塞月边尘,瘴雨蛮烟。渴时饮,馁时饭,大家闲事都休管,乐陶陶山巅水边,终日里,终日里,诗酒盘桓。"[5]这一份达观与觉悟正是李开先内心的写照。

李开先写作《宝剑记》,在对《琵琶记》的尊崇中,已开始挑战《琵

---

〔1〕《自叙》。《李开先集》,中华书局1959年版,第13页。
〔2〕《夏日即事写怀》之九。《李开先集》,中华书局1959年版,第58页。
〔3〕[玉翦子]。《李开先集》,中华书局1959年版,第815页。
〔4〕[流拍]。《李开先集》,中华书局1959年版,第815页。
〔5〕[浆水令]。《李开先集》,中华书局1959年版,第815页。

琶记》的权威。尽管与《琵琶记》一样，《宝剑记》也注意道德的说教，写林冲的忠、张贞娘的节孝、锦儿的义，但对于《琵琶记》已不再是亦步亦趋，而是希望有所超越："是记则苍老浑成，流丽款曲，人之异态隐情，描写殆尽，音韵谐和，言辞俊美，终篇一律，有难于去取者；兼之起引散说，诗句填词，无不高妙者，足以寒奸雄之胆，而坚善良之心，才思文学，当作古今绝倡，虽琵琶记远避其锋，下此者毋论也。"[1]王世贞在他的《曲藻》中也曾谈到李开先对其《宝剑记》的自负："所为南剧宝剑、登坛记……尚在拜月、荆钗之下耳，而自负不浅，一日问余：'何如琵琶记乎？'余谓：'公辞之美，不必言；第令吴中教师十人唱过，随腔字改妥，乃可传耳。'李怫然不乐罢。"[2]然而，李开先《宝剑记》对《琵琶记》的挑战是艺术上的，更是内容上的。《宝剑记》对政治上忠奸斗争的表现，超越了家庭婚姻，拓展了创作的题材，进一步展示出文人作家的特质，显示出文人对政治的强烈参与精神和他们的无奈。

《宝剑记》曲词平易，虽有时稍嫌粗糙，但亦有很精彩的片段，比如至今流传舞台之上的"林冲夜奔"一出（第37出），便是一个颇为成功的段落：

〔点绛唇〕数尽更筹，听残银漏，逃秦寇，好叫我有国难投，那搭儿相求救？

〔新水令〕按龙泉血泪洒征袍，恨天涯一身流落。专心投水浒，回首望天朝。急走忙逃，顾不的忠和孝。

〔驻马听〕良夜迢迢，投宿休将门户敲。遥瞻残月，暗度重关，急步荒郊。身轻不惮路迢遥，心忙只恐人惊觉。魄散魂消，

---

〔1〕 雪蓑渔者《宝剑记序》。《李开先集》，中华书局1959年版，第749页。
〔2〕 王世贞《曲藻》。《中国古典戏曲论著集成》四，中国戏剧出版社1959年版，第36页。

红尘误了武陵年少。[1]

但《宝剑记》也有它的问题,比如在情节的穿插呼应上的疏失:剧本第二十三出写林冲托鲁智深带信与老母与妻子,此后却再无交待,相反,林冲的家人一再谈到林冲一去无消息,第二十六出张氏的道白是:近因丈夫不幸,发配沧州,杳无音信。第三十一出、三十八出都有相似的说白。比如重复,一是道白曲词的重复,一则体现在角色安排方面,像第41、42、43出,一连三出张氏的戏,演来便觉重复少变化。

《浣纱记》,梁辰鱼作。梁辰鱼(1519—1591),字伯龙,号少白,别署仇池外史,江苏昆山人。太学生。喜谈兵习武,精通音律。所著戏剧作品有《浣纱记》、《红线女》、《红绡伎》(已佚),其中《红线女》、《红绡伎》为杂剧。

《浣纱记》原名《吴越春秋》,由《史记·越王勾践世家》、赵晔《吴越春秋》、《越绝书》等敷演而成。大约创作于嘉靖末期。剧本以范蠡与西施的爱情为线索,写越王勾践卧薪尝胆,覆吴复仇的故事。这一题材在杂剧和南戏中曾一再得到表现,关汉卿有《姑苏台范蠡进西施》,宫天挺有《会稽山越王尝胆》,南戏有《浣纱女》等。梁辰鱼把这样一个传统的历史故事,注入深厚的政治内容,歌颂越国君臣发奋图强的精神,批评吴国的政治黑暗,君臣的骄奢荒淫、贪财好色、不辨忠奸。剧本里写到吴王夫差刚愎自用,不纳忠言。他听信伯嚭之言,答应了越国的求和,使吴国功败垂成;他感于勾践尝粪之"忠",又听信伯嚭的撺掇,放虎归山,并斥责忠言相谏的伍员是"不忠不仁",借出使齐国把伍员遣出;他不听伍员劝告,纳西施、受大木,伐齐国,甚至把伍员赐死;他打败了越国,便以为"天子之下第一,诸侯之上无双","不图欢乐待何时"[2],于是沉湎酒色,朝欢暮乐,纳了西施以后更是恣

---

[1]《李开先集》,中华书局1959年版,第816—817页。
[2] 第十四出"打围"。《六十种曲》中华书局1958年版,第46页。

意荒淫。太宰伯嚭则愚昧、自私、昏庸。他接受了越国的贿赂,便马上回嗔作笑,竭力为越国说话。他不顾国家大计,只知设法巩固自己的地位。梁辰鱼对越国君臣的肯定,对吴王及伯嚭的批判,一方面表达了作者的政治理想,另一方面也表达了作者对历史兴亡的反思,对历史演变中兴亡交替的思考。同时也在对吴越兴亡的描写中,流露出历史虚无的情绪:

> 采莲泾红芳尽死。越来溪吴歌惨凄。宫中鹿走草萋萋。黍离故墟。过客伤悲。离宫废。谁避暑。琼姬墓冷苍烟蔽。空园滴。空园滴。梧桐夜雨。台城上。台城上。夜乌啼。[1]
> 人生聚散皆如此。莫论兴和废。富贵似浮云。世事如儿戏。唯愿普天下做夫妻都是咱共你。[2]

《浣纱记》对人物的刻画很成功,比如范蠡的深谋远虑、忠君爱国;西施的深明大义、忍辱负重;以及伯嚭的见利忘义。梁辰鱼对伯嚭的刻画是非常细致的,尤其是第七出,通过伯嚭的受贿,揭露他贪财好色的嘴脸。在这出戏中,越王勾践为求和,派文种先贿赂吴之伯嚭。越国之所以要求和,是因为当时的形势很紧迫:吴王夫差、相国伍员及太宰伯嚭率大军侵犯越界,越军败北,陷入吴国的重重包围之中,眼看越国就要被一举消灭掉。在这国家危亡之际,勾践决定采用范蠡的贿赂求降之计,以图日后的复仇。而要实现这个计划,在吴国方面最大的障碍就是相国伍员,他一直劝谏吴王乘机一举亡越,以断后日之祸。但吴国也有问题,那就是伯嚭与伍员的矛盾。伯嚭是个贪图利与色的佞臣。于是越国利用伯嚭的这一特点,投其所好,再通过他去说服吴王。在第七出,作者通过几个细节,仔细刻画了伯嚭的形象。伯嚭见到文种,先是"发怒科",但当文种轻轻暗示:"小国寡君

---

[1] 第四十五出"泛湖"[南浆水令]。《六十种曲》中华书局1958年版,第161页。
[2] 第四十五出"泛湖"[北清江引]。《六十种曲》中华书局1958年版,第161页。

勾践,感太宰恩德,无以为报",只说到"无以为报",还未点出"现在要报",更未说明"报些什么",他便已"回嗔作笑"了。这种不点自明,突然改变态度的表现,说明他多么精通受贿之道。当听到"特遣小官备些礼物,少伸寸敬"时,便"大笑科"。看到送给自己黄金五千两,锦缎五千疋,白璧十双,便命小厮"杀起羊来,烫起酒来,留文老爹坐坐去"。再看到送给自己的两个美女,便叫小厮杀起牛来,称文种是"知趣的文大夫文老爹",并赶紧问"你主公送了许多东西,不知有何分付",且明言:"我如今受了你家主公许多恩惠,我的身子通是你家主公的了,这些小事不难一一从命",答应帮助勾践在吴王面前说话。在这一出里,作者通过伯嚭的动作、表情、他的语言把伯嚭这个贪婪小人的形象写得活灵活现。伯嚭由气势汹汹到奴颜婢膝的过程正是其卑鄙灵魂逐步展现的过程。而促使其转变的关键,是财与色。他的一切言行、爱憎都受这二者的支配。

《浣纱记》的文辞受到《琵琶记》的典雅的一面的影响,在《香囊记》等传奇的"骈俪"之风的影响下,宾白多用骈偶,曲词虽不艳丽,但常使事用典。而"平仄甚谐,宫调不失"则是它的长处,所以"传奇家别本,弋阳子弟可以改调歌之,惟浣纱不能"。

分析《浣纱记》在中国戏曲史上的价值,主要可以从几方面来考虑:首先,《浣纱记》是最早用改革后的昆山腔演唱的剧本,它使昆山腔在戏曲舞台上迅速流传开来。剧中的"回营"、"养马"、"打围"、"迎施"、"寄子"、"采莲"、"泛湖"诸出,都是久演不衰的折子戏。其次,对历史兴亡的思考,代表了明清传奇中一个重要的主题,并在此后的文人创作中,得到更多的发挥。再次,《浣纱记》写吴越的兴亡,而以才子佳人的爱情贯穿其间,对后来的传奇创作有很大影响。《浣纱记》第二出范蠡、西施定情,第九出西施因思念而患心疼,第二十三出在范蠡的说服下,西施同意赴吴,第四十五出范蠡、西施泛舟而去。以爱情和政治相结合,开创了以离合之情写兴亡之感的写作方法。而且在爱情与国家的关系上,把国家的利益放在爱情之上,跳出了个人恩怨、卿卿我我的狭窄圈子。范蠡劝西施赴吴时说："社稷废兴,全赖此举,若能飘然一往,则国既可存,我身亦可保,后有会期,未可知也。若执而不行,则国将遂灭,我身亦旋亡,那时节虽结姻亲,小娘子,我和你必同做沟渠之鬼,又何暇求百年之欢乎？"[1]灭吴功成之后,范蠡不为贞节观念所拘,与西施结为夫妻。于是,这份有着更多内涵的爱情又突破了传统的道德观念。应该说,《浣纱记》比以往的爱情剧和历史剧都有新的进展。剧中的西施也和一般爱情剧中的女主角有所不同。她和范蠡相爱,却为了国家的利益,忍痛赴吴。《浣纱记》在多方面为爱情与政治主题的结合,提供了经验。当然,《浣纱记》虽以范蠡和西施的爱情贯穿始终,但在情节的安排上,这条线索有时并不是非常清晰,尤其是在描述吴国的一部分,伍员、伯嚭等人的忠与奸的斗争常常占有更显著的位置。就爱情的男女主角来讲,政治的色彩也主要体现在范蠡的身上。相比于范蠡的"臣闻为天下者不顾家,况一未娶之女"[2],西施显得更被动,虽有"我裙钗女志颇坚","蒙君王重托须黾勉。誓捐生报主心不变"[3]的决心,但也有无奈与薄命的感叹："嗟薄命,愧无能,念贱妾今还在幼龄,寒微未脱蓬茅性,金屋难相称。"[4]"故园为甚便轻抛,花落辞条,一任风飘。"[5]清代的传奇名作《桃花扇》继承了《浣纱记》以爱情为线索写历史兴亡的传统,借侯方域和李香君的爱情写南明的兴亡,在以爱情贯穿历史方面较《浣纱记》表现得更加成功。在《桃花扇》中,侯李二人的悲欢离合与南明王朝的兴亡紧密相连,所谓"一生一旦,为全本纲领,而南朝之治乱系焉"[6]。从人物塑造方面分析,《桃花扇》中的李香君,与西施

---

[1] 第二十三出"迎施"。《六十种曲》中华书局1958年版,第79页。
[2] 第二十一出"宴臣"。《六十种曲》中华书局1958年版,第73页。
[3] 第二十七出"别施"[黄莺儿]。《六十种曲》中华书局1958年版,第95页。
[4] 第二十三出"迎施"。《六十种曲》中华书局1958年版,第82页。
[5] 第二十八出"见王"[临江一剪梅]。《六十种曲》中华书局1958年版,第99页。
[6] "媚座"总批。《古本戏曲丛刊五集》。

相较,少了一份柔弱,多了一份政治上的鲜明与坚定。她自觉地把个人的命运与国家的安危联系在一起,把国家的安危看得重于自己的生命,"却奁"一出的拔簪脱衣、斥骂权奸,"骂筵"一出的自比祢衡,当面痛斥奸臣,都突出表现了李香君的性格,显示出一种新的形象因素。

《鸣凤记》,四十一出。关于其作者,历来说法不一。吕天成《曲品》把它列为无名氏的作品;《曲海总目提要》认为"系王世贞门客所作";清焦循《剧说》记载,《鸣凤记》为王世贞门人所作,其中"夫妇死节"一出为世贞亲笔;嘉庆七年刻本《直隶太仓州志》则记载作者为唐仪凤。[1]

《鸣凤记》表现嘉靖时夏言、杨继盛、邹应龙、林润等十位忠义之士与奸臣严嵩父子的斗争。剧本虽以政治时事为创作对象,但在情节的组织安排上,并未拘于实迹,而是注意对事实的剪裁。比如作为剧中重要人物的杨继盛,对其事迹的编排就体现了作者的选择与加工。剧中有关杨继盛的情节,主要围绕着弹劾严嵩、被处死展开。其他事件,如弹劾仇鸾被奸臣威逼拶折手指、夹损胫骨之事,则只由倒叙交代。至于杨继盛弹劾严嵩一节,亦较史实有所变化。"灯前修本"、"夫妇死节"是《鸣凤记》中非常著名的片断。"灯前修本"写杨继盛因仇鸾奸谋败露,由贬所升任兵部武选司员外郎。为感谢皇帝再生之恩,杨继盛灯下起草奏章,弹劾严嵩。幽冥之中渐作鬼声,进而现身、进而灭灯而下。杨继盛的妻子亦相劝阻,但杨继盛均不为所

---

[1] [嘉庆]《直隶太仓州志》卷六十载:《凤里志》云:"唐仪凤,吾州凤里人,才而艰于遇,弃举子业,撰《鸣凤》传奇,表椒山公等大节。……传奇成也,曾以质弇州先生。先生曰:'子填词甚佳,然谓此出自子,则不传,出自我乃传。盖势有必然,吾非欲掠美,正以成子之美耳。'仪凤许之。弇州乃赠以白米四十石,而刊为己所编。然吾州里皆知出自唐云"。《续修四库全书》册698,上海古籍出版社2002年版第203页。参见王永健《关于〈鸣凤记〉的几个问题》,《江苏师院学报》1980年第3期。

动。其中杨继盛写本、鬼魂阻止一节,用正德时蒋钦上疏弹劾刘瑾事:钦,常熟人,正德初官御史,偕同官谏逐大臣,语侵刘瑾,杖一百为民。居三日,钦独具疏劾瑾,再杖三十,系狱。越三日,复具疏云不愿与瑾并生。复杖三十。方钦属草时,灯下闻鬼声。钦念疏上且得奇祸,此殆先人之灵,欲吾寝此奏耳。因整衣冠立曰:"果先人,盍厉声以告。"言未已,声出壁间,益凄怆。叹曰:"业已委身,义不得顾私。使缄默负国,为先人羞,不孝孰甚?"复坐奋笔曰:"死即死耳,此稿不可易也。"声遂止。杖后三日而卒。[1]《鸣凤记》作者借用蒋钦的故事,又加以发挥。剧中的鬼魂不但"隐灯下作叫介",而且现形灯下,而且打灭灯烛离去。而伴随着鬼的叫声、鬼的现形,杨继盛一再表白他的决不退缩:

　　细推详,这是谁作响。我晓得了。是我祖宗的亡灵,恐有祸临,教我不要上这本了。心中自忖量,敢是我亡亲垂念。咳。我那祖宗。你只愿子孙做得个忠臣义士。须教你万古称扬。大抵覆宗绝嗣,也是一个大数。何虑着宗支沦丧。[鬼又叫介。生]你不要叫了。纵然恁哀鸣千状。我此心断易不转。怎能阻我笔底锋芒。我就拼得死,也强如李斯夷族赵高亡。[灯下鬼现形介。生]呀。不惟闻其声,抑且见其形。

　　这是幽冥谁劣像。你在此现形呵,似教我封章勿上。你虽然如此,怎当我戆言方壮。(鬼作悲状介。生)你自去罢。休得要在此恓惶。我理会得了。你也不是甚么鬼,想是我忠魂游荡,到死时也做个厉鬼颠狂。人生在世左右一死。生如寄,死谁曰难。须知安全藏剖腹屠肠。[2]

当弹劾严嵩的悲惨结局几乎可以预知的时候,当上本将带来家破人

---

〔1〕 参见《曲海总目提要》卷五。天津古籍书店 1992 年影印本,第 219—220 页。

〔2〕 第十四出"灯前修本"之[太师引]。《六十种曲》二,中华书局 1958 年版,第 59—60 页。

亡、覆宗绝嗣的后果时,披发赤身、满面流血之鬼的现身,把杨继盛所面对的严峻形势具体化,加强了情节的紧张感。同时,鬼的出现也是对杨继盛内心的一种揭示。鬼为抒情、为剧本的人物塑造提供了一个场景。静夜里,凄厉而刺耳的鬼的叫声,写出杨继盛内心所面对的亲情的挑战。故而杨继盛听到叫声,马上想到这是祖宗的亡灵,因担心祸患而阻止自己上本。于是杨继盛谈到忠臣义士的流芳千古和自己赴难的决心。慷慨的歌唱,正写出杨继盛的忠诚和视死如归。而鬼的灭灯而下,不仅强化了鬼的情感、强调了杨继盛的忠心,而且推动情节继续发展。杨继盛让丫鬟点灯的呼唤,使妻子秉烛而上。又一重感情的羁绊,使情感冲突的高潮继续得以保持。妻子听说鬼魂现身,疑其不是吉兆,百般劝阻,但杨继盛丝毫不为所动:

> [旦]相公,你此心何壮。矻睁睁铜肝铁肠。我这苦怎当,哭哀哀儿啼女伤。[生]夫人,你譬如杞梁战死沙场上,其妻哀泣长城断。却不道千载贤愚总堆黄壤。[1]

鬼魂的拦阻、妻子的劝告,凸现了杨继盛弹劾严嵩的悲壮激烈。

杨继盛上疏弹劾严嵩的结果,果然是被处斩刑。"夫妇死节"以十月飞雪的法场为背景,把大量的篇幅给了杨继盛的妻子,由她的曲与白,写出"牵襟结发今朝断"的痛苦与伤心,写出杨继盛的"一腔忠义"、"一点丹心"。剧中的杨继盛妻携酒帛上场,在痛哭之后,给杨继盛送上一杯别酒,跪读祭文。丈夫死后,她更在丈夫的尸体旁,代夫上本,自刎而死。"夫为纲常重,妻能节义全"。据《明史》本传,杨继盛上书弹劾严嵩下狱后,"帝犹未欲杀之也,系三载",终因严嵩用计而被杀。其妻得信,曾伏阙上书,愿代夫受诛。剧作者在表现这一故事时,不但在杨继盛写本以后,直接写杨继盛之死,而且把他妻子的

---

[1] 第十四出"灯前修本"之[三段子]。《六十种曲》二,中华书局1958年版,第62页。

伏阙上书,改成了在刑场上代夫明志、尸谏感君。从而使剧本的冲突更加尖锐、紧凑,使杨继盛夫妇的忠烈行为更加感人。

《鸣凤记》作者在严嵩父子伏法不久,就把这一震动朝野的政治事件搬上了舞台,开启了此后的时事剧创作,影响很大。此后,直接反映时事政治的时事剧大量产生,其中又以反对魏忠贤暴政,歌颂东林党人的剧本最多。到明末清初时期,李玉等撰著的《清忠谱》,达到了中国古代时事剧创作的最高峰。

第四章　汤显祖的创作与影响

汤显祖(1550—1616),字义仍,号若士,江西临川人。万历十一年(1583)进士。对明末的文人来说,汤显祖是一位才子,一位诗文、戏曲的出色作家,一位气节清直的官吏。他比徐渭小近三十岁,但和徐渭互相欣赏。徐渭赞扬汤显祖的《问棘堂集》是"平生所未尝见"[1];评其《牡丹亭》"此牛有万夫之禀"。汤显祖则称徐渭的《四声猿》"乃词场飞将,辄为之唱演数通。安得生致文长,自拔其舌"[2]。汤显祖长于袁宏道十八岁,与三袁书信往还,关系融洽。而徐渭、汤显祖、袁宏道兄弟在明代文学发展的历史上,均属于风气转换的代表人物。

在中国戏曲史上,汤显祖以其"临川四梦"确立了自己不朽的地位,是明传奇写作的巨手。汤显祖"临川四梦"的创作时间大致为:万历十五年(1587)前后完成《紫钗记》;万历二十六年(1598)《牡丹亭》成;万历二十八年(1600)《南柯记》成;万历二十九年(1601)《邯郸记》成。[3]而在这"四梦"中,又以《牡丹亭》和《邯郸记》的成就最高。"玉茗'四梦',《牡丹亭》最佳,《邯郸》次之,《南柯》又次之,《紫钗》则

---

[1]《与汤义仍》。《徐渭集》,中华书局1983年版,第485页。

[2] 王思任《批点玉茗堂牡丹亭叙》。徐朔方笺校《汤显祖全集》,北京古籍出版社1999年版,第2573页。

[3] 此据徐朔方《晚明曲家年谱》,浙江古籍出版社1993年版,第3卷之《汤显祖年谱》。

强弩之末耳"[1]。

第一节　汤显祖所追求的"情"

对于文学创作,汤显祖一贯强调真挚情感的作用。"世总为情,情生诗歌,而行于神。天下之声音笑貌大小生死,不出乎是。"[2]"人生而有情。思欢怒愁,感于幽微,流乎啸歌,形诸动摇。或一往而尽,或积日而不能自休。盖自凤凰鸟兽以至巴渝夷鬼,无不能舞能歌,以灵机自相转活,而况吾人。"[3]他不满王世贞等人的创作,亦因为他们只知模仿,缺乏真情,故以赝文相称:"我朝文字,宋学士而止。方逊志已弱,李梦阳而下,至琅邪,气力强弱巨细不同,等赝文尔。"[4]在《牡丹亭》传奇中,汤显祖更把这样一种对真情的追求发挥到了极致:

> 天下女子有情,宁有如杜丽娘者乎!……情不知所起,一往而深。生者可以死,死可以生。生而不可与死,死而不可复生者,皆非情之至也。梦中之情,何必非真?天下岂少梦中之人耶!……第云理之所必无,安知情之所必有邪![5]

其中所言的"情"是爱情、男女之情,也是生命中所有真诚的情感。所言的"理"则是常理。在这里,汤显祖在强调真情的同时,也谈到了情

---

[1]　梁廷枏《曲话》卷三。《中国古典戏曲论著集成》八,中国戏剧出版社1959年版,第276页。

[2]　《耳伯麻姑游诗序》。徐朔方笺校《汤显祖全集》,北京古籍出版社1999年版,第1110页。

[3]　《宜黄县戏神清源师庙记》。徐朔方笺校《汤显祖全集》,北京古籍出版社1999年版,第1188页。

[4]　《答张梦泽》。徐朔方笺校《汤显祖全集》,北京古籍出版社1999年版,第1451页。

[5]　《牡丹亭题词》。徐朔方、杨笑梅校注《牡丹亭》,人民文学出版社1963年版。

对现实的超越。

汤显祖对真情、至情的追求,与泰州学派的思想有诸多的联系。汤显祖是罗汝芳的及门弟子,"十三岁时从明德先生游。……中途复见明德先生"[1],"如明德先生者,时在吾心眼中矣"[2]。罗汝芳(1515—1588),号近溪,江西南城人。为泰州学派创立者王艮的三传弟子。明德,是其死后弟子们给他的谥号。罗汝芳的学说以赤子良心,不学不虑为宗旨。赤子之心没有受到人世间物欲的熏染,其心最直接、最完全地体现了宇宙法则,浑然天理。赤子初生,其耳目视听,只在爱亲敬长;而赤子之爱亲,非由思虑而得,非由积习而能,无功利计较,无外在逼迫,故说赤子良心表现为一种不学而知,不虑而能,当下即是的本能[3]。其重视顺适,重视本心的顺畅流行,开启了汤显祖对人性自然发展的认识。而另一位很被汤显祖看重的思想家李贽,也是一位与泰州学派颇有渊源的人物。李贽青年时代受学于王艮之子王襞,又从罗汝芳问学。汤显祖关注李贽的思想,"有李百泉先生者,见其《焚书》,畸人也。肯为求其书寄我骀荡否?"[4]李贽在《焚书·童心说》中所谈到的"绝假纯真"的童心,与汤显祖的真情说,亦可谓心有戚戚。

然而,我们也必须看到,当汤显祖强调真情、至情的时候,他的最终指向,仍是社会现实,表现出对现世的热情和对道德的关注,所谓"以人情之大窦,为名教之至乐也哉"[5]。情不仅是一己的,而且是

---

[1]《秀才说》。徐朔方笺校《汤显祖全集》,北京古籍出版社1999年版,第1228页。

[2]《答管东溟》。徐朔方笺校《汤显祖全集》,北京古籍出版社1999年版,第1295页。

[3] 参见张学智著《明代哲学史》第十七章。北京大学出版社2000年版。

[4]《寄石楚阳苏州》(1590年)。徐朔方笺校《汤显祖全集》,北京古籍出版社1999年版,第1325页。

[5]《宜黄县戏神清源师庙记》。徐朔方笺校《汤显祖全集》,北京古籍出版社1999年版,第1188页。

有强大的社会教育作用的,正是情使戏剧"可以合君臣之节,可以浃父子之恩,可以增长幼之睦,可以动夫妇之欢,可以发宾友之仪,可以释怨毒之结,可以已愁愦之疾,可以浑庸鄙之好"[1]。在这里,我们又看到汤显祖与罗汝芳在思想上的联系。罗汝芳以生生之仁为宇宙法则,世间的一切都是生生之仁的体现,而其中最切近的,就是人的生命传衍,人的赤子状态最好地体现了这种生生法则。赤子出生即表现出对母亲的爱恋。这个爱根就是仁,自觉这个爱根,把它贯穿于人伦日用,就是圣人。罗汝芳把心的本体归结为孝、悌、慈,希望将人人皆有、不学不虑、自然天成的"孩提爱敬之良",推广至家国天下:"由一身之孝弟慈而观之一家,一家之中,未尝有一人而不孝弟慈者;由一家之孝弟慈而观之一国,一国之中未尝有一人而不孝弟慈者;由一国之孝弟慈而观之天下,天下之人未尝有一人而不孝弟慈者。"[2]从一己、一身之情出发,以家国天下为终极关怀的目标,以家族道德为天命流行的本质。在《牡丹亭》剧本里,汤显祖同样体现了这一道德的层面,既写青春的觉醒,写对真情执著、大胆的追求,如"惊梦"、"寻梦"、"冥判"、"魂游"、"幽媾"诸出,也借花神之口写杜丽娘和柳梦梅日后有姻缘之份,并在杜丽娘复生后,仍旧让她回到礼义中来:她的婚姻要问过父母,请过媒人方好。"鬼可虚情,人须实礼"[3]。而杜丽娘对父母的深爱在剧本里也一再得到表现:无论是逝前的拜谢母亲,还是在阴间望乡台的眺望,还是还魂后闻说金军进犯淮扬时,对父母的焦急牵挂,在在显示出杜丽娘的赤子之心。

---

[1]《宜黄县戏神清源师庙记》。徐朔方笺校《汤显祖全集》,北京古籍出版社1999年版,第1188页。

[2] 此处有关罗汝芳思想的论述,参见张学智著《明代哲学史》第十七章。北京大学出版社2000年版,第256—257,267页。

[3]《牡丹亭》第三十六出"婚走"。徐朔方、杨笑梅校注《牡丹亭》,人民文学出版社1963年版,第175页。

第二节 《牡丹亭》的成就

汤显祖的《牡丹亭》剧本无论在当时,还是在今天,基本是被当作爱情剧来理解的。其主要情节取自话本《杜丽娘慕色还魂》,又参以《列异传》所收汉睢阳王收拷谈生的故事[1]。全剧五十五出,演南宋时南安太守杜宝延师陈最良教女儿杜丽娘读《诗经》。杜丽娘在侍女春香的怂恿下,到花园游玩,为春色所感,梦中与书生柳梦梅相爱,醒后感伤而死。三年后,柳梦梅到南安养病,拾到杜丽娘的自画像,非常爱慕,朝夕对画呼唤。丽娘的鬼魂与柳相见,并复生与柳结为夫妇。后来柳梦梅中了状元,尽管杜宝不肯认这个女婿,但终在皇帝的干预下,一家团圆。作为爱情剧,《牡丹亭》反映了那个时代的女子的苦闷。明代是一个对妇女的束缚非常严重的时代。宋儒建立、提倡的贞操节烈观念,在宋代还没有来得及深入当时的社会,在明代却成为女性的行为规范。据统计,《明史》中所收的节女、烈女传比《元史》以上的任何一代至少多出四倍以上。《明史》的《烈女传序》称:"明兴,著为规条,巡方督学岁上其事,大者赐祠祀,次亦树坊表,乌头绰楔,照耀井间,乃至僻壤下户之女,亦能以贞白自砥。其著于实录及郡邑志者,不下万余人。虽间有以文艺显,要之节烈为多"。而且,在明代对妇女进行说教的书籍也越来越多,从皇帝、后妃开始,都在积

---

[1] 陈毓罴《汤显祖》一文比较传奇与话本,认为剧本大的改动有三:一是柳梦梅由新任南雄府尹的独子,变成了不遇的穷书生;二是剧中塑造了陈最良这个典型的塾师形象;三是杜宝对女儿还魂事件的反应不同:小说里杜宝升任江西省参知政事,接柳府尹的信,知女儿还魂与柳衙内成亲,大喜;《牡丹亭》中杜宝升安抚使、镇守淮扬、当宰相,拷打来谒见的柳梦梅,不肯认这个女婿。参见《中国历代著名文学家评传》第四卷,山东教育出版社 1985 年版,第 405—408 页。郑培凯《〈牡丹亭〉的故事来源与文字因袭》一文,在附录中列举了八个传奇因袭话本文字的例子。见郑培凯著《汤显祖与晚明文化》,允晨文化实业股份有限公司,1995 年版。

极编写《女鉴》、《内则》、《女训》等读物。正是在这样一种社会氛围下,汤显祖写作《牡丹亭》传奇,用杜丽娘的故事,通过杜丽娘追求爱情生死不渝、生而死、死而生的故事,赞扬真情、至情,批评社会对人性的压抑。

在《牡丹亭》中,杜丽娘是一个具有至情、执著于理想的女子,是作者理想的化身,也是剧本的一个突出成就所在。在中国戏曲史上,《牡丹亭》和《西厢记》是两本交相辉映的爱情剧。这里,我们就想对剧中的两位女主角——杜丽娘和崔莺莺稍作比较,借以揭示杜丽娘形象的意义。

与《西厢记》中的崔莺莺相比,杜丽娘和莺莺一样,同出于富贵之家,同样渴望爱情,同样受到当时的社会道德的束缚。但两人又有很多的不同。从生活环境来看,《牡丹亭》中杜丽娘生活的环境比《西厢记》中崔莺莺的环境更令人窒息。她每天接触到的人除了父母,就是侍女春香,老师——老儒生陈最良。在她的生活里,没有一个像张生那样的至诚种狂热地追求她,也没有一个热心的红娘帮助她递简传书。她生活的圈子,除了父亲和陈最良外,再没有别的男性。绣房便是她的世界。杜丽娘白天瞌睡、游花园、在裙子上绣成双的鸟,都被认为是不合适的,要受到指责。《西厢记》中莺莺的母亲尚且让莺莺到佛殿玩耍,但杜丽娘却受到了更多的管束:"恁般景致,我老爷和奶奶再不提起";"孩儿,这后花园中冷静,少去闲行。"[1]"后花园窄静无边阔,亭台半倒落。便我中年人要去时节,尚兀自里打个磨陀。女儿家甚做作?星辰高犹自可。(贴)不高怎的?(老旦唱)厮撞著,有甚不著科,教娘怎么?"[2]从她们追求爱情的行动来看,莺莺在追求

---

[1]《牡丹亭》第十出"惊梦"。徐朔方、杨笑梅校注《牡丹亭》,人民文学出版社1963年版,第46页。
[2]《牡丹亭》第十一出"慈戒"[征胡兵]。徐朔方、杨笑梅校注《牡丹亭》,人民文学出版社1963年版,第50—51页。

爱情幸福的过程中,有许多假意,常常动摇。她时时需要战胜自己。对莺莺来说,如果没有红娘的帮助,也许就没有她和张生的婚姻了。杜丽娘没有一个现实中的情人、没有红娘的帮助,但杜丽娘对爱情的追求却远比莺莺坚决、主动:"这般花花草草由人恋,生生死死随人愿,便酸酸楚楚无人怨。"[1]她为追求梦中情人而死去,并在阴间继续跟寻,为钟情一点,终于因情而复生,在现实中找到了自己的"影儿中情人"。在重生以后,虽然她深爱自己的父亲,但她仍坚决拒绝了父亲让她离开柳梦梅的要求。汤显祖笔下的杜丽娘,不同于以往爱情剧中的任何一位女主角,不同于崔莺莺,她不是在现实的感情中苦恼,而是为梦境而痛苦,她不是死于爱情的被破坏,而是死于对爱情的徒然的渴望,这是《牡丹亭》剧本的一大成功之处。汤显祖不但由杜丽娘的形象,写出现实中女性的困境:一方面是文学素养的加强,对才华的注重,"女工一事,想女儿精巧过人。看来古今贤淑,多晓诗书。他日嫁一书生,不枉了谈吐相称"[2];"假如刺绣余闲,有架上图书,可以寓目。他日到人家,知书识礼,父母光辉"[3];"冠儿下,他做个女秘书"[4]。另一方面则是生活中束缚的严重,她们的行动受到太多的约束。同时更借杜丽娘的形象表达了自己的至情观:"情"可以超越现实存在、超越时间和空间。剧中阴间的判官在听杜丽娘说起自己为梦感伤而亡时,曾表示怀疑:"谎也。世有一梦而亡之

---

[1]《牡丹亭》第十二出"寻梦"[江儿水]。徐朔方、杨笑梅校注《牡丹亭》,人民文学出版社1963年版,第55—56页。

[2]《牡丹亭》第三出"训女"。徐朔方、杨笑梅校注《牡丹亭》,人民文学出版社1963年版,第7页。

[3]《牡丹亭》第三出"训女"。徐朔方、杨笑梅校注《牡丹亭》,人民文学出版社1963年版,第8页。

[4]《牡丹亭》第五出"延师"。徐朔方、杨笑梅校注《牡丹亭》,人民文学出版社1963年版,第17页。

理?"[1]但"梦中之情,何必非真!"[2]真情是无法为常理所规定和限制的。

与《西厢记》一致,《牡丹亭》在塑造杜丽娘的形象时,注意抓住人物的身份来做文章。但与《西厢记》着重表现人物的内心矛盾不同,《牡丹亭》的重点在表现主人公心中被压抑的情怀,她内心世界的丰富,她的青春的觉醒。为了与杜丽娘大家闺秀的身份相吻合,作者大量借助景物描写,以景物为媒介,表现内心的秘密,使读者既读到杜丽娘的深情,又无损于人物的身份。"惊梦"是剧本中刻画杜丽娘的内心很成功的段落,在一片春光中写出杜丽娘的春情。

袅晴丝吹来闲庭院,摇漾春如线。停半晌、整花钿。没揣菱花,偷人半面,迤逗的彩云偏。步香闺怎便把全身现![3]

在这支[步步娇]曲中,作者写杜丽娘打扮自己,却插入了对春日游丝的描写:"袅晴丝吹来闲庭院,摇漾春如线"。写庭院而以"闲"来修饰,突出杜丽娘生活环境的寂寞、深闺生活的闲散无聊,更因"闲"才注意到春日的游丝。同时,春日柔长的游丝的飘动,又从另一面强调了杜丽娘所处院落的静寂。"摇漾春如线",写游丝,飘动的游丝传达着春的消息,感动着杜丽娘,使她的心也如春日的游丝一般颤动。是写景,也是写人。春体现在游丝之上,情也体现在游丝之上。

原来姹紫嫣红开遍,似这般都付与断井颓垣。良辰美景奈何天,赏心乐事谁家院! 朝飞暮卷,云霞翠轩;雨丝风片,烟波画船

---

[1]《牡丹亭》第二十三出"冥判"。徐朔方、杨笑梅校注《牡丹亭》,人民文学出版社1963年版,第112页。
[2]《牡丹亭题词》。徐朔方、杨笑梅校注《牡丹亭》,人民文学出版社1963年版,第1页。
[3] 第十出"惊梦"[步步娇]。徐朔方、杨笑梅校注《牡丹亭》,人民文学出版社1963年版,第43页。

——锦屏人忒看的这韶光贱！〔1〕

这支〔皂罗袍〕曲是杜丽娘来到花园后发出的感慨。"原来姹紫嫣红开遍，似这般都付与断井颓垣"。盛开的鲜花与断井颓垣相对照，明媚的春光无人欣赏，美好的青春悄悄地流逝，依然是用写景带出强烈的感情。"朝飞暮卷，云霞翠轩；雨丝风片，烟波画船——锦屏人忒看的这韶光贱！"先用十六个字写人间美景，轻盈明灭、飘渺朦胧，再以一句否定语，以锦屏人特不看重这美景，表达一种羡慕的心情，写出杜丽娘对大自然、对生活的爱。在《牡丹亭》剧本中，汤显祖很好地发挥了中国传统诗词借景抒情的笔法，让杜丽娘在对景物的咏叹中，表达内心的怀春慕色，不但使曲词具有了含蓄不尽的意味，而且使杜丽娘的形象多了一份伤感和幽怨，优美而不失之轻佻。

《牡丹亭》传奇的曲词非常成功，不同的人物有着不同的声口，套用沈际飞的评价："柳生骏绝，杜女妖绝，杜翁方绝，陈老迂绝，甄母愁绝，春香韵绝，石姑之妥，老驼之勋，小癞之密，使君之识，牝贼之机，非临川飞神吹气为之，而其人遁矣。"〔2〕剧中杜丽娘的曲词细腻、优美、含蓄。杜宝的曲词则或严肃古执：

宦囊清苦，也不曾诗书误儒。你好些时做客为儿，有一日把家当户。是为爹的疏散不儿拘，道的个为娘是女模。〔3〕

忒恁憨生，一个哇儿甚七情？则不过往来潮热，大小伤寒，急慢风惊。则是你为母的呵，真珠不放在掌中擎，因此娇花不奈这心

---

〔1〕 第十出"惊梦"〔皂罗袍〕。徐朔方、杨笑梅校注《牡丹亭》，人民文学出版社1963年版，第43页。

〔2〕 沈际飞《牡丹亭题词》。徐朔方笺校《汤显祖全集》，北京古籍出版社1999年版，第2569页。

〔3〕《牡丹亭》第三出"训女"〔玉抱肚〕。徐朔方、杨笑梅校注《牡丹亭》，人民文学出版社1963年版，第8页。

头病。[1]

或豪爽慷慨：

西风扬子津头树,望长淮渺渺愁予。枕障江南,钩连塞北。如此江山几处？[2]

每日价看镜登楼,泪沾衣浑不如旧。似江山如此,光阴难又。猛把吴钩看了,阑干拍遍,落日重回首。此去呵,恨南归草草也寄东流,你可也明月同谁啸庚楼？[3]

杜母的唱词平实而充满慈爱：

说起心疼,这病知他是怎生！看他长眠短起,似笑如啼,有影无形。原来女儿到后花园游了。梦见一人手执柳枝,闪了他去。（作叹介）怕腰身触污了柳精灵,虚嚣侧犯了花神圣。老爷呵,急与禳星,怕流星赶月相刑迍。[4]

地老天昏,没处把老娘安顿。思量起举目无亲,招魂有尽。在天涯老命难存,割断的肝肠寸寸。[5]

柳梦梅的曲词则在淡淡的文采中,写出多情和书生意气：

他青梅在手诗细哦,逗春心一点蹉跎。小生待画饼充饥,小姐似望梅止渴。小姐,小姐,未曾开半点么荷,含笑处朱唇淡抹,

---

[1]《牡丹亭》第十六出"诘病"[驻马听]。徐朔方、杨笑梅校注《牡丹亭》,人民文学出版社1963年版,第73页。

[2]《牡丹亭》第四十二出"移镇"[夜游朝]。徐朔方、杨笑梅校注《牡丹亭》,人民文学出版社1963年版,第198页。

[3]《牡丹亭》第五十出"闹宴"[梁州序]。徐朔方、杨笑梅校注《牡丹亭》,人民文学出版社1963年版,第237页。

[4]《牡丹亭》第十六出"诘病"[驻马听]。徐朔方、杨笑梅校注《牡丹亭》,人民文学出版社1963年版,第73页。

[5]《牡丹亭》第二十五出"忆女"[玩仙灯]。徐朔方、杨笑梅校注《牡丹亭》,人民文学出版社1963年版,第127页。

韵情多。如愁欲语,只少口气儿呵。〔1〕

（外扯住冠服介）（生）呀,你敢抗皇宣骂敕封,早裂绽我御袍红。似人家女婿呵,拜门也似乘龙。偏我帽光光走空,你桃夭夭煞风。（老旦替生冠服插花介）（生）老平章,好看我插宫花帽压君恩重。〔2〕

你这孔夫子,把公冶长陷缧绁中。我柳盗跖打地洞向鸳鸯塚。有日呵,把爕理阴阳问相公,要无语对春风。则待列笙歌画堂中,抢丝鞭御街拦纵。把穷柳毅赔笑在龙宫,你老夫差失敬了韩重。我呵,人雄气雄,老平章深躬浅躬,请状元升东转东。呀,那时节才提破了牡丹亭杜鹃残梦。〔3〕

《牡丹亭》的总体风格是轻松诙谐的。比如剧中以柳梦梅为唐柳宗元之后人,且有郭橐驼之后人驼孙与其相依过活;友人韩子才是韩昌黎之后。杜宝是杜甫之后。如此的设计,充满游戏的味道。而"怅眺"、"道觋"、"肃苑"等出的谐谑以及剧本中时时出现的插科打诨,更平添无限风趣。传奇的最后一出,一本正经的杜宝不肯认柳梦梅这个女婿,在皇帝面前争辩。虽然皇帝让他们父子夫妻相认,归第成亲,可杜宝仍让杜丽娘"小鬼头远些",声称"如今连柳梦梅俺也疑将起来,则怕也是个鬼"。这时的杜母却是一片高兴,让柳梦梅"先认了你丈母罢"。两相对照,于轻松、幽默中写出相聚的喜悦。

《牡丹亭》对真情的表现,它与现实生活中女性生活的息息相关,使剧本在当时即产生很大的社会影响。在汤显祖的诗集中,曾提到

---

〔1〕《牡丹亭》第二十六出"玩真"[啼莺序]。徐朔方、杨笑梅校注《牡丹亭》,人民文学出版社1963年版,第131页。

〔2〕《牡丹亭》第五十三出"硬拷"[收江南]。徐朔方、杨笑梅校注《牡丹亭》,人民文学出版社1963年版,第251—252页。

〔3〕《牡丹亭》第五十三出"硬拷"[沽美酒]。徐朔方、杨笑梅校注《牡丹亭》,人民文学出版社1963年版,第252页。

娄江女子俞二娘因读《牡丹亭》断肠而死[1];焦循的《剧说》也记载有一则传说:杭州女伶商小玲"尝有所属意,而势不得通,遂郁郁成疾。每作杜丽娘《寻梦》、《闹殇》诸剧,真若身其事者,缠绵凄婉,泪痕盈目。一日演《寻梦》,唱至'待打并香魂一片,阴雨梅天,守得个梅根相见。'盈盈界面,随声倚地。春香上视之,已气绝矣"[2]。汤显祖《牡丹亭》中不能为常理所拘束的"情",在现实中得到了最真实的回响。

第三节 《邯郸记》与小说《枕中记》

《邯郸记》作于1601年,其间汤显祖两度在精神上受到沉重打击:1600年秋,汤显祖的爱子、被他寄予厚望的士蘧,卒于南京。汤显祖悲伤痛苦,曾写下大量作品来表达心中的伤感:"中秋先日我生辰,去岁来家贺我旬。谁料今年无彩服,江东麻布泪痕新。""从来亢壮少情亲,宦不成游家累贫。头白向蘧蘧又死,阿爹真是可怜人。"[3]1601年初,汤显祖自己复遭大计罢职。"戊戌之计,明公大为仆不平,言于使者,枳其谈。而明公乃复不免。辛丑之计,仆三年杳然岩壑,不当入计中。时本宁李公大为不平,言于吏部堂,枊其笔。而李公亦复不免。夫以明公与李公,名如日月之荧,实若鼎钧之重,而诽俊疑杰,尚为诟巘不置。况如不佞,名微实轻,无足光重于世者哉。"[4]伤心与感慨,直接影响到《邯郸记》的写作。

---

[1] 《哭娄江女子二首》。徐朔方笺校《汤显祖全集》,北京古籍出版社1999年版,第710页。

[2] 焦循《剧说》卷六。《中国古典戏曲论著集成》八,中国戏剧出版社1959年版,第197页。

[3] 《重得亡蘧讣二十二绝》之十三、之二十二。徐朔方笺校《汤显祖全集》,北京古籍出版社1999年版,第594页。

[4] 《与冯文所大参》。徐朔方笺校《汤显祖全集》,北京古籍出版社1999年版,第1430页。

《邯郸记》取材于唐人小说《枕中记》,重点发挥和改造了其中的几个情节:(1)"数月,娶清河崔氏女。女容甚丽,生资愈厚。生大悦,由是衣装服驭,日益鲜盛。"《邯郸记》发挥这一情节,写卢生偶然闯入一大宅院,被清河崔氏之女拿住。崔氏女提出私休则成其夫妻,官休则送到清河县去。卢生情愿私休,遂与崔氏女成婚。小说中原本没有说明"如何娶",只是强调妻子的美丽、富有。但在汤显祖的笔下,娶妻的过程被重点表现,突出其中滑稽的色彩。(2)"明年,举进士,登第"。剧本借小说中的这句话,加以补充改造,写卢生因其妻亲戚多在要津,更以金钱贿赂朝贵,终在落卷中翻出,考得状元。(3)"生性好土功,自陕西凿河八十里,以济不通。邦人利之,刻石纪德。"汤显祖则写卢生因傲慢得罪了左仆射兼检括天下租庸使宇文融。后卢生借掌制诰,偷写夫人诰命,朦胧进呈,取得圣旨,被宇文融看破,奏上皇帝。圣旨宽恩免究,但令卢生去做陕州知州,凿石开河。卢生以盐蒸醋煮之法打通河道。皇帝东游巡视,泛龙舟于新开河道,非常欣喜。(4)"是岁,神武皇帝方事戎狄,恢宏土宇。会吐蕃悉抹逻及烛龙莽布支攻陷瓜沙,而节度使王君㚟新被杀,河湟震动。帝思将帅之才,遂除生御史中丞、河西道节度使。大破戎虏,斩首七千级,开地九百里,筑三大城以遮要害。边人立石于居延山以颂之。"剧本则写正在皇帝游河庆赏之时,边报吐蕃进犯,宇文融为处置卢生,推荐卢生前去征战。卢生被任命为御史中丞,兼领河西陇右四道节度使,挂印征西大将军。卢生用计使番王杀其丞相悉那逻,乘机攻打热龙莽,大获全胜,长驱至天山,磨石纪功而还。(5)"时望清重,群情翕习。大为时宰所忌,以飞语中之,贬为端州刺史。三年,征为常侍。未几,同中书门下平章事。……同列害之,复诬与边将交结,所图不轨。下制狱。……其罹者皆死,独生为中官保之,减罪死,投驩州。数年,帝知冤,复追为中书令,封燕国公,恩旨殊异。"剧本则写卢生功成,封定西侯,加太子太保,兼兵部尚书,同平章军国大事。宇文融告其通番卖国。卢生被即刻拿赴云阳市,明正典刑。其妻牵子午门告冤,卢生被免死,远窜广南崖州鬼门关。随之其妻亦没为官婢。后宇文融伏诛,卢生钦取还朝,尊为上相,兼掌兵权。如果说小说中梦幻部分的表现重点是人生之宠辱、穷达、得丧、死生,那么汤显祖表现的重点则是政治的荒唐与黑暗,涉及科举的腐败和官场的倾轧,并借卢生的梦境,嘲笑了恶之情。所谓"性无善无恶,情有之。因情成梦,因梦成戏"[1]。而第二十九出中,卢生梦醒后的叹息,汤显祖在小说之外加入了:"人生眷属,亦犹是耳。岂有真实相乎?"几句,透露了他在爱子死后的心情。

《邯郸记》全剧三十出,是汤显祖剧作中篇幅最短的一本。剧本情节的展开非常紧凑,卢生的中状元、外补开河、出征吐蕃、被谤得罪,一波紧接一波,环环相扣,没有丝毫拖沓。"邯郸生忽而香水堂、曲江池、忽而陕州城、祁连山,忽而云阳市、鬼门道、翠华楼"[2],剧情大开大合,极悲、极欢,情节变幻之极,而一毫增损不得。曲文亦质朴、苍劲:

> 青驴紧跨。霜风渐加。克膝的短裘。揸不住风尘刮。空田噪晚鸦。牛背上夕阳西下。秋风古道。红树槎牙。槎牙。唱道是秋容如画。[3]

> 紫塞长驱飞虎豹。拥貔貅万里咆哮。黑月阴山。黄云白草。是万里封侯故道。[4]

"昔涵虚子论元人曲有十二科,一曰神仙道化。故臧晋叔《元曲选》,此科居十之三。马东篱《黄粱》、《岳阳》诸剧尤佳;而临川《邯郸》

---

〔1〕《复甘义麓》。徐朔方笺校《汤显祖全集》,北京古籍出版社 1999 年版,第 1464 页。

〔2〕沈际飞《题邯郸梦》。徐朔方笺校《汤显祖全集》,北京古籍出版社 1999 年版,第 2570 页。

〔3〕第二出[柳摇金]。《六十种曲》中华书局 1958 年版,第 2—3 页。

〔4〕第十七出[夜行船引]。《六十种曲》中华书局 1958 年版,第 55 页。

亦臻其妙。岂非命意高、用笔神,为词家逸品与?"[1]《邯郸记》是词家逸品,也是神仙道化剧中的佼佼者。

第四节 汤显祖剧作的影响

汤显祖的剧本为宜黄腔而作(宜黄腔为海盐腔传入江西,并接受当地弋阳腔的影响而形成),适宜宜伶演唱,与流行于吴中的昆山腔在音律上有很多不同,因而受到推重昆腔的剧作家的批评:"今临川生不踏吴门,学未窥音律,艳往哲之声名,逞汗漫之词藻,局故乡之闻见,按亡节之弦歌,几何不为元人所笑乎?"[2] "临川之于吴江,故自冰炭。吴江守法,斤斤三尺,不欲令一字乖律,而毫锋殊拙。临川尚趣,直是横行,组织之工,几与天孙争巧。而屈曲聱牙,多令歌者龃舌。"[3] "况江西弋阳土曲,句调长短,声音高下,可以随心入腔,故总不必合调,而终不悟矣。"[4]但对汤显祖剧作的曲辞,人们却大多给以很高的评价:"临川之修辞也,不可勉而能也"[5];"客问今日词人之冠,余曰:'……于南词得二人:曰吾师山阴徐天池先生——瑰玮浓郁,超迈绝尘。《木兰》、《崇嘏》二剧,刳肠呕心,可泣神鬼。惜不多作! 曰临川汤若士——婉丽妖冶,语动刺骨。独字句平仄,多逸三尺。然其妙处,往往非词人工力所及,惜不见散套耳!'问体孰近?

---

[1] 洪升《扬州梦传奇序》。《汤显祖研究资料汇编》上海古籍出版社1986年版,第1252页。

[2] 臧懋循《玉茗堂传奇引》。徐朔方笺校《汤显祖全集》,北京古籍出版社1999年版,第2591页。

[3] 王骥德《曲律》杂论第三十九下。《中国古典戏曲论著集成》四,中国戏剧出版社1959年版,第165页。

[4] 凌濛初《谭曲杂札》。《中国古典戏曲论著集成》四,中国戏剧出版社1959年版,第254页。

[5] 王骥德《曲律》杂论第三十九下。《中国古典戏曲论著集成》四,中国戏剧出版社1959年版,第166页。

曰：'于文辞一家得一人，曰宣城梅禹金——摘华掞藻，斐亹有致。于本色一家，亦惟是奉常一人——其才情在浅深、浓淡、雅俗之间，为独得三昧。余则修绮而非垛则陈，尚质而非腐则俚矣'。"[1] 吕天成在他著名的戏曲评论著作《曲品》中亦赞叹汤显祖剧本的曲辞"原非学力所及，洵是天资不凡"[2]。

汤显祖剧作对真情的歌颂，剧中曲折变幻的情节、优美、本色的文笔，引起后起许多剧作家的仰慕，如阮大铖[3]、吴炳[4]、孟称舜[5]

---

[1] 王骥德《曲律》杂论第三十九下。《中国古典戏曲论著集成》四，中国戏剧出版社1959年版，第170—171页。

[2] 吕天成《曲品》："汤奉常绝代奇才，冠世博学。周旋狂社，坎坷宦途。雷阳之谪初还，彭泽之腰乍折。情痴一种，固属天生；才思万端，似挟灵气。搜奇《八索》，字抽鬼泣之文；摘艳六朝，句叠花翻之韵。红泉秘馆，春风檀板敲金；玉茗华堂，夜月湘帘飘馥。丽藻凭巧肠而潜泉，幽情逐彩笔以纷飞。蓦然破噩梦于仙禅，瞠矣销尘情于酒色。熟拈元剧，故琢调之妍俏赏心；妙选佳题，故赋景之新奇悦目。不事刁斗，飞将军之用兵；乱坠天花，老生公之说法。信非学力所及，自是天资不凡。"吴书荫《曲品校注》，中华书局1990年版，第34页。

[3] 阮大铖(1587—1646)，字集之，号圆海，又号石巢、百子山樵，安徽怀宁人。万历四十四年(1616)进士。天启年间依附阉党魏忠贤，魏党败，以依逆罪被罢斥。居南京，力求起用，为复社所阻。与同年马士英深相结纳。崇祯亡后，阮大铖与马士英因迎立福王，而得显职。清兵攻破南京城，阮大铖投降于清，随清兵攻仙霞关时死于道途。阮大铖虽人品低下，但却颇富文学才华。在戏曲创作方面，不但有很好的文学修养，而且熟悉音律和舞台演出。他所创作的剧本，在当时很有影响。所作剧本今存《燕子笺》、《春灯谜》、《双金榜》、《牟尼合》，合称《石巢四种》。阮大铖的家班在当时亦很有名气。张岱说："阮圆海家优讲关目，讲情理，讲筋节，与他班孟浪不同。然其所打院本，又皆主人自制，笔笔勾勒，苦心尽出，与他班卤莽者又不同。故所搬演本本出色，脚脚出色，出出出色，句句出色，字字出色"(《陶庵梦忆》卷之八，贝叶山房"中国文学珍本丛书"，1936年版，第82页)。

[4] 吴炳(？—1647)，字石渠，号粲花主人，常州宜兴(今属江苏省)人。万历四十七年(1619)进士。永历时任兵部侍郎兼东阁大学士，随永明王至桂林，又至武冈，清兵至，永明王令吴炳扈从太子往城步。既至，城已为清兵所据，遂被俘。送衡州，在衡州湘山寺绝食自尽。其戏曲创作与阮大铖齐名。所作传奇有《西园记》、《画中人》、《绿牡丹》、《疗妒羹》、《情邮记》五种，总称《粲花斋五种曲》。

[5] 孟称舜所作传奇今存《娇红记》、《贞文记》、《二胥记》。

等,均在戏曲创作中表现出对汤显祖的追摹。

在内容上,剧作家追随汤显祖讴歌真情。歌颂"真情"成为戏曲创作中一个非常突出的内容。比如孟称舜认为性情是理义的根本,忠孝节义莫不出于情。而在所有的情中,最广、最深的就是男女之情。"自昔忠臣孝子,世不恒有,而义夫节妇时有之。即义夫犹不多见,而所称节妇,则十室之邑必有之。何者?性情所种,莫深于男女,而女子之情,则更无藉诗书理义之文以讽喻之"[1]。他的《娇红记》即以"至情"为表现对象。剧写王娇娘与申纯相爱,婚事屡受间阻,终因帅节镇的逼婚,娇娘忧郁而死,申生自杀。死后二人合葬,化成一对鸳鸯,相亲相依。剧中王娇娘初遇申生即感慨:"吾今年及笄,未获良缘,光阴荏苒,如同过隙,每对花浩叹,不能自已。"以为"才子佳人,共谐姻眷,人生大幸,无过于斯。若乃红颜失配,抱恨难言"[2]。因此,"与其悔之于后,岂若择之于始"[3]。这和《牡丹亭》中的杜丽娘,在对爱情的追求上非常相似。娇娘和申生的爱情充满波折,但不管如何波折,娇娘与申生的感情始终不渝。剧作者借助爱情的周折,表现"年华有尽情无尽"的至深之情,歌唱超越生死的真情:"虫和蚁,一般儿谐婚媾。鸾交凤偶,三生夙世魂不朽,石上言非谬。人圆鬼耦,一样效绸缪。办取真情种,终须有,天长地久。"[4]其对情的描写明显带有《牡丹亭》的影响。孟称舜的《贞文记》写沈佺与张玉娘幼有婚约,后沈佺家道中落,张父以三世不招白衣女婿为借口,意欲悔婚,另嫁女于尚书之子。玉娘誓死不从。沈佺中试,于归途病死,玉娘亦悲痛而亡。婢女紫娥、霜娥感玉娘精诚,先后哭死和自缢,所养鹦鹉亦随之而死,最后合葬枫林之下。剧本同样写沈佺和张玉娘的生死不

---

[1] 孟称舜《娇红记题词》。《古本戏曲丛刊二集》。
[2] 《娇红记》第四出"晚绣"。《古本戏曲丛刊二集》。
[3] 《娇红记》第四十七出"芳陨"。《古本戏曲丛刊二集》。
[4] 《娇红记》第五十出"仙圆"[永团圆]。《古本戏曲丛刊二集》。

渝之情,同样歌颂真情的力量。作品认为世间万物皆有情:"世间不特有知识的,俱有情性,即花草云物,亦非无情。可不道天若有情天亦老,月如无恨月长圆。"〔1〕世间万物有生有灭,只有情是永恒的:"投至得山枯与海竭,看将来恨绵绵只有情难绝。"〔2〕但剧本在歌颂真情的同时,写张贞娘与沈佺从未见过面,张贞娘的坚贞同时也出于一女不嫁二夫的思想,这无疑削弱了剧本对情的歌颂。《二胥记》写春秋时伍子胥因父兄遭楚平王杀害而借吴兵灭楚复仇、申包胥忠君爱国借秦兵复楚。伍子胥为父兄报仇之孝是真诚的,申包胥复楚之忠也是真诚的,所以他们都能如愿以偿。在这里,孟称舜歌颂的是忠孝真情。而忠孝之情和男女之情在本质上是相通的:"天下忠孝节义之事,何一非情之所为,故天下之大忠孝人,必天下之大有情人也。"〔3〕"申生感王娇之死而以身殉,包胥欲自践其复楚之一言,至痛哭秦庭,水浆不入口者七日,而甘以身殉。虽事之大小不同,后之成否各异,而要其之死靡他之心则匪特二胥等也,即前后二申,岂有异乎?"〔4〕"余昔谱鸳鸯冢事,申生、娇娘两人慕色之诚与二胥报仇复国之诚等"〔5〕。吴炳的《画中人》主旨也是歌颂真情超越生死的力量。剧中华阳真人能呼唤画中人下来,书生庾启画一美人,照真人之言,昼夜对画中人跪拜,以"琼枝"之名呼之。恰有官员郑思玄之女名琼枝,耳中闻人呼唤,灵魂由画中下来与庾启相会。事情被胡图发现,告之庾父。庾父命将画烧掉。胡图以假画相代,将真画拿走,并照样呼叫,可画中下来的人却变做了鬼。郑琼枝真身死去,柩寄再生寺。庾启赴考途中居于寺旁,琼枝鬼魂告诉庾启:开棺即可复活。庾启依言救活琼枝,两人结为夫妻。剧本在精神上模仿《牡丹亭》,"唤

---

〔1〕《贞文记》第二出"情降"。《古本戏曲丛刊二集》。
〔2〕《贞文记》第二十四出"梦游"[尧民歌]。《古本戏曲丛刊二集》。
〔3〕 马权奇《二胥记题词》。《古本戏曲丛刊初集》。
〔4〕 马权奇《二胥记题词》。《古本戏曲丛刊初集》。
〔5〕 孟称舜《二胥记题词》。《古本戏曲丛刊初集》。

画虽痴非是蠢,情之所到真难忍"[1];"不识为情死,那识为情生"[2]。又借华阳真人之口说:"天下人只有一个情字,情若果真,离者可以复合,死者可以再生"[3];"画中真魂原以情现,有情者见其为人,无情者见其为鬼"[4]。可见剧本的主旨亦突出"真情"二字。吴炳的剧本,不但《画中人》是歌颂真挚的爱情,其他四种也都是写爱情婚姻、表现真情之作。阮大铖的《燕子笺》对情的表现也很值得注意。书生霍都梁"技占虎头三绝,名高骏骨千金",却对上厅行首华行云始终爱恋。华行云对爱情也专注执著,当霍都梁被逼出走之后,她在离乱中仍努力保存好他的文章。面对鲜于佶的纠缠,坚决拒绝,愤怒斥责。后来更揭穿了鲜于佶冒取功名的行径,为自己和霍都梁的最后结合创造了条件。剧本的结尾写华行云与郦飞云为争夺封诰而闹矛盾。身为青楼女子,华行云能与贵族小姐郦飞云据理力争,其重要的精神支柱,就是一个"情"字。剧中大家闺秀郦飞云对爱情的渴望,则使人不得不联想起汤显祖《牡丹亭》中的杜丽娘。杜丽娘梦见情人就一灵咬住,死死不放。郦飞云一见画中之人即心生爱慕之情,且刻骨铭心、深情专注,表现出对爱情的热烈向往。

在情节组织方面,剧作家们学习汤显祖,注意情节的曲折变化,注意情节的戏剧性。比如他们在剧本中常常喜欢运用误会错认法,把这种在元杂剧中已在使用的手法发挥的淋漓尽致。像吴炳的《西园记》就由张继华错认王玉真为赵玉英开始,直至真相大白结束。阮大铖的《春灯谜》以十错认造成一系列的波澜,堪称错认法的典范之作。在这些剧本中,悲欢离合通过种种的误会完成。剧作家们追步汤显祖的情节变幻,但汤显祖在变幻的情节间所寄寓的人生思考,却

---

[1]《画中人》第一出"画略"[蝶恋花]。《古本戏曲丛刊三集》。
[2]《画中人》第十六出"摄魂"之下场诗。《古本戏曲丛刊三集》。
[3]《画中人》第五出"示幻"。《古本戏曲丛刊三集》。
[4]《画中人》第三十四出"证画"。《古本戏曲丛刊三集》。

已悄悄地淡出了。另一方面对汤显祖剧作情节的借鉴,也时而可以看到。比如吴炳的《画中人》,在情节、意境上便有模仿《牡丹亭》的痕迹,剧中玩画、呼唤画中人、人鬼相会、开棺复生等情节,就与《牡丹亭》极其相似。而《疗妒羹》剧本则写到小青的死而复生。"世上从无如此事,肚中那得这般肠。想因错看还魂记,只道真有回生杜丽娘"[1]。

在语言上,吴炳诸人把汤显祖的辞藻看做学习的榜样,注意语言的优雅、灵动与本色。吴炳《疗妒羹》"题曲"中的曲子,即被梁廷枏评为"此等曲情,置之《还魂记》中,几无复可辨"[2]:

> 一任你拍断红牙。拍断红牙。吹酸碧管。可赚得泪丝沾袖。总不如那牡丹亭一声河满便凄然。四壁如秋。待我当做杜丽娘摹想一回。这是芍药栏。这是太湖石。呀,梦中的人来了也。半晌好迷留。是那般憨爱。那般膀瘦。只见几阵阴风凉到骨。想又是梅月下俏魂游。天那。若都许死后自寻佳偶。岂惜留薄命活作羁囚。[3]

由于汤显祖剧作的深受欢迎,也由于汤显祖本人的被推崇,在其身后,剧作家汤显祖又成为其他剧作家表现的对象。比如明人朱京

---

[1]《画中人》第二十九出。《古本戏曲丛刊三集》。
[2] 梁廷枏《曲话》卷三。《中国古典戏曲论著集成》八,中国戏剧出版社 1959 年版,第 268 页。
[3]《疗妒羹》第九出"题曲"[长拍]。《古本戏曲丛刊三集》。

藩的传奇《风流院》[1]、清人蒋士铨的《临川梦》[2]。

《风流院》，全剧共三十四出。剧本前有崇祯二年(1629)所作自叙。剧写小青母为贪财，把小青嫁与鄙俗之冯致虚，冯妻悍妒，小青颇为痛苦。杨夫人设计使小青从冯家搬出，别住于孤山庄中。书生舒新弹下第，心中愤懑，湖山浪荡，拾得小青诗笺，怜才惜色，一意寻访。小青抑郁而死，入风流院。舒生借南山老人之力，游魂入风流院，与小青相见，结成夫妻。玉帝发现有游魂潜入风流院，欲加天刑，命东大司拿南山老人。东大司拿不到南山老人，遂将风流院中之小青、杜丽娘、柳梦梅拘捕。南山老人设计，与风流院院主汤显祖配合，从槛中救出小青等。小青与舒生重聚，又得玉帝旨，小青再还阳世，嫁与舒生。剧演小青事而穿插入风流院的情节(风流院，"但佳人才子辞世者，俱入斯院"[3])。以汤显祖为风流院院主、柳梦梅、杜丽娘为风流院散仙。剧本突出汤显祖的高才、多情与风流："风流院内都是断肠流。则俺小神呵为断肠尤。每日价谈莺说燕醉花楼，天不管地不摄神不收。"[4]"自负才名一世高，埋花葬酒觉风骚。玉皇道我

---

[1] 朱京藩，字价人，别署不可解人，生卒年不详。作有杂剧《玉珍娘》(已佚)、传奇《半襦记》(已佚)及《风流院》。

[2] 蒋士铨(1725—1785)，字心余，苕生，号清容，又号藏园，江西铅山人。乾隆二十二年(1757)进士。授翰林院编修，居官八年，乞假归里养母。曾在绍兴、杭州、扬州等地的书院讲学。现存戏曲作品十六种，其中《冬青树》、《桂林霜》、《一片石》、《第二碑》、《四弦秋》、《临川梦》、《雪中人》、《香祖楼》、《空谷香》合刊为《藏园九种曲》，或称《红雪楼九种曲》。此为最通行之本。九种之外，加上《采樵图》、《采石矶》、《庐山会》，合称《红雪楼十二种曲》。另有《康衢乐》、《忉利天》、《长生箓》、《升平瑞》合称《西江祝嘏》，是乾隆十六年(1751)为给太后祝寿而作。蒋士铨的戏曲创作在清代占有重要地位，李调元称他是"近时第一"(《雨村曲话》卷下，《中国古典戏曲论著集成》八，中国戏剧出版社1959年版，第27页)，梁廷枏以为"近数十年作者，亦无以尚之"(《曲话》，《中国古典戏曲论著集成》八，中国戏剧出版社1959年版第272页)，杨恩寿以"藏园九种"为"乾隆时一大著作"(《词余丛话》卷二，《中国古典戏曲论著集成》九，中国戏剧出版社1959年版，第251页)。

[3] 第十五出"冥叙"。《古本戏曲丛刊二集》。

[4] 第四出"稽籍"[梁州令]。《古本戏曲丛刊二集》。

神仙种,封作风流院主曹。吾乃风流院主汤显祖是也。生平以花酒为事,文章作涯。一官如寄,任他调削贬除。百岁难期,且自徜徉游荡。生为绰约,死亦风流。"[1]剧中的汤显祖为情作使,侠义激烈:"移云就月折花赠柳,这是俺汤显祖一生心事"[2];东大司欲加刑于小青等,汤显祖愤怒不已:

> (净向旦)你这犯女毕竟不肯招么?叫左右扯下去打。(末怒奋袂叱左右介)谁敢打。他是圣犯。(小生小旦)院主。我二人被他打得苦也。(末)有这样事?(向净介)我问你,他二人有何罪犯?你又无玉旨擅自打人。你有大罪哩!(净)我怎么打他不得?(末大喊介)怎么打得?你打得他,我就打得你。(向净面欲打介)(净怒喝,末净互相扭衣,左右拆开介)……(末又欲向净)待我去打这禽兽。[3]

向东大司喊叫,与东大司揪扯的汤显祖,豪侠仗义,出人意表,显示出对汤显祖的全新诠释。但读来总让人感觉有些吃惊。关于《风流院》剧本对汤显祖的表现,祁彪佳在其《明曲品》中曾表达了自己的不满:"传得汤若士粗夯如许,大煞风景"[4]。

蒋士铨的《临川梦》,共二十出,作于乾隆三十九年(1774)。与《风流院》不同,《临川梦》以汤显祖为剧本的主角,以戏曲为汤显祖作传。汤显祖生平的重要事迹,在剧中多有表现,如拒绝张居正的结纳,放弃考试;上《论辅臣科臣疏》;贬官徐闻,迁遂昌县令的经历和治迹等。同时,汤显祖"玉茗堂四梦"的写作也均有涉及。在《临川梦自序》中,蒋士铨谈到自己创作的用意:"予恐天下如客者多矣,乃杂采

---

[1] 第四出"冥叙"。《古本戏曲丛刊二集》。
[2] 第十五出"冥叙"。《古本戏曲丛刊二集》。
[3] 第十八出"拘理"。《古本戏曲丛刊二集》。净为东大司,旦为小青,末为汤显祖,小生柳梦梅,小旦杜丽娘。
[4] 祁彪佳《远山堂明曲品剧品校录》,上海出版公司1955年版,第16页。

各书,及《玉茗集》中所载种种情事,谱为《临川梦》一剧,摹绘先生人品,现身场上,庶几痴人不以先生为词人也欤。"[1]蒋士铨推重汤显祖的为人:"临川一生大节,不迩权贵,递为执政所抑,一官潦倒,里居二十年,白首事亲,哀毁而卒,是忠孝完人也。"[2]剧中的汤显祖有情、有才,"忠孝无亏"[3]。对汤显祖的体会亦颇深微独到,比如第三出"谱梦",写汤显祖与夫人一起斟酌《牡丹亭》曲文:"官人文心之妙,一至于此,只怕没有这等可意之事哟。(生)娘子,但云理之所必无,不妨情之所或有,管他则甚。"[4]剧中汤显祖的回答虽套用《牡丹亭题词》,但与夫人的话相呼应,正写出蒋士铨对汤显祖"情"与"理"的理解。比如第四出"想梦",俞二姑对《牡丹亭》的理解:"我想此君胸次,必有万分感叹,各种伤怀。乃以美人香草,寄托幽情。所谓嬉笑怒骂皆是微词。"[5]"我看这本词曲,虽是他游戏之文,然其中感慨激昂,是一个有血性的丈夫。他写杜女痴情,至死不变,正是借以自况。所谓其愚不可及也。"[6]

剧本在表现上打乱时空,不但让汤显祖剧中的人物:卢生、淳于梦、霍小玉登场,而且让读《牡丹亭》伤心而亡的娄江女子俞二姑现身场上,让他们与汤显祖梦中相会,构思新颖巧妙。虽然剧本在结构上仍有可议之处,写哱承恩叛乱的几出颇觉游离,但毕竟瑕不掩瑜。

《牡丹亭》脱稿不久,就引起了人们广泛的注意。沈德符说:"汤义仍《牡丹亭梦》一出,家传户诵,几令《西厢》减价。"[7]对《牡丹亭》

---

[1] 蒋士铨《临川梦自序》。《蒋士铨戏曲集》,中华书局1993年版,第210页。
[2] 蒋士铨《临川梦自序》。《蒋士铨戏曲集》,中华书局1993年版,第209页。
[3] 《临川梦》第十七出"集梦"。《蒋士铨戏曲集》,中华书局1993年版,第272页。
[4] 《临川梦》第三出"谱梦"。《蒋士铨戏曲集》,中华书局1993年版,第227页。
[5] 《临川梦》第四出"想梦"。《蒋士铨戏曲集》,中华书局1993年版,第230页。
[6] 《临川梦》第四出"想梦"。《蒋士铨戏曲集》,中华书局1993年版,第232页。
[7] 沈德符《万历野获编》卷二十五"填词名手"。文化艺术出版社1998年版,第687页。

的改编一再出现。对吕玉绳的改本,汤显祖曾大表不满,以为和"原作的意趣大不同了"[1]。而此吕玉绳改本,实际就是沈璟的改本[2]。沈璟改《牡丹亭》为《同梦记》,此剧今已不可见,惟在《南词新谱》中还可以看到其中的个别曲子。在今天可以见到的改本中,冯梦龙的《风流梦》(三十七出)影响较大。他剪裁《牡丹亭》原作中"闺塾"、"肃苑"二出为"传经习字"一折,著名的戏曲散出集《缀白裘》中所收的"学堂",就采用了冯梦龙修改后的格局,而这出戏至今仍活跃在舞台上。冯梦龙《风流梦》"初拾真容"中所修改的汤显祖的曲子〔商调二郎神〕、〔集贤宾〕、〔黄莺儿〕、〔簇御林〕等,被演员采入"叫画",传唱不衰[3]。最易见到的改本是《硕园删定牡丹亭》(四十三出),收入《六十种曲》。除《牡丹亭》外,汤显祖的其他三梦,也有改本,如臧懋循曾改定《玉茗堂四种传奇》,冯梦龙改作过《邯郸记》等。

汤显祖的剧作为曲选大量选用,比如《群音类选》、《乐府万象新》、《乐府红珊》、《月露音》、《词林逸响》、《万壑清音》、《珊珊集》等,都收录了许多汤显祖剧做的散出或套曲。

在舞台上,汤显祖的"临川四梦"也是常见剧目。从其剧作完成之初,直到今天,汤显祖的剧作表现出不息的生命。在汤显祖自己的诗文作品里,我们已经读到一些有关演出的记载:比如在《哭娄江女子二首》的序中,汤显祖写到:"因忆周明行中丞言,向娄江王相国家劝驾,出家乐演此(《牡丹亭》)。相国曰:'吾老年人,近颇为此曲惆怅'。"[4] 比如他的《唱二梦》:"半学侬歌小梵天,宜伶相伴酒中禅。

---

[1] 《与宜伶罗章二》。徐朔方笺校《汤显祖全集》,北京古籍出版社1999年版,第1519页。

[2] 参见徐朔方《关于汤显祖沈璟关系的一些事实》,《徐朔方集》第一卷,浙江古籍出版社,第538页。

[3] 参见周育德《汤显祖论稿》,文化艺术出版社1991年版,第247页。

[4] 徐朔方笺校《汤显祖全集》,北京古籍出版社1999年版,第710页。

缠头不用通明锦，一夜红毹四百钱。"[1]比如他的《滕王阁看王有信演牡丹亭二首》："韵若笙箫气若丝，牡丹魂梦去来时。河移客散江波起，不解销魂不遣知。""桦烛烟销泣绛纱，清微苦调脆残霞。愁来一座更衣起，江树沉沉天汉斜。"[2]在其他的文献材料中，我们同样可以得到很多有关"四梦"演出的线索。明末祁彪佳的日记中有许多关于看戏的记载，其中即有《紫钗记》、《牡丹亭》、《南柯记》等的名目。清人李斗的《扬州画舫录》，写到乾隆时的戏曲演员，其中也不乏以"四梦"擅长的演员，如朱文元"演《邯郸梦》全本，始终不懈"；小生李文益"与小旦王喜增串《紫钗记》'阳关'、'折柳'，情致缠绵，令人欲泣"；金德辉"演《牡丹亭》'寻梦'、《疗妒羹》'题曲'，如春蚕欲死"[3]。也是在乾隆年间，叶堂在前人的基础上，订正《牡丹亭》、《南柯记》、《邯郸记》的曲谱，并第一次给《紫钗记》谱昆曲工尺，成《纳书楹玉茗堂四梦曲谱》。而在清代宫廷的戏曲演出里，汤显祖的剧作同样属于经常演出的剧目，比如《牡丹亭》的"学堂"、"劝农"、"肃苑"、"游园"、"惊梦"、"堆花"，《南柯记》的"瑶台"、"花报"，《邯郸记》的"扫花三醉"、"打番"等等[4]。即使在皮黄、梆子盛行，昆曲衰落的时刻，"临川四梦"的散出仍然能在舞台上获得生存的空间。

汤显祖以其对"真情"的追求，显示出晚明文学创作的新风尚。与康海等剧作家用戏曲来抒写一己之情，一己的感慨、苦恼不同，汤显祖在其剧本里探讨了更广阔深邃的人类之情、社会之情。而汤显祖的才华则使他的剧本神情飞动，文辞精妙。汤显祖是中国文学史、戏曲史上的杰出作家。

---

[1] 徐朔方笺校《汤显祖全集》，北京古籍出版社1999年版，第822页。
[2] 徐朔方笺校《汤显祖全集》，北京古籍出版社1999年版，第838页。
[3] 《扬州画舫录》卷五。山东友谊出版社2001年版，第149、150、151页。
[4] 参见李玫《汤显祖的传奇折子戏在清代宫廷里的演出》。《文艺研究》2002年第1期。

第五章 沈璟的剧作及其影响

沈璟(1553—1610),字伯英,号宁庵,苏州吴江(今属江苏)人。万历二年(1574)进士。曾任兵部职方司、礼部仪制司主事,吏部各司员外郎等职。万历十四年(1586)因要求早立皇太子,并给皇长子生母王氏以贵妃封号,触及皇帝宠妃郑贵妃而受到降职三级的处分,为行人司司正。但因沈璟与首相申时行既是同乡,又是师生关系,得到申时行的援引,故沈璟地位很快回升。万历十六年(1588)为顺天乡试同考官,又由行人司正升光禄寺丞。第二年因朝臣弹劾科考舞弊而告病还乡[1]。沈璟罢官后致力于戏曲声律的研究,并创作剧本,自署"词隐生"。

第一节 沈璟的曲谱与曲论

沈璟的曲学著作有《南词韵选》、《遵制正吴编》、《论词六则》、《唱曲当知》和《南九宫十三调曲谱》。今天可以见到的仅只《南九宫十三调曲谱》一种,这也是其曲学著作中最重要的一种。另外,又有[二郎神]套曲阐述其曲学主张[2]。沈璟的戏剧理论概括起来有两个要点,一是重视声律,一是主张语言要通俗本色。他在给王骥德的信中

---

[1] 参见徐朔方《沈璟年谱》,《晚明曲家年谱》第一卷,浙江古籍出版社1993年版,第305—307页。
[2] 见《博笑记》(万历刻本)卷首;冯梦龙《太霞新奏》(天启间刻本)卷首。

说:"鄙意癖好本色,殊恐不称先生意指"[1]。在[二郎神]套曲中,沈璟则强调:"名为乐府,须教合律依腔。宁使时人不鉴赏,无使人挠喉捩嗓。说不得才长,越有才越当着意斟量"[2];"怎得词人当行,歌客守腔,大家细把音律讲"[3]。沈璟的戏曲理论在当时有很大的针对性。当传奇剧本的形式基本确立,大量文人参与到传奇剧本的写作中时,他们中的许多人不熟悉曲牌格律,所作之曲常常不能奏之场上。在这种情况下,沈璟完成了他的《南九宫十三调曲谱》(约1606年出版)。《南九宫十三调曲谱》,又称《南曲全谱》,在蒋孝《旧编南九宫谱》及附录《音节谱》的基础上,增补修订而成。在内容上,沈璟《南九宫十三调曲谱》"辨别体制,分厘宫调";增校新曲;"考定四声"、"并署平仄";分辨正衬、附点板眼。其对南曲联套体制、方法的总结,他以例曲为中心,以注文形式对每一曲调的格律所做的细致分析,受到后代制谱填曲者的推崇[4]。沈璟以他的曲谱具体指导作家的创作和演员的演唱,为他们提供范例和标准,使大批不熟悉曲牌格律的士大夫作家,在创作时有一本可以依赖的工具书,为明清之际昆曲的兴盛创造了条件。沈璟以他的著述唤醒了曲家对曲律的高度重视,随之出现了曲律理论研究的高潮[5]。如果说沈璟今天还能和汤显祖相提并论的话,其原因主要就在于他的曲谱。沈璟的本色论则让传奇剧本更接近舞台,接近普通民众的欣赏要求。当然他的戏曲理论

---

〔1〕 香雪居《新校注古本西厢记》附《词隐先生手札二通》其一。《续修四库全书》册1766,上海古籍出版社影印万历四十一年香雪居刻本。
〔2〕 [二郎神]套曲《词隐先生论曲》之[二郎神]曲。《博笑记》卷首,《古本戏曲丛刊初集》。
〔3〕 [二郎神]套曲《词隐先生论曲》之[金衣公子]曲。《博笑记》卷首,《古本戏曲丛刊初集》。
〔4〕 有关沈璟曲谱的论述,参见周维培《曲谱研究》。江苏古籍出版社1997年版,第109—128页。
〔5〕 追随沈璟,南曲曲谱的编纂出现一个繁荣的局面,先后有冯梦龙的《墨憨斋词谱》、沈自晋的《南词新谱》、徐于室、纽少雅的《南曲九宫正始》等曲谱的写作。

也有其缺陷：他的本色论主要强调对民间俚语的使用，把日常生活语言不加提炼地运用于剧作之中，"以鄙俚可笑为不施脂粉，以生梗雉率为出之天然"[1]，结果把本色等同于鄙俗，降低了剧本的文学性。他的声律论也有脱离内容把音律强调到不适当程度的问题。

第二节　沈璟的剧作及吴江派

沈璟著有传奇十七种，合编为《属玉堂传奇》（属玉堂是沈璟居室的别号）今存七种，即《红蕖记》、《埋剑记》、《双鱼记》、《桃符记》、《义侠记》、《坠钗记》、《博笑记》，另有《十孝记》曲文，全部存录于胡文焕所编《群音类选》中。

沈璟的剧作在内容上的一个重要特点是注意表现市井生活，比如他的代表作《义侠记》。《义侠记》全剧三十六出，演小说《水浒传》中的武松故事，大部分情节与小说一致，从武松辞别柴进起，包括景阳岗打虎、杀嫂、十字坡、快活林、飞云浦、鸳鸯楼，直到投奔梁山和宋江一起受招安。其间只是加进了从小订亲贾氏，最后贾氏与武松在梁山团聚结婚的情节。其中不乏对市井生活的表现，如王婆的茶铺、武大郎的卖炊饼等。他的《博笑记》由相对独立的十个喜剧构成一部市井生活的画卷，塑造了一批市井细民的形象。他们或善或恶，或亦善亦恶。《巫举人》中的老店家，热心成全巫孝廉的爱情，鄙薄借妻子容貌诈骗钱财的无赖，不但古道热肠，而且明辨是非。《假活佛》中的和尚，为了骗取不义之财，竟给一个身材肥胖的过路官员吃哑药，又强行灌下肉汁，使之面白如玉，然后扬言活佛降世，诱使远近百姓皆来瞻仰，趁机收取不义之财——香资。《贼救人》中的小偷深夜掘墙进入一赌徒家，准备窃取赌徒白天赢得的银款。不想进屋之后，正看

---

〔1〕凌濛初《谭曲杂札》，《中国古典戏曲论著集成》四，中国戏剧出版社1959年版，第254页。

见主妇因为屡次劝丈夫戒赌无效、衣饰典尽、生计无门而欲悬梁自尽。无意之中,小偷喊醒了主人,却暴露了自己。沈璟对市井生活的表现,无论与以前的作家相比,还是与同时代的作家相比,都相当突出。当时的顾大典、汤显祖、屠隆、陈与郊、梅鼎祚、汪廷讷诸人均极少关注这类题材。只有到了明末清初李玉、朱素臣等作家的手里,市民的生活才更多地被反映到传奇剧本中来,市民的形象才更多地走上了传奇的舞台。

沈璟剧作的第二个特点是他很注意"风世",注意剧本的道德意义。"先生诸传奇,命意皆主风世"[1]。像《义侠记》中的西门庆、潘金莲、王婆即是道德败坏的代表,他们不遵从社会的道德,为一己的私欲杀害无辜的武大郎;张团练、张都监、蒋门神则代表政治或社会的恶势力,他们把忠义之士最终逼上造反之路。《博笑记》揭露、讽刺了各种社会丑恶现象,如《误鸳妻室》就批评了道德的沦丧,剧中人为了钱财竟可以置手足之情于不顾。

沈璟的剧作虽然一般来讲格调不高,但他很重视剧作的舞台效果,故而他的剧作在结构上注意避免冗长、拖沓的毛病。一本四、五十出,一出十几、甚至二十几支曲子的传奇,毕竟太长,难以适应一般的舞台,尤其是平民百姓的舞台。在具体的演出中,演员们常会对剧本进行删改。沈璟注意到了这一点。他后来的作品篇幅一般较短,《义侠记》三十六出,《博笑记》二十八出;而且一出中的曲子也尽量减少,《义侠记》第八出"叱邪",作为剧中的重点场子,仅用了九支曲子。

不但如此,沈璟的剧本还体现出杂剧与传奇两种形式的融合。这种融合集中体现在《十孝记》和《博笑记》的创作中。《十孝记》现仅存曲词,《博笑记》曲白俱在,故以《博笑记》为例。《博笑记》"多采异闻,每一事为几出,合数事为一记,既不若杂剧之拘于四折,又不若传

---

[1] 吕天成《义侠记序》。《古本戏曲丛刊初集》。

奇之强为穿插"[1]。全剧二十八出,篇幅在传奇里本来已属于较短一列,更以十个小故事串成,每个小故事是一个独立的片断,长短不一。这样一种结构方法灵活多变,适合舞台演出的实际,演员可根据观众的要求,或搬演全剧,或选演其中的片断。尽管这种合数个故事写成一剧的结构方式,并非沈璟首创,此前已有沈采的《四节记》、徐渭的《四声猿》、汪道昆的《大雅堂四种》、许潮的《泰和记》等,其中有传奇,有杂剧[2],但沈璟的剧作仍体现了他对舞台演出的关注,体现出传奇剧本由长趋短的发展方向。

在语言上,沈璟力求通俗浅近,他的《义侠记》语言明白晓畅,体现着作者的本色主张:

你从来心性软如棉。我不在家呵。你是个只手单拳。若被人欺压遭人骗。我回来后将他消遣。你从明日为始迟出去早归息肩。把门儿闭得安然。[3]

想我去匆匆程途忙奔。见你哭哀哀别离未忍。谁想生擦擦连枝锯开。哀呐呐双雁惊分阵。我那哥哥,你是软弱人。只恐衔冤死未伸。若还果有终天恨。便在梦里鸣冤。我去报仇雪忿。(想科)方才王婆的说话虽云旦夕之间祸福分。却又可怪,何因。三日之间便火葬身。[4]

黄菊初繁。清樽正满。秋来畅怀无限。落帽粗豪。谁言未若龙山。爱疏林雨后丹枫。想故园霜前白雁。时难挽。愿取黄榜招安。为国除患。[5]

---

[1] 茗柯生《刻〈博笑记〉题词》。《古本戏曲丛刊初集》之《博笑记》卷首。
[2] 其中杂剧与传奇的划分,一是根据总折数,一是看其每个故事是否是作为完整的剧作来构思和表现的:参见戚世隽《明代杂剧研究》,广东高等教育出版社,第13—18页。
[3] 第十出"委嘱"[双调过曲风入松]。《古本戏曲丛刊初集》。
[4] 第十七出"悼亡"[商调过曲山坡羊]。《古本戏曲丛刊初集》。
[5] 第二十一出"论交"[双调过曲锦堂月]。《古本戏曲丛刊初集》。

另外,沈璟剧本对诙谐的追求,亦值得注意。他的《分柑记》,吕天成以为"谑态叠出"[1];他的《博笑记》更是一部演"可喜、可怪之事","俱可绝倒"[2]的作品。而对诙谐的重视,则使其剧本中净、丑两种角色得到比较充分的表现,在剧中出现得也比较频繁。如《义侠记》的主角虽是武松,但在戏曲舞台上最吸引观众的却是用丑扮演的武大郎。《博笑记》中净、丑的表演亦占据了重要的地位,著名的《乜县丞》即以丑和小丑的表演为主体;《假妇人》中敲诈的一方分别以净、丑、小丑扮演;《贼救人》中不但作为主角的贼以小丑来扮演,而且牵连而出的掘银故事也是净与丑的表演。剧本中净、丑戏比重的突出,在本质上凸显的仍是沈璟对舞台的重视。

沈璟重视剧本的演出,他的剧作在当时也确实被广泛传演。胡文焕的《群音类选》收录当时歌场流传较广之作,其中便收入了沈璟早期的剧作《红蕖记》、《埋剑记》、《十孝记》。他的《桃符记》至清初尚能演全;《四异记》"今演之,快然"[3];《坠钗记》中的"冥勘"曾是昆班中净脚常演的剧目。而其在舞台上最受欢迎、传演最广的剧本,则是《义侠记》。吕天成说"优人竞演之"[4],其中的数出:打虎、戏叔、别兄、挑帘、裁衣、捉奸、服毒等,至今仍有演出。

当然,沈璟的剧作也有他明显的不足,如讲究情节的奇巧,却不重视人物的塑造;注意缩短篇幅,却有简单化的毛病;语言通俗,却缺乏提炼,流于浮薄。直到清初的苏州派作家才在场上之曲方面取得了突出的成就。

在讨论沈璟的时候,人们常常会提到吴江派。"吴江派"的提法最早见于吴梅的《中国戏曲概论》:"有明曲家,作者至多,而条别家

---

〔1〕 吕天成《曲品》卷下。吴书荫《曲品校注》,中华书局1990年版,第211页。
〔2〕 祁彪佳《明曲品》。《远山堂明曲品剧品校录》,上海出版公司1955年版,第9页。
〔3〕 吕天成《曲品》卷下。吴书荫《曲品校注》,中华书局1990年版,第212页。
〔4〕 吕天成《曲品》卷下。吴书荫《曲品校注》,中华书局1990年版,第207—208页。

数,实不出吴江、临川、昆山三家。"[1]此后青木正儿在他的《中国近世戏曲史》中,在谈到万历后的传奇创作时,提出"吴江一派",并将"以临川之笔协吴江之律"的作家命名为"玉茗堂派"。周贻白的《中国戏曲发展史纲要》把吴炳、孟称舜、阮大铖归为临川派。于是,"吴江派"、"临川派"遂成为明代文学史、戏曲史描述中常用的语言。然而,汤显祖的剧作虽影响深远,但并未形成一个真正的流派。追随沈璟的剧作家倒确在多方面表现出一致性,如对曲律的重视,曲词的本色,以及内容上的注重风世等。因而在明传奇的写作史上,吴江派可以视为第一个真正意义上的流派。

属于吴江派的作家主要有沈璟、吕天成、叶宪祖、冯梦龙、袁于令、范文若、卜世臣、沈自晋等人[2]。其中吕天成、卜世臣更是"衣钵相承,尺尺寸寸守其榘矱者"[3]。吕天成,前面已介绍了他今天仅存的戏曲作品《齐东绝倒》。卜世臣,字大荒,号蓝水。生卒年不详,约万历三十八年(1610)前后在世。浙江秀水(今嘉兴)人。所作戏曲,严守沈璟曲律,今仅存《冬青记》残本。

---

[1]《中国戏曲概论》卷中"明人传奇"。《吴梅戏曲论文集》,中国戏剧出版社1983年版,第153页。

[2] 关于吴江派的作家,研究者的意见颇有一些出入。沈璟的侄子沈自晋,在其《望湖亭》传奇第一出的[临江仙]曲中,曾列举了追随沈璟的数位曲家:"词隐登坛标赤帜,休将玉茗称尊。郁蓝继有槲园人,方诸能作律,龙子在多闻。香令风流成绝调,嫚亭彩笔生春,大荒巧构更超群。鲫生何所似?颦笑得其神。"其中"词隐"为沈璟,"玉茗"为汤显祖,"郁蓝"为吕天成,"槲园"为叶宪祖,"方诸"为王骥德,"龙子"为冯梦龙,"香令"为范文若,"嫚亭"为袁于令,"大荒"为卜世臣,"鲫生"指沈自晋自己。青木正儿在他的《中国近世戏曲史》中则以吕天成、卜世臣、叶宪祖、王骥德、顾大典为"吴江派"成员。徐朔方《晚明曲家年谱》之《沈璟年谱》认为吴江派除沈璟外,著名作家有吕天成、叶宪祖、冯梦龙、袁于令、范文若、卜世臣、沈自晋、徐复祚和许自昌。

[3] 王骥德《曲律》杂论第三十九下。《中国古典戏曲论著集成》四,中国戏剧出版社1959年版,第165页。

第三节　关于汤、沈之争

在介绍了汤显祖和沈璟之后,我们必须来谈谈"汤沈之争"。"汤沈之争"是20世纪中期以来戏曲史、文学史研究中一个重要的话题,也是一个充满争议的话题。主要分歧有二:一是到底有无"汤沈之争";一是怎样评价"汤沈之争"。

关于"汤沈之争",我们今天可以见到的主要有这样一些材料,一是王骥德的议论:

> 临川之于吴江,故自冰炭。吴江守法,斤斤三尺,不欲令一字乖律,而毫锋殊拙;临川尚趣,直是横行,组织之工,几与天孙争巧,而屈曲聱牙,多令歌者龉舌。吴江尝谓:"宁协律而不工,读之不成句,而讴之始协,是为曲中之巧。"曾为临川改易《还魂》字句之不协者,吕吏部玉绳以致临川。临川不怿,复书吏部曰:"彼恶知曲意哉!余意所至,不妨拗折天下人嗓子。"其志趣不同如此。[1]

一是吕天成的记载:

> 光禄尝曰:"宁律协而词不工,读之不成句,而讴之始协,是为曲中之巧。"奉常闻而非之,曰:"彼乌知曲意哉!予意所至,不妨拗折天下人嗓子。"此可以睹两贤之志趣矣。[2]

而在汤显祖、沈璟自己的文字中,也透露了他们之间的不愉快。关于这个问题,汤显祖的四封书信有所涉及,一是《答凌初成》:

> 不佞《牡丹亭记》,大受吕玉绳改窜,云便吴歌。不佞哑然笑

---

〔1〕 王骥德《曲律》杂论第三十九下。《中国古典戏曲论著集成》四,中国戏剧出版社1959年版,第165页。

〔2〕 吕天成《曲品》卷上。吴书荫《曲品校注》,中华书局1990年版,第37页。

曰：昔有人嫌摩诘之冬景芭蕉，割蕉加梅，冬则冬矣，然非王摩诘冬景也。其中骀荡淫夷，转在笔墨之外耳。[1]

一是《与宜伶罗章二》：

《牡丹亭记》，要依我原本，其吕家改的，切不可从。虽是增减一二字以便俗唱，却与我原做的意趣大不同了。[2]

一是《答孙俟居》：

曲谱诸刻，其论良快。久玩之，要非大了者。庄子云："彼乌知礼意。"此亦安知曲意哉！其辨各曲落韵处，粗亦易了。周伯琦作《中原韵》，而伯琦于伯辉、致远中无词名。沈伯时指乐府迷，而伯时于花庵、玉林间非词手。词之为词，九调四声而已哉！且所引腔证，不云未知出何调犯何调，则云"又一体""又一体"。彼所引曲未满十，然已如是，复何能纵观而定其字句音韵耶？弟在此自谓知曲意者，笔懒韵落，时时有之，正不妨拗折天下人嗓子。兄达者，能信此乎？[3]

一是《答吕姜山》：

寄吴中曲论良是。"唱曲当知，作曲不尽当知也"，此语大可轩渠。凡文以意趣神色为主。四者到时，或有丽辞俊音可用。尔时能一一顾九宫四声否？如必按字模声，即有窒滞迸拽之苦，恐不能成句矣。[4]

沈璟在他的[二郎神]套曲中亦言：

何元朗，一言儿启词中宝藏，道欲度新声休走样，名为乐府，

---

[1] 徐朔方笺校《汤显祖全集》，北京古籍出版社1999年版，第1442页。
[2] 徐朔方笺校《汤显祖全集》，北京古籍出版社1999年版，第1519页。
[3] 徐朔方笺校《汤显祖全集》，北京古籍出版社1999年版，第1392页。
[4] 徐朔方笺校《汤显祖全集》，北京古籍出版社1999年版，第1302页。

须教合律依腔。宁使时人不鉴赏,无使人挠喉捩嗓。说不得才长,越有才越当着意斟量。

另外,沈自友在《鞠通生小传》(鞠通生,即沈自晋)中,也谈到这个问题:

> 海内词家,旗鼓相当,树帜而角者,莫若吾家词隐先生与临川汤若士。水火既分,相争几于怒詈。[1]

就上述材料分析汤显祖和沈璟在戏曲创作理论上确实存在着不同的意见。汤显祖对于剧本的写作,重视"立意"与"才情",所谓"凡文以意趣神色为主"。沈璟则从场上之曲出发,强调合律,"名为乐府,须教合律依腔"。然而,两个人的分歧,仅只是创作观点的不同,并不能被视为带有政治意义的对立,也没有好与坏、进步与落后、正确与错误之分。汤显祖和沈璟仅仅是从不同的角度,对剧本的写作提出了自己的理论见解,回应了当时曲坛的需求。

诚然,正像有些研究者所指出的那样,"汤沈之争"在当时并没有达到水火不相容、"相争几于怒詈"的地步。他们从没有正面的接触,也没有直接的书信来往。但汤沈之争的存在,他们不同的理论主张,对当时及身后的曲论家、剧作家仍有深刻的影响。正是二者的补充、融合,推动了传奇艺术的发展。

---

[1] 沈自晋《南词新谱》附沈自友《鞠通生小传》。北京市中国书店1985年版。

余 论

一 清及近代的戏曲

　　清代戏曲在明代的基础上进一步发展。清初到康熙年间传奇创作继续呈现繁荣局面,剧本的长度趋短,出现大量20—30出的作品。这一阶段以李玉为代表的苏州派作家,身处明末清初社会矛盾十分复杂的时期,关注社会现实,注意对现实政治的反映和平民生活的呈现。同时由于苏州地区是明中叶以来戏曲演出最盛的地区,苏州剧作家对舞台非常熟悉,故他们的作品也很注意演出的舞台效果。代表作有李玉、朱素臣等共同创作的《清忠谱》、朱素臣的《双熊梦》等。以李渔为代表的剧作家则更注意剧本的娱乐性,内容上多写男女风情,艺术上注重情节的新奇和喜剧手法的运用。代表作是李渔的《笠翁十种曲》。剧本构思奇巧,语言婉转入神,风格嬉笑诙谐。这一阶段传奇创作的最高成就是洪升的《长生殿》和孔尚任的《桃花扇》。清初至清中叶的杂剧创作继续发挥着明杂剧的特点,更进一步突出了杂剧的文人性。以尤侗、吴伟业为代表的杂剧作家借历史题材表现心中的故国之思或不遇之感,如尤侗《清平调》五种的写怨;吴伟业《通天台》、《临春阁》的写故国之思。

　　清中叶的戏曲创作,一方面是杂剧、传奇的创作均由盛而衰,没有产生什么大家;另一方面是宫廷大戏的创作,主要作者有张照、周祥钰、邹金生、王廷章等。宫廷大戏的长度可达二百四十出,内容多取自长篇小说或已有的戏曲,如《升平宝筏》写玄奘西天取经故事,

《鼎峙春秋》演三国故事等。这些作品场面热闹,规模宏大,衣饰华丽。在编写过程中常借助于前代作家的同类题材作品,吸收了许多民间传说,保存了一些已佚剧本的片段,为研究提供了有益的材料。而宫廷演出也使表演在演技、唱腔、音乐、脸谱诸方面均有所进步。另外,在当时的戏曲演出中,折子戏可谓空前流行。

清中叶开始,戏曲发展中一个很重要的现象是高腔、梆子、皮黄诸腔的兴起,由弋阳等腔演变来的高腔,在各地形成更多的地方分支。梆子腔源出西北地区,流行于南北诸地和京城。皮黄腔兴起于长江中下游。而日后广受欢迎的京剧亦生长于此时。京剧是皮黄腔在北京吸收北京的地方语言,融合昆曲、梆子等的营养,产生的一个新剧种。乾隆五十五年(1790)三庆徽班进京为乾隆祝寿,其演出在北京受到欢迎,由此徽班在北京迅速发展。而汉戏演员搭入徽班,更丰富了徽班的声腔曲调、表演技艺等。以 1790 年为起点,经过五六十年的孕育,到 1840—1860 年间,京剧终于从徽班中诞生,在剧目、声腔、音韵、表演上都形成自己的特点。京剧形成后,遂向外地流传,先后传入天津、上海等地。但当时并不称作京剧。"京剧"的名称,据研究者考察,1876 年始见于上海。大约在 1880 年左右,京剧进入它的成熟期。1917—1938 年京剧发展到了最辉煌的时期。

在各种声腔相互竞争、相互影响共同占据戏曲舞台的情况下,晚清以后,新创作的杂剧和传奇作品已基本远离舞台。

然而,近代的杂剧、传奇剧本虽然不再拥有昔日的辉煌,不再占有舞台,但时代风云使杂剧、传奇在文人中仍受到关注。许许多多的文人加入到杂剧、传奇的创作中来,渴望以剧本为武器,来警醒世人。而报刊的兴起,更帮助了剧本的流传,使案头剧拥有不少读者,加上种种刊本的印行,近代的杂剧、传奇作品,依然是中国文学史、戏曲史上不容忽视的一部分。作为特定历史时代的产物,作为中国戏曲史的客观组成部分,它们有着文学和史料的双重价值。而作为当时文人的创作,它们更多地传达着文人的心声,使我们得以窥见一代文人的心灵。

近代的杂剧、传奇创作与近代中国的命运、与文人的理想与追求息息相关。其对现实的反映,在创作上经历了由滞后到一致的变化过程。近代的杂剧、传奇创作可以以1894年的中日战争为界,分为前后两个时期。

近代前期的杂剧、传奇作品,既承袭着古典戏曲的余绪,又弥漫着末世的挣扎与感慨。从题材来源来看,这一阶段的创作内容,基本上可以分为三类:一是取材于历史,或是传闻轶事;一是改编文学作品;一是表现现实生活或作者虚构、创造的故事。他们利用这些剧本来写自己对于社会政治、对于人生的理想。这一阶段,现实题材已为不少文人所关注,透露着重要的信息,显示着作者的思考和他们对时局的看法。但是,现实题材毕竟不占很大比重。相反,借古喻今,借他人酒杯浇自己块垒的剧本,则占着相当突出的位置。文人们更多地是透过历史或他人的故事,来传达自己身处末世的感慨与期望,而思想领域中比较激进、新鲜的认识和要求,在剧本中极少得到表现。萦绕于剧作者脑际笔端的仍是对儒家学说的强烈信念。翻阅近代前期的杂剧、传奇作品,我们读到的是文人内心的痛苦和渴望,但此时,大声疾呼还不是作品的主调,而更多的则是谆谆教诲和声声感叹。

戏剧的教化作用一直是中国的戏剧作者共同关注的问题。"不关风化体,纵好也徒然"的传统戏曲理论,影响着一代又一代的剧作家。前期的杂剧、传奇作者也不例外,而在他们所谈论的教化作用中,传统的忠孝节悌观念是最重要的内容。这与古典戏曲中所言的风化,可谓一脉相承。

历史题材剧在中国古代戏曲作品中占有很大比重。在近代前期的杂剧、传奇创作中,历史事件、历史人物仍是一个重要内容。这时期的历史或传说故事剧表现出值得注意的特点。首先,便是剧作家对明代历史,尤其是明末历史的重视。其次,则是作品多以妇女为主人公,突出表现她们的道德品格和才华。

明末的人物、史事成为当时创作的一个焦点。如陈烺的《蜀锦袍》、《海雪吟》,杨恩寿的《理灵坡》、《麻滩驿》,李文瀚的《凤飞楼》等剧作,都选择了相似的背景。这时期的杂剧、传奇创作多选用明末历史故事,与晚清的现实及文人的心态密切相关。清末与明末的社会状况相似。明、清王朝的末期,各种社会矛盾日益激化、尖锐。清朝的白莲教、天理教、捻军以及洪秀全领导的太平天国运动,与明末李自成等领导的全国起义一样声势浩大、直接危及王朝的存亡。清末外敌的侵凌,与明末清兵的压境,也有相似之处。同样是处在王朝危难的时期,自然会从往事中引发出无限的联想。

这一时期历史题材剧作多以女性为剧本的表现对象。它们或专注于女子的节烈,或肯定女子多方面的品格与才华。这类作品既体现了社会危机中的道德诉求,也是以传统观念中的"弱女子"的行为来激励世人。颂扬女子忠贞节烈的剧本,除了我们前面提到的《蜀锦袍》、《麻滩驿》、《凤飞楼》外,还有陈烺的《回流记》。而许善长的《灵娲石》就更富于特色。在对女子的认识上,表现出更高明的见解。许善长的《灵娲石》写了十二个古代女子的故事,通过这十二个古代的女子,从才华、勇气、忠诚等多方面赞扬了女性。

在近代前期,杂剧、传奇创作也多翻改文学名著。剧作者们在对他人作品的重新组织中,抒发着自己的感慨。

在众多的文学作品中,《聊斋志异》备受这一阶段文人的青睐。许多剧作都由《聊斋志异》中的故事改编而来。比如李文瀚的《胭脂舄》,陈烺的《负薪记》、《错姻缘》、《梅喜缘》,许善长的《胭脂狱》、《神山引》,刘清韵的《丹青副》、《天风引》、《飞虹啸》等等。他们选择《聊斋》故事,或者为其情节的曲折、离奇所吸引,或者是出于对故事内容、故事所表达的精神的肯定。他们通过对《聊斋》故事的再创作,表达个人的认识和追求。在对《聊斋》故事的改编中,对传统道德的肯定与呼唤,对现实的关注,是最主要的着眼点。

鸦片战争后社会的剧变,逐步地、越来越深地把人们卷入动荡纷乱的日子。剧作者无法回避不能不面对的现实,不得不思考社会存在的问题。于是现实便在作者的笔下自觉不自觉地得到表现。其中,更有某些作者,直接利用剧本来表现社会上发生的重大事件,直接取材于现实生活来进行创作。他们利用剧本来写自己的感慨,自己的思考。于是,现实题材成为这一阶段杂剧、传奇创作颇值得注意的一个方面,产生了不少有鲜明时代特色的作品,比如黄燮清的《居官鉴》,全剧二十六出,写福建侯官人王文锡居官的事迹。剧本涉及鸦片的毒害、因禁鸦片而起的战争、战与和之争以及太平天国运动等社会、政治问题。整个剧本在传统的忠孝节义观念的笼罩下,反映出一代文人在急剧变化的现实中,内心所感受到的苦痛、怅惘和焦虑。与《居官鉴》的论为官之道,感慨现实政治的多侧面不同,钟祖芬的《招隐居》紧紧抓住鸦片问题来做文章。全剧通过吸食鸦片而倾败的故事来讲述鸦片的毒害。

太平天国运动是近代前期发生的一次农民革命运动。1843年,洪秀全创立拜上帝会,1851年1月11日在广西桂平县金田村起义,号太平天国。1853年3月攻克南京,定为都城,命名为天京。至1864年7月天京为湘军攻陷。整个起义历时十四年,波及十八个省份。震撼南北,动摇了清王朝的统治。这样一个影响巨大的政治事件,自然深深触动了无数的文人,更何况许许多多的文人是亲身经历了这一切,于是太平天国运动在当时文人的杂剧、传奇作品中一再得到表现。而作者的态度则基本认同于清王朝的利益,否定太平天国革命。比如徐鄂的《梨花雪》(一名白霓裳),郑由熙的《雾中人》、《木樨香》等。

近代后期的杂剧传奇的题材明显发生变化,历史故事仍是剧作者创作的重要源泉,表现民族英雄、外国革命史成为这一阶段历史剧创作的突出特点。他们利用古今中外的史事,来抒写自己的主张,传达个人的感受,唤醒民众。写古代王朝鼎革时期的历史,追慕民族英雄,是这一时期杂剧、传奇创作的一个重要内容。比如像吴梅的《风洞山》、无名氏的《陆沉痛》、洪楝园的《悬岙猿》、筱波山人的《爱国魂》、孤的《指南梦》、虞名的《指南公》、浴日生的《海国英雄记》、王蕴章的《碧血花》、觉佛的《女英雄》、刘翌叔的《孤臣泪》、竺崖的《渡江楫》、幽并子的《黄龙府》等等。他们大多选择宋末或明末时的历史故事来加以创作，借历史以影射现实。剧中主角则比较集中在像文天祥、岳飞、史可法、瞿式耜、郑成功、张煌言这样一些历史上很著名、影响也很大的、反对异族入侵的人物身上。

在杂剧、传奇创作的后期，出现了一种前所未有的创作现象，一种前所未有的题材，即以杂剧、传奇来写外国革命史，写外国故事。这一创作内容的出现，实是西方文明流入中国，深入影响中国文人的一个表现。他们介绍宣传西方革命史，迫切希望借鉴西方的经验，来推动自己祖国的变革，希望自己的国家也能发生类似的变化。在这一类剧本的创作中，梁启超是当之无愧的代表。梁启超率先将外国历史引入了中国的传统剧本，以自己的剧作，开拓了这一题材领域。他的《新罗马》与《侠情记》把意大利建国三杰作为表现对象，借外国历史人物和故事来对国人进行启蒙教育。外国历史题材的引入，无疑启发了他人，此后便有以法国历史为内容的《血海花》和《断头台》，写高丽安重根刺杀日本伊藤博文的《亡国恨》，写古巴学生反抗西班牙压迫的《学海潮》，写希腊革命的《唤国魂》等剧本问世。

同时，反映现实社会的重大问题成为作者最关心的题目，每一重大事件或现实中的英雄人物，大都有杂剧、传奇剧本加以反映。他们用自己的笔来表彰、传诵那些时代先觉者的精神。在这一时期表现现实政治题材的剧本中，义和团——庚子事变，戊戌变法，徐锡麟、秋瑾事件，反美华工禁约运动等得到较为突出的表现。写义和团——庚子事变的剧本，如陈季衡的《武陵春》、支碧湖的《春坡梦》、林纾的《蜀鹃啼》；写徐锡麟、秋瑾事件的如《轩亭冤》、《六月霜》、《苍鹰击》、《开国奇冤》、《皖江血》等；写反美华工禁约运动的，如贺良朴的《海侨春》；此外，戊戌政变、维新运动、预备立宪、捍卫路权诸事，在当时的杂剧、传奇创作中亦得到表现，比如光绪三十年（1904）在《大陆》杂志发表的无名氏的《维新梦》，比如洪棣园的《普天庆》、《后怀沙》等剧作。与前期的同类题材创作相比，现实政治题材在后期的杂剧、传奇创作中，占有了远比前期突出的地位。

　　虚构，在这一时期也备受作者的青睐，创制了不少幻境、梦境，他们借杜撰的故事来直写心迹，编织梦想。这些故事本身便渗透了作者的思想，是一些最直接的宣传之作。比如洪炳文的《警黄钟》、《后南柯》、《电球游》，欧阳淦等人的《维新梦》，无名氏的《扬州梦》，南荃外史的《叹老》、无名氏的《少年登场》，梁启超的《劫灰梦》等等。他们借自己编织的故事来呼吁，用剧本来展示自己的理想。而戏剧创作中一向热闹的对文学作品的改编，这时却一反传统，颇觉冷落。审视后期的杂剧、传奇创作，现实成为写作的中心。杂剧、传奇的创作与现实同步。

　　当然，在这一阶段，同是关心现实，也并非所有的杂剧、传奇剧本都在鼓吹变革，宣扬新的思想学说。作为社会转型期意识形态领域复杂性的反映，守旧排外的思想也不容忽视地在剧本中得到表现。自娱的或表达守旧观念的作品仍在产生。这方面，袁蟫的剧作是突出的代表。无论是写历史，还是写现实，袁蟫的创作都传达了一种浓重的排外情绪。他强调儒家的道德原则，在理智和感情上强烈地维护中国的传统文化。比如《东家颦》即通过敷衍大家熟知的东施效颦故事，来讽刺现实，挖苦新学家。透过袁蟫的作品，我们读到了那个时代的中国文人在思想上的激烈冲突。

　　近代的杂剧、传奇创作汲取了戏曲的传统、历史的养分，同时也接受着时代的影响。近代是杂剧、传奇创作由平静而走向喧闹的时期，也是杂剧、传奇创作的终结。

二　折子戏的发达

折子戏,相对于整本戏而言,指从全本戏中拆出的、具有独立艺术价值的折(出)。折子戏演出的鼎盛在清代,但其源头却在明代。据现有资料,大约在明嘉靖年间,舞台上已有折子戏的演出。我国现存最早的戏曲选本是《风月锦囊》。《风月锦囊》藏于西班牙圣·劳伦佐皇家图书馆,刊印于明嘉靖三十二年(1553)。全书包括《新刊耀目冠场擢奇风月锦囊正杂两科全集卷之一》、《新刊摘汇奇妙戏式全家锦囊》、《新刊摘汇奇妙全家锦囊续编》三部分,收录了大量戏曲作品。且其中的很多戏曲作品,尤其是《全家锦囊》中的作品,常标有"戏式"二字,如"新刊摘汇奇妙戏式全家锦囊伯皆(喈)一卷",说明书中所收录的戏曲作品是当时的舞台演出本。不但如此,收入《全家锦囊》和《全家锦囊续编》的戏曲作品,都属于摘选,正如各卷标题中所点明的,是"摘汇"、"摘奇"。但各个剧本摘选的数量是不一样的。多的如《伯皆》,在《风月锦囊》中可见到三十四出(清陆贻典抄校本四十二出)。这种本子可以看做变相的全本戏。少的如《伍伦全备》,只选了三出;《祝英台记》只选了一出。这种选本的出现,说明当时的舞台上已有零出的演出。

嘉靖以后,传奇创作繁盛,舞台演出中,全本戏很受欢迎。关于这一点有很多的材料可以证明,如:

> 吾友张望侯云:"槜李屠宪副于中秋夕,率家乐于虎丘千人石上演此(指《冬青记》),观者万人,多泣下者。"[1]
>
> 冬夜与顾仲默诸君小集,看演《神镜》传奇,次仲默韵。[2]

---

[1]　吕天成《曲品卷下》。吴书荫《曲品校注》,中华书局1990年版,第241页。
[2]　邹迪光《石语斋集》卷之十。《四库全书存目丛书》集部册159,齐鲁书社1997年版,第155页。

酒未阑而范长白忽乘夜过喧,复尔开尊,演《霍小玉紫钗》,不觉达曙,和觉父韵。[1]

秋日鸿宝堂要丁建白同刘仲熙、沈璧甫、林若抚诸兄小集,看衍《中郎》传奇,分得十三覃。[2]

同时,散出的演出继续存在。冯梦祯的《快雪堂日记》有不少关于戏曲演出的记录,其中以全本戏为多,但也有演折子戏的记载:

屠氏梨园演《双珠记》,找《北西厢》二折,复奏琵琶。[3]

徐生滋胄以家乐至,演《蔡中郎》数出,甚可观,夜半始登舟。[4]

且万历年间刊刻的戏曲选本很多,如《词林一枝》、《八能奏锦》、《玉谷调簧》、《摘锦奇音》、《乐府菁华》、《乐府红珊》、《群音类选》等等,这从另一个角度说明了舞台上折子戏的流行。由此直至明末清初,舞台上基本保持了全本戏和折子戏并行的局面。"阮圆海……。余在其家看《十错认》、《摩尼珠》、《燕子笺》三剧,其串架斗笋插科打诨意色眼目,主人细细与之讲明,知其义味,知其指归,故咀嚼吞吐寻味不尽"[5]。"梨园必倩越中上三班,或雇自武林者,缠头日数万钱,唱《伯喈》、《荆钗》。一老者坐台下对院本。一字脱落,群起噪之,又开场重做。越中有'全伯喈'、'全荆钗'之名,起此。天启三年,余兄弟携南院王岑老串杨四徐孟雅、圆社河南张大来辈往观之。……。剧

---

[1] 邹迪光《石语斋集》卷之十。《四库全书存目丛书》集部册159,齐鲁书社1997年版,第158页。

[2] 邹迪光《调象庵稿》卷之二十。《四库全书存目丛书》集部册159,齐鲁书社1997年版,第660页。

[3] 冯梦祯《快雪堂日记》万历壬寅十一月二十六日。《快雪堂集》卷之五十九,《四库全书存目丛书》集部册165,齐鲁书社1997年版,第63页。

[4] 冯梦祯《快雪堂日记》万历戊戌九月二十日。《快雪堂集》卷之五十六,《四库全书存目丛书》集部册164,齐鲁书社1997年版,第768—769页。

[5] 张岱《陶庵梦忆》卷之八"阮圆海戏"。贝叶山房1936年版,第82页。

至半,王岑扮李三娘,杨四扮火工窦老,徐孟雅扮洪一嫂,马小卿十二岁扮咬脐,串磨房、撇池、送子、出猎四出。科诨曲白,妙入筋髓,又复叫绝,遂解维归"[1]。这几条材料全部出自张岱的《陶庵梦忆》,其中既谈到全本戏的演出,也谈到折子戏的演出,可见这一时期舞台的演出风气。孟称舜的《贞文记》,据徐朔方先生考证,作于清顺治十三年(1656)或略后,其中的"谋夺"一出有这样的对白:

> (丑)我到他家说亲,唱戏吃酒。……(小生)……唱的甚么戏?(丑)唱的是伯喈、西厢、金印、荆钗、白兔、拜月、牡丹、娇红,色色完全。(小生)怎么做得许多,敢是唱些杂剧?[2]

所谓"杂剧",指的是多本传奇各选若干出搬演。《贞文记》的这段对白是清初戏曲舞台上折子戏演出的佐证之一。加之明末清初时众多戏曲散出选本的刊印,比如《缠头百练》、《醉怡情》、《尧天乐》、《徽池雅调》、《万壑清音》等等,使明末清初折子戏的演出,成为戏曲舞台上不容忽视的重要现象。

到康熙年间,折子戏已经比全本戏更盛行。康熙二十三年(1684)甲子十月二十六日,帝南巡至苏州,在祁工部家用饭,询问有无唱戏的,"工部曰:'有'。立刻传三班进去,叩头毕,即呈戏目,随奉御目亲点杂出。……上曰:'竟照你民间做就是了。随演《前访》、《后访》、《借茶》等二十出,已是半夜矣"[3]。文中所提到的《前访》、《后访》出《浣纱记》,《借茶》出《水浒记》。且前面又明言是"杂出",可见康熙这天看了二十出折子戏。

康熙末叶到乾嘉之际,戏曲舞台几乎已是折子戏的天下。小说《儒林外史》和《红楼梦》中都有不少关于演戏的描写,其中有全本戏,

---

[1] 张岱《陶庵梦忆》卷之四"严助庙"。贝叶山房1936年版,第37—38页。
[2] 《贞文记》第十六出。《古本戏曲丛刊二集》。
[3] 姚廷遴《上浦经历笔记》。《北京图书馆藏珍本年谱丛刊》册79,北京图书馆出版社1999年版,第297—298页。

有折子戏,但以对折子戏的描写更突出。《儒林外史》第二十五回写到天长县杜老爷家向鲍文卿定了二十本戏,这是全本戏。第三十出杜慎卿高会莫愁湖,让几个旦角各做一出戏,以品评高下,是散出,"也有做'请宴'的,也有做'窥醉'的,也有做'借茶'的,也有做'刺虎'的,纷纷不一。后来王留歌做了一出'思凡'"[1]。第四十九出秦中书请客,演的戏亦是散出:《请宴》、《饯别》、《五台》、《追信》。《红楼梦》中多处写到演戏,虽有唱全本戏的时候,比如第四十三回凤姐过生日,演的是全本《荆钗记》,但大多还是唱的散出,像第十八回元春归省,演的戏是《家宴》、《乞巧》、《仙缘》、《离魂》四出,又加《相约》、《相骂》二出;第十一出贾敬寿辰,家中演戏,凤姐迟到,"尤氏叫拿戏单来,让凤姐儿点戏,凤姐儿说道:'太太们在这里,我如何敢点?'邢夫人、王夫人说道:'我们合亲家太太都点了好几出了,你点两出好的我们听。'凤姐儿立起身来答应了一声,方接过戏单,从头一看,点了一出《还魂》,一出《弹词》,递过戏单去说:'现在唱的这《双官诰》,唱完了,再唱这两出,也就是时候了'"[2]。所演的剧目主要还是折子戏。此外,如第二十二出宝钗生辰、第五十四、五十五回元宵夜宴等演的也都是散出。

《缀白裘》是戏曲史上非常重要的一部戏曲选集,由玩花主人编选、钱德苍续选,陆续刊刻于乾隆二十九年至三十五年(1764—1770)[3]。全书四十八卷,选昆剧折子戏四百二十九出,花部戏五十八出。《缀白裘》是乾隆年间戏曲舞台折子戏盛行的写照,真实反映了当时折子戏的发达。

折子戏不限于昆曲,如万历间戏曲选集《群音类选》分官腔、清

---

[1]《儒林外史》第三十回。上海古籍出版社1984年版,第416页。
[2]《红楼梦》第十一回。齐鲁书社1994年版,第201页。
[3] 从明末到清乾隆年间,以"缀白裘"为名的戏曲散出选本有很多,玩花主人和钱德苍的本子是传播最广的。

腔、北腔、诸腔四大类;明末的《尧天乐》是弋阳腔、青阳腔的选集,等等。然而,折子戏与昆曲又有着密切的联系。魏良辅改革昆山腔,梁辰鱼创作《浣纱记》,使昆山腔走上了戏曲舞台,但此时昆腔只是诸声腔中的一种。徐渭的《南词叙录》作于嘉靖三十五年(1556),其中谈到弋阳腔流行最广,北到京师,南到闽广。其次为余姚腔、海盐腔,昆腔则局限于苏州一隅:

> 今唱家称"弋阳腔",则出于江西,两京、湖南、闽、广用之;称"余姚腔"者,出于会稽,常、润、池、太、扬、徐用之;称"海盐腔"者,嘉、湖、温、台用之。惟"昆山腔"止行于吴中,流丽悠远,出乎三腔之上,听之最足荡人,妓女尤妙此,如宋之嘌唱,即旧声而加以泛艳者也。[1]

稍后,何良俊《曲论》说:"近日多尚海盐南曲。"[2]小说《金瓶梅》大约成书于万历年间,所写为山东地区发生的故事。书中记录了大量戏曲演出的材料,其中数次谈到演出元杂剧,如第三十一回提到《陈琳抱妆盒》,四十三回演《王月英留鞋记》,七十一回唱《龙虎风云会》。海盐腔的演出也经常提及,如六十三、六十四回、七十六回都写到海盐子弟。但昆腔演出的痕迹,却无从觅到。同样,作于万历年间的冯梦祯的《快雪堂日记》也多次提到弋阳腔的演出,如"唐季泉等宴寿岳翁,扳余作陪,搬弋阳戏,夜半而散"[3];"晚归仲文作主,有弋阳梨

---

[1] 徐渭《南词叙录》。《中国古典戏曲论著集成》三,中国戏剧出版社 1959 年版,第 242 页。

[2] 何良俊《曲论》。《中国古典戏曲论著集成》四,中国戏剧出版社 1959 年版,第 6 页。

[3] 冯梦祯《快雪堂日记》庚寅九月二十八日。《快雪堂集》卷之五十,《四库全书存目丛书》集部册 164,齐鲁书社 1997 年版,第 715 页。

园"[1];"此日有女伎三惜为弋阳腔目"[2];"优人改弋阳为海盐,大可厌"[3]等等。另外,在汤显祖的时代,汤显祖的家乡盛行的是海盐腔的变种——宜黄腔。而沈璟的订定《南九宫十三调曲谱》,目的是为了促进昆腔的繁荣,"欲令作者引商刻羽,尽弃其学,而是谱之从"[4]。所有这些材料都说明了一个事实,即直到万历末年,昆腔尚未取得统治的地位。

昆腔取得统治地位大约在明末。王骥德的《曲律》完成于万历三十八年(1610),此后又继续修订。在这本书里,王骥德曾谈到当年昆腔由苏州向外传播的局面:

> 旧凡唱南调者,皆曰海盐。今海盐不振,而曰昆山。昆山之派以太仓魏良辅为祖,今自苏州而太仓松江,以及浙之杭、嘉、湖,声各小变,腔调略同。[5]

明清之际昆曲达到了她的繁盛期,"律吕之道,仅存于度曲。今吴歈盛行于天下,而为其谱者皆吴人,吴人之审音固甚精也"[6]。此时文人写作的传奇剧本也大多为昆剧而作。康熙末叶至乾、嘉之际,传奇剧本的创作成绩有限,但演出,尤其是折子戏的演出,占据了舞台,并使昆剧演出进入了一个新的时期。《缀白裘》中收录的散出绝大多数

---

〔1〕 冯梦祯《快雪堂日记》乙未三月二十二日。《快雪堂集》卷之五十三,《四库全书存目丛书》集部册164,齐鲁书社1997年版,第739页。

〔2〕 冯梦祯《快雪堂日记》己亥四月十五日。《快雪堂集》卷之五十七,《四库全书存目丛书》集部册165,齐鲁书社1997年版,第9页。

〔3〕 冯梦祯《快雪堂日记》乙巳三月初一日。《快雪堂集》卷之六十二,《四库全书存目丛书》集部册165,齐鲁书社1997年版,第91页。

〔4〕 李鸿《南词全谱原序》。《南词新谱》,中国书店1985年版。

〔5〕 王骥德《曲律》"论腔调第十"。《中国古典戏曲论著集成》四,中国戏剧出版社1959年版,第117页。

〔6〕 潘耒《南北音论》。《遂初堂集》卷之三。《四库全书存目丛书》集部册249,齐鲁书社1997年版,第750—751页。

都属于昆曲,它体现了昆曲折子戏的繁荣,同时也"标志着昆剧演出史上全本戏时代的结束"[1]。

折子戏风行,是清代曲坛的一个重要事件。它从一个侧面,显示着中国戏曲发展的又一度变迁;演员的场上之曲正日益成为曲坛的主流。

三 关于明代的戏曲理论著述

中国古代曲论的发端当在元代。在这理论的初期,主要有几个论述的角度;声乐——燕南芝庵的《唱论》探讨声乐理论和歌唱方法;音韵——周德清的《中原音韵》主要从音韵的角度为写作北曲提供了准绳;作家作品——钟嗣成的《录鬼簿》记述曲之作家作品,并为部分人作传及评论;演员——夏庭芝的《青楼集》记录了有关演员的史料。

明代是中国戏曲理论发展的重要时期。相关的理论著述很多,比如无名氏的《录鬼簿续编》、朱权的《太和正音谱》、徐渭的《南词叙录》、李开先的《词谑》、何良俊的《曲论》、王世贞的《曲藻》、王骥德的《曲律》、沈德符的《顾曲杂言》、徐复祚的《曲论》、凌濛初的《谭曲杂札》、张琦的《衡曲麈谈》等等。其中不乏戏曲批评史上的名篇,像《南词叙录》是第一部南戏概论性质的专著。《曲律》则是中国戏曲理论发展史上具有承前启后作用的著作。

在明代的戏曲理论著述中,无论是批评的形式,还是批评的内容,都对中国戏曲理论的发展做出了拓展性的贡献。就形式而言,诗话式与评点式是戏曲批评的两种重要方式。两种方式均在明代获得发展,并一直影响以后的批评。王骥德的《曲律》为诗话式。在这本书中,王骥德借助传统的诗话形式,以作家作品为主探讨了许多重要

---

[1] 陆萼庭《昆剧演出史稿》第四章"折子戏的光芒",上海文艺出版社1980年版,第182页。

的问题。他看清戏曲是多种艺术的综合,在对戏曲创作的论述中,从情节结构、宫调声律,到宾白科诨都做出了具体的论述;从文人剧作不能遍演于舞台的现实出发,探讨了当时曲家普遍关注的本色当行问题;从中国戏曲"传神、写意、言情"的本质出发,把舞台性与文学性"俱妙"的作品,推为上品。王骥德对戏曲创作的流派、作家作品提出了自己的批评,对当时影响甚大的汤显祖、沈璟进行比较分析,其观点直接启发了后人。

评点是中国古代文学批评的主要形式之一。戏曲评点盛行于嘉靖以后。评点分"眉批"、"夹批"、"总批"几种形式。明代著名的戏曲评点家有徐渭、李贽、陈继儒、汤显祖、王思任、王骥德、凌濛初、孟称舜、沈泰等。其中以李贽与汤显祖玉茗堂的评点最为知名,然其真伪,在研究界也是一个备受关注的问题。

就内容而言,作家作品的品评、曲谱的编撰,是戏曲理论的两个重要方面。关于作家作品的评论,《录鬼簿》等虽有评价,但并没有为作家作品排列等级、判断高下。吕天成《曲品》"仿钟嵘《诗品》、庾肩吾《书品》、谢赫《画品》例,各著论评"[1],是品评戏曲作家作品的第一部专著。《曲品》完成于万历三十八年(1610),以后又有增补。全书分两卷,上卷评论戏曲作家95人,散曲作家25人,下卷评论戏曲作品212种。凡嘉靖以前的作者和作品,分为神、妙、能、具四品;以后的作者和作品,分为上中下三品,每品再分上中下三等。

受吕天成《曲品》的影响,祁彪佳著有《远山堂曲品》、《远山堂剧品》。祁彪佳(1602—1645),浙江山阴人,其原著题名《曲品》。今人为与吕作区别,称祁彪佳的作品为《远山堂曲品》;其专门品评杂剧的著作,原没有题名,今人称之为《远山堂剧品》。《远山堂曲品》是扩展吕天成的《曲品》而成,全书分妙、雅、逸、艳、能、具六品,并有"杂调"一类,收弋阳诸腔剧本。现存的《远山堂曲品》虽有残缺,但所收作品

─────────
[1] 吕天成《曲品自叙》。吴书荫《曲品校注》,中华书局1990年版,第1—2页。

已达466种。《远山堂剧品》与《远山堂曲品》体例相同，亦分六品，包括杂剧242种（主要为明杂剧，元杂剧占极少数）。

曲谱作为中国戏曲理论的重要一翼，其奠基性作品产生在明代。朱权的《太和正音谱》中的曲谱部分是现存最早的北曲曲谱，收录了北曲十二宫调的335支曲牌，以例曲标明句式、正衬、平仄、韵脚等，是一部北曲格律谱。沈璟的《南九宫十三调曲谱》则对南曲谱的制作影响深远。

明代的戏曲理论家沿续中国传统文化的精神与形式，结合中国戏曲的独到特点，确立了中国传统戏曲理论的基本面貌，并使中国的戏曲理论获得了长足的发展。